Nadelfein

NADELFEIN

LAURA LANG

Copyright © 2020 Anja Fielenbach
In der Schleeharth 17
53809 Ruppichteroth
E-Mail: mail@anjafielenbach.net
Coverdesign: László Zakariás [tsg]

Herstellung und Verlag:
BoD - Books on Demand, Norderstedt
ISBN: 978 3-7504-6149-9

Bibliografische Information der Deutschen Nationalbibliothek:

Die Deutsche Nationalbibliothek verzeichnet diese Publikation in
der Deutschen Nationalbibliografie; detaillierte bibliografische
Daten sind im Internet über http://dnb.d-nb.de abrufbar.

1

Der gepolsterte braune Umschlag war neu.

Aufdringlich und unübersehbar lag er auf dem Beistelltisch. Auf dem fand Sven normalerweise nur ungeöffnete Briefe, manchmal ein paar Münzen, ganz selten Scheine. Vic ließ keine Scheine liegen. Die bewahrte er in einer diamantenbesetzten Geldklammer auf, die er immer in der Innentasche seiner Jacke trug. Nur Münzen befanden sich gelegentlich in seiner Hosentasche, und auch nur diejenigen, die er nicht als Trinkgeld bei Tankstellenangestellten, Kassiererinnen und sonstigen Bediensteten liegen lassen konnte. Vics Großzügigkeit war ebenso unecht wie die Diamanten auf der Geldklammer, aber sie erfüllte ihren Zweck. Auf seine Umwelt wirkte er zwar wie ein Schnösel, aber zumindest wie ein reicher.

Sven nahm den Umschlag und betrachtete ihn

unschlüssig. Aufmachen kam nicht infrage, selbst unter Wasserdampf nicht. Vic würde das auffallen.

»Wenn der Umschlag heute Nachmittag in meiner Wohnung liegt, bringst du das Päckchen aus der DVD-Hülle im Schuhschrank zum Schließfach am Bahnhof«, hatte Vic ihm morgens gesagt, als er ihm das Geld für ein Taxi über den Küchentisch geschoben hatte. »Gut möglich, dass ich ihn heute schon bekomme.«

Sven hatte sich gehütet zu fragen, was in diesem Umschlag, geschweige denn in dem Päckchen war, das bereits seit letzter Woche in einer der Hüllen im Schuhschrank lag. Wenn er eines davon mitbrachte, wusste Sven immer, dass in absehbarer Zeit der dazugehörige Umschlag abgegeben wurde. Sie redeten jedoch nie viel darüber. Vic konnte es nicht leiden, wenn man sich in seine Angelegenheiten mischte. Das hielt ihn allerdings nicht davon ab, fast alles in seinem eigenen Leben zu Svens Angelegenheit zu machen, wenn es ihm in den Kram passte.

Er legte den Umschlag wieder zurück, bemüht, ihn genau an die Stelle zu platzieren, auf der er sich befunden hatte. Er ging durch den dunklen, schmalen Flur, voll mit Fotos in Postergröße, die mit schlecht haftenden Klebestreifen mit bereits eingerissenen Ecken an der Wand befestigt waren. Sie zeigten ausschließlich Vic aus verschiedenen Perspektiven, während er in seinem Lieblingsklub auflegte.

Er zog das Päckchen aus dem unteren Fach des Schuhschrankes. Der verkleinerte den engen Flur mit einer Front aus Eiche rustikal nicht nur optisch. Hier musste sich fast jeder seitwärts durchschlängeln. Dabei wurde das Möbelstück nicht genutzt, außer als Ablage für Bierflaschen, Aschenbecher oder seltsame Päckchen. Der Schuhschrank hatte sich bereits bei Vics Einzug in der Wohnung befunden, genau wie der größte Teil der Möbel. Die mochten in ihrer Epoche durchaus der letzte Schrei gewesen sein, wirkten nun aber wie staubige Relikte aus einer längst überholten Vergangenheit. Da Vic sich nicht viel aus Einrichtung machte, solange er einen Platz für seine Musikanlage, ein Bett und einen Kühlschrank voll Bier hatte, war das Monstrum im Flur stehen geblieben. Es zwang jeden, der durch den Flur gehen wollte, sich an der Garderobe durch ein Gewühl von Jacken zu kämpfen, von denen Vic die meisten nicht anzog, da er immer seine Militärjacke trug.

Sven öffnete die DVD-Hülle und drehte das Päckchen darin unschlüssig in der Hand. Selbst in dem schummrigen Licht des Flurs, das aus dem Wohnzimmer drang, konnte er erkennen, dass es mit einem grauen, undurchsichtigen Klebeband umwickelt war. Es wirkte wie ein flacher Stein, den man über das Wasser hüpfen ließ. Nur leichter. Er ließ es probeweise auf der Handfläche hüpfen, um herauszufinden, ob er von einem Geräusch aus dem Inneren auf den Inhalt schließen konnte. Es war nichts zu hören. Sven merkte, wie sich die Gelenke in seinen Knien beschwerten. Er richtete sich auf.

Es war bereits das dritte Mal, dass er ein Päckchen zum Schließfach bringen sollte. Er hatte sich bis jetzt nichts weiter dabei gedacht. Vic war manchmal exzentrisch. Heute hatte er allerdings zum ersten Mal solch einen Umschlag gesehen. Das Gefühl, das ihn beschlich, trug nicht dazu bei, ihn zu beruhigen.

Er durchquerte das Wohnzimmer und ging in die Küche, wo er durch den unvermittelten Übergang von dunklem Holz zu weißem Resopal jedes Mal geblendet wurde. Er kramte in der Besteckschublade nach einer Schere. Er drehte den Klumpen mehrfach herum und überlegte, an welcher Stelle er ihn am besten aufschneiden könnte, ohne ihn komplett zu beschädigen. Gerade als er sich entschieden hatte, es an einer Kopfseite zu versuchen, hielt er inne. Das hier war Steinklebeband. Einen Schnitt müsste er mit transparentem Klebeband wieder verschließen. Er hatte kein anderes. Aber spielte das eine Rolle? Er wusste nicht, ob es dem Empfänger überhaupt auffallen würde. Möglich wäre es jedoch. Was würde Vic dazu sagen, wenn er das herausbekäme? Sven entschied sich, dass der Inhalt des Päckchens es nicht wert war, Vics Vertrauen zu enttäuschen. Er legte die Schere wieder zurück in die Schublade.

Dem Betrieb ging es in den letzten Jahren nicht gut. Das wusste sein Besitzer Ulrich Moench natürlich. Abbundunternehmen aus osteuropäischen Ländern liefen heimischen Sägewerken wie seinem den Rang ab, wie es im Moment in anderen Branchen ebenfalls der Fall war. Dennoch fragte er sich, wie er ausgerechnet auf die Idee gekommen war, seine Firma als Veranstaltungsort für einen DJ Sowieso anzubieten, obwohl dessen Management ihn für diesen Ort fürstlich entlohnt hatte.

»Die Location ist einzigartig«, hatte eine Frau am Telefon gesagt, der er schon an der Stimme anhörte, dass sie eine überkandidelte Tusse war. Für so etwas hatte er ein Ohr. Außerdem brauchte er einen Moment, um herauszufinden, dass *Location* Schauplatz bedeutete. Warum konnten die Menschen nicht einfach in der Sprache des Landes sprechen, in dem sie geboren waren?

»Was wissen Sie über meinen Betrieb?«, hatte er erwidert und entging so der Gelegenheit, ihr einen Vortrag über dieses Thema zu halten.

»Ich war gestern vor Ort. Einer Ihrer Mitarbeiter war so freundlich, mir alles zu zeigen.«

»Tatsächlich?«, antwortete er, aber sie bemerkte seinen Sarkasmus offenbar nicht. Er beschloss indes, mit dem *freundlichen Mitarbeiter* ein ernstes Wörtchen zu reden.

Eigentlich wollte er wieder auflegen, als sie ihm schnell eine Summe nannte, die ihn innehalten ließ, ganz so, als hätte sie das erwartet. Nur der Zahl war es zu verdanken, dass er heute, an einem Samstagnachmittag, das Tor aufschließen musste, da sich dieser DJ ein Bild von der *Location* machen wollte, was immer das auch zu bedeuten hatte.

Bereits die ganze letzte Woche stolperten seine Leute über Kabel und Lautsprecher, räumten Stämme und Latten von einem Platz zum anderen, weil genau an dieser Stelle der Blick auf die Bühne unvorteilhaft verdeckt wurde. Zu allem Überfluss kam noch ein Mitarbeiter des Ordnungsamtes, der den *einzigartigen Schauplatz* begutachten wollte. Er hinterließ Moench eine Fülle von Auflagen, die vermeiden sollten, dass sich ein Betrunkener in die Sägeblätter der großen Gattersäge stürzen würde. Der Brandschutzbeauftragte, der just am selben Tag erschien, ließ dann Moenchs ohnehin nicht mehr ausgeprägten Enthusiasmus für die ganze Aktion bis unter den Nullpunkt sinken.

Er schaute auf die Uhr, fest entschlossen, diesem DJ gehörig die Meinung zu sagen, wenn er nur eine Minute zu spät kommen und einem hart arbeitenden Menschen so den Genuss an seinem wohlverdienten Feierabend verderben würde. Überraschenderweise war dieser pünktlich. Punkt 15 Uhr schoss ein kanariengelber Ford Mustang Bullitt mit dröhnendem Motor auf den Hof, was Moench dazu verleitete, unbewusst ein Stück zur Seite zu springen, obwohl er weit genug entfernt stand. Durch den sich nur allmählich legenden Staub sah er einen zwar schlanken, aber dennoch untersetzt wirkenden Mann auf sich zukommen. Dieser Eindruck entstand durch seine kurzen Beine, die in falscher Proportion zu der Länge des Oberkörpers standen. Alles in allem sah er äußerst gewöhnlich aus. Ulrich Moench konstatierte, dass es schlecht um eine Welt bestellt war, in der solch unscheinbare Zwerge es schafften, berühmt zu werden und den Geschmack der Massen zu bestimmen. Die ganze Welt war aus den Fugen.

»Das mit dem Staub geht so nicht. Das hat Ihnen meine Managerin doch wohl gesagt?«, fragte der Zwerg ohne Begrüßung, der offenbar seine Manieren zu Hause gelassen hatte.

»Davon weiß ich nichts«, erwiderte Ulrich. »Das ist hier halt ein Betrieb, in dem schließlich gearbeitet wird. Da ist es auch schon mal staubig.«

»Was ist das für eine Sauerei auf dem Hof? Sollen meine Fans knietief im Matsch waten, falls es regnet?«

»In dieser Jahreszeit kann es halt regnen oder auch schon schneien. Das hätte sich Ihre Managerin vorher überlegen sollen«, entgegnete Ulrich, der kurz nachdachte, ob seine Würde nicht vielleicht doch wichtiger war als ein volles Portemonnaie. Er kam aber zu dem Schluss, dass man sich Würde schon leisten können musste.

»Ich hoffe, wenigstens drinnen wird es besser«, sagte der DJ und ging an ihm vorbei, ohne ihn noch einmal anzusehen.

Moench wäre jetzt gerne in sein Büro verschwunden, in dem er im Aktenschrank eine Flasche Maltwhisky für besondere Gelegenheiten aufbewahrte. Diese könnte durchaus eine sein. Trotzdem hielt er es für besser, seine Gelüste zu verschieben und darauf aufzupassen, dass dieser DJ hier nicht irgendeinen Unfug anstellte.

»Scheißaltes Gemäuer«, knurrte der, als er eine Runde um die Gattersäge gedreht und dabei einen prüfenden Blick hinter einen Haufen mit Sägemehl geworfen hatte. Das holten sich die Pferdebesitzer immer zum Einstreuen ihrer Ställe.

»Das soll hipp sein? Ich wollte in dem Laden hier nicht auftreten, aber mein Management findet, dass so was cooles Ambiente darstellen soll. Und was bekomme ich? Eine Bruchbude.«

Die *Bruchbude* war ziemlich genau 70 Jahre alt und seit dieser Zeit immer im Familienbesitz. Sie war zwar nicht die Schönste oder Modernste, dafür war alles, was hier stand, bezahlt. Wenn das nicht so gewesen wäre, hätte Ulrich längst die Pforten dichtmachen müssen. Er befand, dass jetzt wirklich die Zeit für einen Whisky gekommen war.

»Sehen Sie sich um, ich warte in meinem Büro«, ließ er die Unverschämtheit unkommentiert. Er verschwand hinter der Absaugung, wo sich neben der Filteranlage sein Allerheiligstes befand. Dort pflegte er sich oft und lange aufzuhalten. Aber weder der beste Alkohol noch der gemütlichste Sessel konnten die Tatsache verleugnen, dass es Wochenende war und hier seine Zeit von jemandem gestohlen wurde, der sich keinen Deut darum scherte. Höchste Zeit, den großkotzigen DJ hinauszuwerfen.

Ulrich Moench verließ sein Büro und ging den Gang Richtung Fertiglager. Wäre der DJ noch im vorderen Bereich gewesen, hätte er ihn längst sehen müssen. Er konnte nur noch hinten im Auslieferungslager oder auf der Empore sein, wo allerlei Werkzeug und Ersatzteile aufbewahrt wurden. Beide Lager waren von vorne nicht einsehbar. Er umrundete den elektrischen Betriebsraum und wäre fast über einen Körper gestolpert, der am Boden lag. Er hatte den DJ gefunden, nur nicht so lebendig, wie er ihn verlassen hatte.

2

Wenn Sunny Meyer bereits morgens zum frühen Aufstehen gezwungen wurde, zog sie es vor, mit einem Kuss oder zumindest mit einem dampfend heißen Kaffee geweckt zu werden. Anrufe ihres Vaters, zu dem das Verhältnis nun schon seit mehreren Wochen angespannt war, gehörten eindeutig nicht dazu.

Sie betrachtete den Bildschirm des Smartphones eine Weile und überlegte, ob es Sinn hätte, den Anruf zu ignorieren. Zumindest bis ihr Verstand wach genug wäre, dieses schon längst fällige Gespräch zu führen. Sie schimpfte sich einen Feigling und sah ein, dass sie für die Art von Unterhaltung auch Stunden später nicht bereit sein würde. Dann konnte sie es auch genauso gut gleich hinter sich bringen. Anscheinend dachte ihr Vater ähnlich, da er es unbeirrt weiterklingeln ließ. Sunny hatte noch nie etwas von Mailboxen und Anrufbeantwortern gehalten.

»Ich bin davon ausgegangen, dass du dich freiwillig bei mir meldest«, hörte sie seine tiefe Stimme, bei der man immer ein wenig das Gefühl hatte, jeden Moment würden die feinen Härchen in ihren Ohren vibrieren, weil sie ins Schwingen geraten waren. Als Kind hatte sie dieser Tonfall beruhigt. Er gab ihr Sicherheit und Schutz. Leider hatte sie sich das in den letzten Jahren verscherzt. Nun empfand sie den Bass ihres Vaters nur noch als bedrohlich.

»Ich hatte viel um die Ohren«, antwortete sie ausweichend und fixierte einen Punkt in der Vitrine mit den geschnitzten Intarsien vor ihr, in der Porzellanfigürchen auf Häkeldecken standen. Sie wäre nie auf die Idee gekommen, sich so etwas ins Regal zu stellen. Allerdings hier in der Hütte gehörte das zu dem Ambiente, das die Geborgenheit dieses Ortes ausmachte.

»Sieh an, das Fräulein hat viel um die Ohren. Du wirst es nicht glauben: ich auch. Auf jeden Fall, solange ich immer dazu gezwungen werde, deine Fehler auszubügeln.«

»Welche Fehler?«, fragte Sunny unvorsichtigerweise. »Meine Wohnung hast du doch schon aufgelöst.«

Vor sechs Wochen hatte sie vor ihrer Haustür gestanden und leidvoll feststellen müssen, dass ihr Vater die Schlösser hatte austauschen lassen. Was natürlich sein gutes Recht war, immerhin war es seine Mietwohnung.

»Es ist schön, dass dieser Fall damit erledigt gewesen ist«, erwiderte Gregor Meyer. Es klang allerdings nicht so, als ob er sich darüber freute. »Bedauerlicherweise erweist sich meine Tochter als Wanderbaustelle. Dauernd tauchen neue Schäden auf.«

»Ich weiß nicht, wovon du sprichst.«

Das war nicht gelogen. Außer dem Verlust ihrer Wohnung, die – fairerweise gesagt – jahrelang von ihrem Vater bezahlt worden war, wie auch weitgehend ihr sonstiger Lebenswandel, fiel ihr auf Anhieb keine Katastrophe ein, die sie nun noch ereilen könnte.

»Wenn du meinst, mit deiner Patzigkeit weiterzukommen, kann ich dir versichern: Das ist nicht so. Ich habe heute einen sehr aufschlussreichen Anruf von deiner Bank bekommen.«

Sunny musste feststellen, dass ihr Peilsender für Katastrophen offenbar defekt war. Sie erinnerte sich vage an einen Brief ihrer Bank, in dem sie dazu aufgefordert worden war, umgehend die seit sieben Monaten ausstehenden Raten ihres Kredites zu bedienen. Das war, bevor sie einen Tag später an der verschlossenen Tür ihrer Wohnung rüttelte und ihr Vater ihr Hab und Gut in ein Containerlager am Rande der Stadt hatte bringen lassen. Dort wartete dieser Brief wahrscheinlich darauf, dass sie ihn beantwortete.

»Meine Bank darf dir so etwas gar nicht sagen. Außerdem geht dich das nicht das Geringste an.«

Ihr fiel nichts Besseres ein, als in die Offensive zu gehen, sie wusste aber sofort, sich damit keinen großen Gefallen zu tun.

»Da ich für diese Summe bürgen musste, geht mich das sehr wohl etwas an. Und Cornelius Brandt ist ebenfalls der Meinung.«

Cornelius Brandt war der Direktor der Moebus-Bank und ein Golfpartner ihres Vaters. Sunny war schon immer überzeugt davon gewesen, dass die zahlreichen Verbindungen auf dem Golfplatz zu nichts Weiterem taugten, als über Geschäfte zu reden, die anderen im schlimmsten Fall das Genick brachen. In diesem Fall ihr. Sie hatte recht behalten, konnte sich aber dennoch nicht darüber freuen.

»Ich werde das Geld schon noch bezahlen«, sagte sie. Es klang ärgerlicher, als sie es eigentlich wollte.

»Das will ich dir raten. Sonst muss ich das nämlich tun. Du kannst dir vorstellen, dass ich darüber alles andere als erfreut wäre. Und deine Haltung, Briefe der Bank einfach zu ignorieren, stimmt mich nicht gerade fröhlicher.«

Gregor Meyer hätte ihren Kredit mit Leichtigkeit bezahlen können. Als CEO einer Elektronikfirma war das eine Summe, die er an einem Wochenende in Kitzbühel ausgeben konnte. Und das auch nur, wenn ihre Mutter Verena nicht dabei war, die einen von ihr oft betonten *besonderen* Geschmack hatte, was nichts anderes bedeutete als teuer.

»Wie soll ich auch Briefe empfangen? Ich habe schließlich keine Wohnung mehr.«

Es gab wenigstens eine kleine Hoffnung, mit dieser Aussage durchzukommen.

»Das ist ein Problem, das du mit deinen 31 Jahren durchaus in der Lage sein solltest zu lösen. Erwachsene Menschen bekommen die Post nachgesendet.«

Es hatte keinen Sinn, auf diese Provokation einzugehen. Ihr Vater wollte ihr unbedingt eine Lektion erteilen. Vor ein paar Wochen hätte sie es darauf ankommen lassen, aber irgendetwas sagte ihr, dass Leo ihr Verhalten nicht gutheißen würde.

»Ich kümmere mich darum«, erwiderte sie daher und zog im Geiste eine Bilanz ihres aktuellen Kontostands. Der gab ihr keinen Anlass, zu überzeugt von ihrer eigenen Aussage zu sein.

Die Treppe in die untere Etage bestand aus ausgetretenen Holzstufen, im Laufe der Jahre glatt geschliffen von den Füßen, die hier hoch- und hinuntergelaufen waren. Sunny wusste nicht, wie alt das Haus war oder wie viele Bewohner es bereits gehabt hatte, aber sie liebte die Vorstellung, Teil der Gemeinschaft einer lebendigen Vergangenheit zu sein.

Genauso liebte sie den Anblick von Leo, der in der Küche mit den aus Backstein gemauerten Theken stand und heißes Wasser in einen Porzellanfilter goss. Vor sechs Wochen hätte sie es sich noch nicht vorstellen können, sich in der Nähe eines Mannes so wohlzufühlen. Dabei war ihr immer noch nicht klar, warum Leo sich in sie verliebt hatte. Er ließ sich diesbezüglich nicht in die Karten schauen.

»So früh?«

Als er den Kopf hob und sich umdrehte, schwangen seine schulterlangen Haare nach hinten. Die Sonne im Osten stand noch nicht besonders hoch und schickte einen Strahl durch das Fenster, der sein kupferrotes Haar aufleuchten ließ. Sunny hätte nie gedacht, sich in einen Mann mit roten Haaren verlieben zu können.

»Mein Vater hat angerufen«, sagte sie.

Sie setzte sich in den karierten Sessel des Wohnbereichs, von dem aus sie Leo in der Küche beobachten konnte. Auf der unteren Etage gab es keine Innenwände. Es war noch kühl. Leo hatte das Feuer anscheinend erst vor Kurzem wieder zu neuem Leben erweckt. Es hatte noch nicht die Kraft, den ganzen Raum in die Art wohliger Wärme zu hüllen, die nur offene Flammen zustande brachten und die sie so liebte.

»Du klingst nicht begeistert?«

Leo kam zu ihr herüber und drückte ihr eine Tasse in die Hand. Sunny sog den Duft des Kaffees ein.

»Du weißt, wie unser Verhältnis ist.«

Tatsächlich hatte ihm Sunny noch nicht allzu viel darüber erzählt, aber genug, dass er ihre Aussage nicht hinterfragen musste.

»Das hätte sich ja auch bessern können. Eine gewisse Entfernung voneinander kann da schon mal helfen.«

Sunny hatte keine Lust zu erklären, warum sich das Verhältnis vielleicht nie wieder richtig erholen würde, selbst dann nicht, wenn man den Nordpol zwischen sie legte. Die Beziehung zu ihren Eltern hatte die letzten Jahre eine deutliche Wandlung durchgemacht und wurde immer schlechter, je mehr sich Sunny von ihrem einstigen Lebensziel entfernte. Es bedurfte mehr als ein paar Wochen Abstinenz von ihrer Person, um das wieder hinzubekommen.

»Ich habe da noch so einen blöden Kredit. Mist ist nur, dass mein Vater als Bürge eingetragen ist. Wenn ich die Raten nicht bezahlen kann, muss er sie bezahlen. Darüber ist er ziemlich sauer.«

»Was war das für ein Kredit?«, fragte Leo. Keine Vorhaltungen oder Belehrung, dass sie in ihrem Alter eigentlich mit Geld umgehen können müsste.

»Umschuldung«, erwiderte Sunny knapp.

Auch dazu sagte er nichts, aber er ging zurück in die Küche, um eine weitere Tasse Kaffee aufzubrühen. An seiner Körperhaltung konnte Sunny nicht erkennen, was er darüber dachte.

»Ich würde dir das Geld geben«, sagte er dann. »Aber ich besitze im Moment auch nicht genug, seit ich den Nebenjob aufgegeben habe.«

Auch wenn sie noch nicht näher über Leos Leben gesprochen hatten, wusste Sunny immerhin, dass er sein Studium der Geowissenschaften aufgegeben hatte, weil es nicht das war, was er sich vorgestellt hatte. Mehr konnte sie noch nicht erfahren. Leo machte nicht den Eindruck, als wolle er unbedingt in seiner Vergangenheit wühlen. Er fragte sie auch nicht nach ihrer. Daher blieb es bei dem, was sie ihm in den letzten Wochen freiwillig erzählt hatte.

»Das ist sicher nicht die Lösung, dass ich nach meinem Vater jetzt dir auf der Tasche liege.«

Sunny zweifelte einen Moment, dass sie es gewesen war, die diese Worte ausgesprochen hatte. So ungeheuerlich war die Vorstellung, auf einmal ein schlechtes Gewissen zu bekommen, wie sie bislang ihr Leben gestaltet hatte. Leo hatte offenbar doch mehr Einfluss auf sie, als sie zugeben würde.

»Dennoch darfst du so etwas nicht ignorieren. Das kann zu einem üblen Bumerang werden.«

»Ich zerbreche mir schon den Kopf, wie ich das löse. Das kannst du mir glauben.«

Das stimmte zwar nicht ganz, aber immerhin fing sie nun damit an. Irgendwie hatte sie den Verdacht, dass sich diese Angelegenheit nicht in Luft auflösen würde. Aber hatte sie nach den Ereignissen der jüngsten Vergangenheit nicht genau das, was sie brauchte, um ihre Situation zu verbessern? Schließlich konnten Leo und sie einen alten Mordfall aufklären, der in der Öffentlichkeit einiges an Interesse geweckt hatte. Daraus musste sich doch etwas machen lassen.

»Ich werde meinen Redakteur anrufen«, sagte sie daher.

»Um ihm was zu sagen?«

»Ich kann ihm immerhin eine Exklusivstory anbieten. Das sollte schon etwas wert sein.«

»Wie willst du ihm plausibel erklären, was da vorgefallen ist?«

Das war eine berechtigte Frage. Sunny war sicher, wenn Chris Compten nur das Wort Geister vernahm, würde er wahrscheinlich den Hörer auflegen.

»Ich muss ja nicht allzu sehr ins Detail gehen«, erwiderte sie. »Den Täter haben wir schließlich überführt.

Von den Geistererscheinungen muss ich ihm nichts sagen.«

Sie hatten viel darüber gesprochen, was damals in der Waldhütte geschehen war. Leo hielt sie für medial begabt. Sunny hoffte, er irrte sich diesbezüglich. Sie wollte in Zukunft nicht dauernd über herumgeisternde Tote stolpern.

»Ich werde ihn anrufen«, sagte sie. »Einen Versuch ist es auf jeden Fall wert.«

»Du meldest dich mehrere Wochen nicht und willst mir auf einmal eine Reportage verkaufen?«

Sunny war klar gewesen, dass Compten sich nicht mit Begeisterung auf ihre Idee stürzen würde, aber ein wenig mehr Enthusiasmus hatte sie schon erwartet.

»Nicht irgendeine Reportage. Der Mordfall war in allen Zeitungen.«

»Dann braucht er jetzt nicht mehr in unserer auftauchen.«

Sunny sah den Chefredakteur vor sich, ein hoch aufgeschossener Mann, fast so groß wie Leo, nur um einiges breiter und schwerer. Wenn er an seinem Schreibtisch saß, sah er aus, als wäre er nicht in der Lage, sich schnell zu bewegen, geschweige denn genauso schnell zu denken. Aber der behäbige Eindruck täuschte. Compten hatte einen scharfen Verstand und ein untrügliches Gespür für gute Storys. Ferner konnte er sich so zügig von seinem Platz erheben und hinter dem Stuhl eines Redakteurs auftauchen, dass er von allen nur der Schatten genannt wurde. Er kannte den Spitznamen, nahm ihn jedoch als Kompliment und störte sich ansonsten nicht weiter daran.

»Ich habe Erlebnisse aus erster Hand. Ich war schließlich dabei und habe den Fall aufgeklärt.«

Mit Leo, dachte sie. Sie leistete in Gedanken Abbitte, den Erfolg der Ermittlung für sich zu verbuchen. Aber sie brauchte unbedingt einen Treffer. Wenn sie Leo jetzt bereits erwähnte, würde Compten infrage stellen, ob ihr Anteil an der Aufklärung wirklich groß gewesen war. Er traute ihr nicht das meiste zu. Wenn Sunny an ihre unstete Vergangenheit in der Redaktion dachte, konnte sie es ihm nicht verübeln.

»Dennoch kommst du jetzt erst und bietest mir die Story an? Wo warst du einen Tag danach, als die Berichterstattung über den Fall in aller Munde war?«

Sunny fiel nicht direkt eine Antwort ein. Was hatte sie in den Tagen gemacht, außer bei der Polizei zu sitzen, ihnen die Geschehnisse der vergangenen drei Tage zu erklären versucht, ohne dabei die Wahrheit zu sehr strapazieren zu müssen? Auf jeden Fall hatte sie nicht an den *Seligenwalder Kurier* gedacht, der sicher Interesse daran gehabt hätte, einen Exklusivbericht bringen zu können. Wenn sie heute darüber nachdachte, fand sie ihr Verhalten vollkommen unverständlich.

»Sunny, ich mag dich. Das weißt du«, sagte Chris und brach damit das Schweigen, das zwischen ihnen herrschte. »Wie sonst ist es zu erklären, dass ich dir immer und immer wieder alle Chancen gebe? Aber ich bin darauf angewiesen, dass meine Reporter mir gute Geschichten liefern. Ich habe hier jeden Tag eine Zeitung damit zu füllen. Da muss ich mich darauf verlassen können, dass alle an einem Strang ziehen. Auch die freiberuflichen wie du.«

Diese Rede hörte Sunny nicht zum ersten Mal. Eigentlich bewunderte sie Chris für seinen Langmut und die Geduld mit ihr. Dennoch brachte sie das jetzt nicht weiter. Sie brauchte Geld. Das war halt alles, was sie konnte. Außer Geister zu sehen, aber das hatte sich noch nicht in barer Münze ausgezahlt. Sie wollte auch nicht darauf warten, bis das vielleicht passieren würde.

»Die Leser werden begeistert sein«, versuchte sie noch einmal, das Gespräch in die richtige Richtung zu lenken. »Ich habe alle Informationen, und die auch noch aus erster Hand. Ich kann ihnen bis ins Detail erzählen, was an dem Wochenende im Wald passiert ist.«

»Das reißt keinen mehr vom Hocker. Die Menschen verlieren schnell das Interesse an so was. Der Mord war scheußlich, der Täter ist gefasst und Weiteres gibt es zu dem Thema nicht mehr zu sagen. Kennst du den Ausdruck *ein totes Pferd reiten*? Eine Weisheit der Indianer. Das hier ist ähnlich.«

Sunny spürte, wie ein verzweifelter Zorn in ihr aufstieg. Zorn über ihre Situation, die sie selbst zu verantworten hatte, Zorn über ihre Unfähigkeit, einfach mal das Richtige oder überhaupt etwas zu tun, was Sinn ergab. Sie hätte die Chance gehabt, ihre Geschichte zu verkaufen. Dabei hatte sie nicht einmal an den *Seligenwalder Kurier* gedacht, sondern viel eher an eine richtig große Zeitung, die die Mittel hatte, teure Storys zu finanzieren.

»Was ist eigentlich los? Du wolltest mir noch nie mit solchem Nachdruck etwas verkaufen.«

»Ich brauche Geld«, antwortete Sunny.

Einen kurzen Moment hatte sie die Hoffnung, dass er ihr welches anbieten würde. Aber diese Hoffnung wurde schnell wieder zunichtegemacht.

»Wer nicht?«, erwiderte Chris Compten lapidar. »Da geht es dir wie wohl so ziemlich jedem. Aber vielleicht habe ich doch noch etwas für dich.«

Sunny hatte sich bereits darauf vorbereitet, das Gespräch schnell zu beenden, da es zu nichts führte. Jetzt wurde sie jedoch wieder hellhörig.

»Und was?«

Sie konnte es nicht vermeiden, sich hoffnungsvoll anzuhören.

»Du bist doch in Fastelruh? In dieser Gegend hat es in der letzten Zeit einige Vorfälle mit harten Drogen gegeben. Heroin, Koks und so ein Zeug. Sollte man nicht glauben in diesem ländlichen Gebiet, wo es nur vier Häuser und fünf Misthaufen gibt.«

»Ein paar mehr sind das schon. Und was jetzt? Soll ich einen Drogenring hochnehmen?«

»Du schaust offenbar zu viel Fernsehen. Trotzdem könntest du mal ein paar Nachforschungen anstellen. Wo kommt das Zeug her, wer vertickt es und wo? Du weißt ja, wie das läuft. Bring mir eine gute Story und ich bringe dir Geld. So läuft das.«

Drogen waren immer noch besser als Geschichten von tanzenden Katzen und überfahrenen Hamstern.

»Ich häng mich da rein«, versprach Sunny.

3

Sunny schlief auch in Zeiten großer Sorgen nie schlecht, aber die jüngsten Ereignisse erschütterten ihr sonst stabiles Nervenkostüm doch mehr, als sie es sogar vor sich selbst zugeben wollte. Ihr Bett barg jedoch die Art Gemütlichkeit, die es ihr ermöglichte, irgendwann zumindest in einen leichten Schlaf zu fallen. Als sie plötzlich wieder erwachte, hätte sie schwören können, die ganze Zeit wach gewesen zu sein. Aber etwas in der dunklen Nacht hatte sich verändert. Wolken schienen aufgezogen zu sein, die den Himmel komplett verdunkelten. Bevor sie eingedöst war, konnte sie trotz der Dunkelheit erkennen, dass er klar war.

Sie horchte in die Nacht und fragte sich, von was sie geweckt worden war. Der Wald war hier in seiner Tiefe nie ganz still, aber die Geräusche waren ihr mittlerweile so vertraut, dass sie diese nicht mehr als störend wahrnahm. Von denen konnte es keines gewesen sein. Sie beschloss aufzustehen, um in der Küche einen Schluck zu trinken.

Sie ließ die Füße vorsichtig auf die Holzdielen gleiten, obwohl sie sich mittlerweile davon überzeugt hatte, dass sie nicht das geringste Geräusch von sich gaben. Leo hatte ihr erklärt, dass Holz sich zwar immer setzte, diese Hütte aber so alt war, dass die Balken fest in allen Verankerungen lagen. Das Haus hatte sich in den letzten Jahren endgültig zur Ruhe begeben, als sähe es nicht mehr ein, seine Energie an solch profane Dinge zu verschwenden. Sie glitt die Treppe hinunter, immer darauf bedacht, sich am Geländer festzuhalten, da die unterschiedlich hohen Stufen ihr manchmal einen Streich spielten und sie stolpern ließen. Die untere Etage blickte ihr dunkel, aber vertrauenserweckend entgegen, als begrüße sie eine alte Freundin. Sunny wunderte sich darüber, dass sie trotz eines bewölkten Himmels und des Fehlens sämtlicher Lichtquellen, die normalerweise in der Nähe von jeder Siedlung vorhanden waren, keinerlei Probleme hatte, sich zurechtzufinden. Wäre es sternenklar gewesen, hätte sie alle Konturen noch genauer erkennen können.

Als in diesem Moment der Bewegungsmelder auf der Veranda das Außenlicht aufscheinen ließ, erschrak sie sich, zuckte zurück und klammerte sich sofort fester an das runde warme Holz des Handlaufs. Sie war nicht sonderlich ängstlich, aber das unvermittelte Aufleuchten hatte sie dennoch erschreckt. Die Gestalt, die sie plötzlich im Lichtschein erkennen konnte, tat es noch viel mehr. Sie fragte sich, ob sie ein Déjà-vu hatte.

Genauso hatte es vor ein paar Wochen in ihrer maroden Wanderbehausung in der ersten Nacht auch angefangen. Damals war Anton Albers um das Haus geschlichen. Schon da hatte sie keine Furcht gezeigt.

Sie war sich nicht sicher, ob die Gestalt sie durch die Sprossenfenster der Haustür gesehen hatte. Sie erkannte trotz der Beleuchtung nur Schemen, was sie verwunderte. Die Birne der Außenlampe war ziemlich stark. Normalerweise hätte sie die Person besser erkennen müssen. Sie konnte noch nicht einmal mit Sicherheit sagen, ob sie mit dem Gesicht oder dem Rücken in ihre Richtung stand.

Sunny ging die restlichen Stufen nach unten. Sie griff nach dem Mantel, der in der Diele am Garderobenhaken hing. Sie überlegte einen Augenblick, ob sie Leo wecken sollte, das schien ihr dann aber lächerlich. Der Theorie von Gewaltverbrechern, die nachts nichts Besseres zu tun hatten, als durch einen üblicherweise menschenleeren Wald zu streifen, um dort ihre Opfer zu finden, konnte sie noch nie etwas abgewinnen. Wenn sie eine Serienmörderin wäre, würde sie sicher nicht so vorgehen. Also war es wahrscheinlich ein Jäger oder ein Obdachloser auf der Suche nach einer Unterkunft. Mit beiden sah sie sich in der Lage, alleine fertig zu werden. Dafür brauchte sie Leo nicht.

Sie drehte sich wieder zur Haustür, nur um festzustellen, dass der nächtliche Besucher verschwunden war. Sicher hatte er sie dann doch gesehen und es vorgezogen weiterzuziehen. Sie wollte nur gerne die Bestätigung für diese Vermutung, daher schob sie den

Riegel der Tür zur Seite und drehte den Schlüssel im
Schloss. Die Scharniere gaben keinen Mucks von sich,
als hätten sie sich das korrekte Benehmen vom Holz der
Treppe und der Bodendielen abgeschaut. Tatsächlich
hatte Leo sie vor zwei Tagen erst geölt. Davor war das
Quietschen erbärmlich gewesen.

Durch die Wolkendecke war es ein paar Grad
wärmer geworden als noch am Morgen. Doch Sunny
war froh, den Mantel übergezogen zu haben, auch
wenn sie nicht vorhatte, weiter als bis vor die Haustür
zu gehen.

Der geheimnisvolle Fremde war nicht mehr zu
sehen. Zur Sicherheit verließ sie die Veranda doch. Sie
wanderte unter dem hellen Schein der Außenbeleuch-
tung ein Stück um die Hütte herum, als erwartete sie,
dass sich der mysteriöse Besuch dort versteckt hatte.
Aber da war ebenfalls nichts. Am besten suchte sie
wieder ihr Bett auf.

Sie ging nach vorne. Ein Ast verfing sich in den
Schößen ihres Mantels. Sie stellte das rechte Bein auf
die erste Stufe der Verandatreppe und beugte sich vor,
um sie von den Dornen zu befreien. Als sie sich wieder
aufrichtete, starrte sie einen Augenblick in das Gesicht
des Fremden. Bevor sie etwas sagen konnte – und wäre
es auch nur ein Laut der Überraschung gewesen –, war
die Gestalt auf einmal verschwunden. Vor ihren Augen.
Plötzlich einfach weg.

Anton Albers besuchte sie jeden Sonntag, seit nunmehr fast fünf Wochen. Zwar nicht immer mit demselben Fahrzeug – einmal war er sogar mit dem Fahrrad gekommen –, aber es war immer ein Sonntag und immer zum Frühstück.

Sunny beobachtete ihn durch das Küchenfenster, wie er aus einem Toyota Corolla stieg. In seinem Ledermantel und dem speckigen Schlapphut wirkte er wie ein Relikt aus längst vergangener Zeit, als Männer noch mit Pferdekutschen unterwegs waren und sich ihr Abendessen selbst schossen. Der Eindruck täuschte. Unter den weißen langen Haaren und hinter dem vom Wetter gegerbten Gesicht steckte ein scharfer, analytischer Verstand, dessen Berührungsängste vor den Mitteln der modernsten Techniken der Verbrechensbekämpfung quasi nicht existent waren. Seine Pensionierung hatte den Hauptkommissar nicht in die beunruhigende Lethargie fallen lassen, die manchen plötzlich aus dem Berufsleben gerissenen Rentnern zu eigen war.

»Die Brötchen«, sagte Anton überflüssigerweise, als er die Tür hinter sich schloss und eine Tüte aus der Bäckerei auf den Küchentresen legte.

»Und die Zeitung?«, fragte Sunny wie jeden Sonntag, wohl wissend, dass er sie in dem Moment aus der Innentasche seines Mantels holen würde, sobald er ihn an die Garderobe gehängt hatte. Leo zog sie manchmal für ihre Vorliebe für eine bekannte deutsche Sonntagszeitung auf.

»Ich dachte, du wolltest dich auf ernsthaften Journalismus spezialisieren?«, hatte er gefragt.

»Ich will sie lesen, nicht für sie schreiben«, hatte sie geantwortet.

»Die interessantesten Neuigkeiten, die ich für euch habe, stehen nicht in dieser Zeitung. Noch nicht.«

Anton legte das gescholtene Blättchen auf den Wohnzimmertisch aus vernarbten Holzplanken. Er nahm in dem durchgesessenen karierten Sessel Platz, der neben der beigen Couch und der Ottomane im selben Design wie ein entfernter Verwandter wirkte, der nur zu Besuch gekommen war. Sunny reichte ihm eine Tasse Kaffee.

»Wir werden hier nicht gerade von interessanten Geschichten überhäuft. Also leg los.«

Leo war zwischenzeitlich die Treppe heruntergekommen. Sunny betrachtete liebevoll sein zerzaustes Haar, das wie ein Heiligenschein wirkte, solange es noch nicht gekämmt worden war.

»Das wird besser, wenn wir genug Geld zusammenhaben, um einen Fernseher zu kaufen«, sagte sie.

»Also nie«, konstatierte Leo. Er lachte.

Es war schön, ihn lachen zu sehen. Ihr Magen krampfte sich dabei auf eine unnatürliche, aber angenehme Weise zusammen.

»Fernsehen verdirbt die Kommunikationsfähigkeit«, sagte Anton, aber es klang nicht missbilligend. »Warum glaubt ihr, hatte ich nie einen? Computer, Internet über Satellit und ein Funkgerät. Das ist alles, was du hier brauchst.«

Sie befanden sich noch in dem Stadium ihrer Beziehung, nichts von dem zu brauchen, aber Sunny hatte nicht vor, das dem Ex-Kommissar auf die Nase zu binden. Er würde es sich sowieso denken können.

»Was für Neuigkeiten gibt es?«, fragte Leo, der einen Schluck Kaffee nahm und das Gesicht verzog. Sunny war nicht für ihre Kaffeekochkünste bekannt. Normalerweise hielt sie sich aus diesen Küchentätigkeiten heraus, da sie aber nach der letzten Nacht nicht mehr gut geschlafen hatte, war sie früh auf den Beinen gewesen und wollte etwas Nützliches tun. Dass Leo ohne zu murren weitertrank, rechnete sie ihm hoch an.

»Gestern hat es im Sägewerk im Ort einen Toten gegeben.« Anton war leider nicht so höflich. »Lass Leo demnächst bloß den Kaffee machen.«

»Unfall?« Sunny überging seine letzte Bemerkung.

»Wie man es nimmt. Eine Heroin-Überdosis.«

Sunny erinnerte sich an ihr Gespräch mit Chris Compten, ihrem Chefredakteur. Was ihr gestern noch abstrus erschienen war, bekam durch diesen Tod eine unheilvolle Präsenz.

»In einem Sägewerk?«, fragte Leo. »Wie kommt man denn auf so was?«

»Eigentlich gehörte der Tote da gar nicht hin. Ist irgend so ein bekannter DJ. Meiner Meinung nach ein Beruf für Leute, die nichts mit ihrer Zeit anzufangen wissen.«

Sunny konnte mit diesem Berufsbild zwar auch nicht so viel anfangen, glaubte jedoch fest daran, dass jeder das Anrecht darauf hatte, nach seinen Vorstellungen glücklich zu werden.

»Was macht ein DJ in einem Sägewerk?«, fragte sie.

»Die bereiteten da eine große Veranstaltung vor. Sollte nächsten Samstag stattfinden. Liveübertragung, ein großes Tamtam. Da wird jetzt wohl nichts mehr draus.«

»Du meinst doch wohl nicht DJ Vic? Der ist ganz groß mit im Geschäft.«

Leo hatte gerade die Brötchen in ein Weidenkörbchen purzeln lassen und hielt die leere Tüte noch in der Hand.

»Stimmt, das war der Name. Ich merke mir so was nicht mehr so gut.«

Anton war nicht so höflich wie Leo. Er stand auf und kippte Sunnys Kaffee in die Spüle.

»Einer der wenigen DJs für Techno im Geschäft, der die Leute wirklich mitriss.«

»Ich finde es beunruhigend, dass du so etwas weißt«, sagte Sunny. Sie konnte sich Leo nicht als Technofan vorstellen. Sie hoffte, dass es dabei blieb.

»Ich habe auch noch andere Interessen als Geister. Auch ich hatte eine wilde Zeit.«

»Du hattest eine wilde Zeit? Warum hast du mir noch nicht davon erzählt?«

»Weil es irrelevant ist. Es ist viele Jahre her. Victor Hansen, das ist sein richtiger Name, hat nach der zwölften Klasse die Schule verlassen. Er hat wohl schon damals hin und wieder was geraucht. Aber er war nicht dumm. Ich habe viele Interviews von ihm gelesen. Er hielt nichts von harten Drogen.«

»Offensichtlich hat sich seine Einstellung geändert«, erwiderte Anton. Er klang sogar ein wenig zufrieden, ganz so, als hätte er auf etwas Unmögliches gewettet und wider Erwarten gewonnen. Er schüttete heißes Wasser aus dem Wasserkocher über einen Teebeutel in seiner Tasse.

»Ich habe aber eine weitere Neuigkeit für euch. Das Auto da draußen stelle ich euch zur Verfügung.«

Leo und Sunny besaßen im Moment nicht viel, aber das störte sie weniger, als sie anfangs vermutet hatten. Das lag zum einen an Anton, der sie umsonst in seiner Waldhütte wohnen ließ, bis sie sich entschlossen hatten, wohin sie ihr weiterer Weg führen würde. Zum anderen wurde es Sunny immer mehr bewusst, in all den Jahren, in denen sie von ihren Eltern abhängig gewesen war, auf die falschen Ideale gesetzt zu haben. Jetzt, wo es sich richtig anfühlte, wie sie ihr Leben gestaltete, traten all die Dinge in den Hintergrund, die ihr vormals erstrebenswert erschienen waren.

Eindeutig vermisst hatte sie jedoch die Freiheit, die einem ein Fortbewegungsmittel verschaffte, das nicht mit eigener Muskelkraft angetrieben werden musste. Der Ort Fastelruh lag 25 Kilometer von der Hütte entfernt. Obwohl sich ein Großteil der Strecke ohne nennenswerte

Steigungen an den still wachenden Baumreihen der geschotterten Straße entlangschlängelte, brauchte Sunny zu Fuß gute zwei Stunden, bis sie Fastelruh erreichte. Ihr war die Lust am Einkaufen bereits vergangen. Das war nun endgültig vorbei. Ohne schlechtes Gewissen, ein Auto von ihrem Freund und Mentor angenommen zu haben, war das Leben fast wieder wie einst. In jener Zeit hatte sie ohne Sorgen vor dem nächsten Tag der Welt ihre Unabhängigkeit ins Gesicht brüllen können, solange sie ihre Eltern hatte, die dafür bezahlten.

Sie hatte trotz der weiten Strecke heute Morgen nicht vorgehabt, mehr als nur das Nötigste zu kaufen, was sich in diesem Fall in einem Coffee to go, einer Handvoll Schokoladencroissants und einem Frauenmagazin erschöpfte. Sie warf sich Verschwendung vor, aber heute hatte sie das Gefühl, es ginge endlich wieder bergauf. Compten hatte sie auf eine Story angesetzt, die ihr Geld einbringen würde. Jetzt, da sie das dringend benötigte Auto hatte, standen ihr alle Möglichkeiten offen, damit auch voranzukommen. Ihr Blick wanderte durch den Raum, ohne etwas Bestimmtes zu suchen. Vielleicht gab es dennoch Interessantes, an dem er sich festsaugen konnte.

Der Laden der Tankstelle war klein, trotzdem hatte es der Besitzer geschafft, alles dort unterzubringen, ohne ihn überfüllt wirken zu lassen. Nur das letzte Stück zum Tresen verengte sich, da sich rechts von ihm ein Ständer für die Tageszeitungen befand. Sunny wusste natürlich, dass es als Journalistin ihre Pflicht war, sich für das aktuelle Geschehen zu interessieren und sie demzufolge von jeder Zeitung ein Exemplar mitnehmen sollte. Sie zeigte sich jedoch über solche Verpflichtungen erhaben. Daher war ihr Blick, mit dem sie die Tageszeitungen streifte, nur oberflächlich, bis er plötzlich wirklich an etwas hängen blieb. Den Mann auf dem Titelblatt kannte sie.

»Das ist der Mann«, sagte sie eine halbe Stunde später zu Leo. Sie tippte wie zur Bekräftigung auf die Titelseite, nachdem sie ihm die Zeitung auf den Tisch und fast auf ein Toastbrot mit Marmelade geworfen hatte.

»Das ist Victor Hansen, DJ Vic«, bestätigte Leo. »Ich hätte nicht vermutet, dass du dich darüber so aufregst. Gestern schien dir sein Tod noch herzlich egal zu sein.«

»Da wusste ich auch noch nicht, wie er aussieht.«

»Macht das einen Unterschied? Auch wenn du plötzlich auf ihn stehst, was mich sehr überraschen würde, bringt es jetzt sowieso nichts mehr. Er ist tot.«

»Das weiß ich doch, du Trottel«, entgegnete Sunny uncharmant. »Ich wollte auch nur sagen, das ist der Mann, den ich letzte Nacht am Haus gesehen habe.«

»Victor? Warum weiß ich nichts davon?«

»Ich wollte dich nachts nicht beunruhigen.«

»Und jetzt bin ich wohl ganz entspannt? Weißt du eigentlich, was das bedeutet?«

»Natürlich«, erwiderte Sunny.

Sie war in der letzten Nacht schon überzeugt gewesen, einen Geist gesehen zu haben – spätestens in dem Moment, als die Gestalt vor ihr auf der Veranda aufgetaucht und urplötzlich wieder verschwunden war, bevor sie nur einen Schritt die Stufen hochgehen konnte.

»Er war bereits tot, als ich ihn gesehen habe.«

Irgendwie hielt sie es für wichtig, diese Tatsache explizit auszusprechen.

»Ich wusste, dass du medial begabt bist. Das letzte Mal war kein Zufall. Die Toten kommen, um dir etwas mitzuteilen.«

»Was sollte das sein?«, fragte Sunny, der es gar nicht gefiel, von Verstorbenen als Sprachrohr für die zu reale Welt missbraucht zu werden.

»Vielleicht ist Victor gar nicht an einer Überdosis gestorben.«

»Das halte ich für wenig wahrscheinlich. Das können die doch wohl feststellen.«

»Und wenn er sich die nicht selbst verabreicht hat? Er war noch nie ein besonders starker Bursche, von Muskeln ganz zu schweigen. Die bekommt man nicht vom Computerspielen.«

Sunny dachte über diese Möglichkeit nach. Hansen war ihr in der Nacht seines Todes erschienen. Vielleicht zehn Stunden nachdem er gestorben war. Den Todeszeitpunkt hatte sie in dem Zeitungsartikel gelesen. Warum erst so spät? Brauchte er Zeit, bis er sich orientiert und sie gefunden hatte? Was hatte er in der restlichen Zeit gemacht? Sie wusste einfach nicht genug über dieses Thema.

»Hat er etwas gesagt?«, riss Leo sie aus ihren Gedanken.

»Nein, das wäre wohl zu einfach. Alles könnte

leichter sein, wenn diese Geister den Mund aufmachen würden.«

»Wenn wir Menschen alles verstehen würden, bräuchten wir es nicht erforschen«, erwiderte Leo logisch.

Sunny spürte ein Sirren in ihrem Körper, das im Unterbauch anfing und nach oben in ihren Nacken wanderte.

»Vielleicht sollten wir aber die Umstände seines Todes mal näher erforschen«, sagte sie.

4

Yvonne hätte nie dieses Café ausgesucht, auch nicht, um sich mit den Freunden ihrer Jugend zu treffen, mit denen sie sich in den besten Zeiten in schlimmeren Spelunken herumgetrieben hatte. Sie überlegte, wer von ihnen auf die Idee gekommen war, aber sie kam zu keinem befriedigenden Schluss. Stefan hatte sie angerufen und diesen Treffpunkt genannt, aber es war nicht sicher, ob die Idee wirklich von ihm kam.

Sie trat aus dem Windfang in den Vorraum und fühlte sich in die 70er-Jahre zurückversetzt. Die dunkle Atmosphäre wurde durch Tische und Stühle aus furnierter Spanplatte und die gelblich schimmernden trüben bestickten Lampenschirme ausgelöst. Sie fragte sich ernsthaft, wie ein Lokal in der heutigen Zeit so noch bestehen konnte.

Sie hielt kurz inne und blickte sich im Raum um, bis sie an einem Tisch in der hinteren Ecke das Gesicht von

Martin sah. Die Gesichter der beiden anderen waren abgewandt, aber sie erkannte Stefans Hinterkopf mit der Frisur, die aussah wie aus Beton gegossen. Wahrscheinlich benutzte er so viel Pomade, damit nicht das kleinste Härchen sich krumm stellen konnte. Der Arm in einer schwarzen Jacke mit Paisley-Muster, der hinter einer ungewöhnlich grün aussehenden Topfpflanze lag, musste Tim gehören. Seine Kleidung war noch nie besonders farbenfroh gewesen. Yvonne kam als Letzte. Ein Blick auf ihre Uhr sagte ihr, dass sie dennoch nicht zu spät war. Sie bog nach links ab und erkannte beim Näherkommen, dass die Topfpflanze nicht echt war. Es wunderte sie nicht. Das war nur die logische Konsequenz eines Einrichtungsstils, der mindestens vierzig Jahre seiner Zeit hinterherhinkte. Hier passte wirklich alles zusammen.

Stefan stand auf, als Martin den Kopf hob und kurz und unentschlossen winkte, als wüsste er nicht, ob er sie nach all der Zeit wirklich noch so begrüßen dürfe. Jedes zusätzliche Jahr, in dem sie keinen Kontakt mehr gehabt hatten, machte sie immer mehr zu Fremden. Wenn Stefan es ebenso empfand, sah man es ihm allerdings nicht an.

»Du bist gekommen«, sagte er schlicht.

Er beugte sich vor, um Yvonne auf die Wange zu küssen. Einen Augenblick sah es so aus, als wollte sie zurückweichen, nur eine Sekunde, aber Stefan hatte es sehr wohl registriert. Dennoch ließ er sich nichts anmerken. Galant zog er den Stuhl zurück und deutete ihr mit einer Handbewegung, Platz zu nehmen.

»Ein anderer Anlass wäre mir lieber gewesen«, sagte Yvonne. Sie setzte sich und schob ihre Handtasche zwischen den schmalen Spalt ihrer Beine und des Tisches auf den Schoß. Das hatte ihre Mutter immer gemacht, die sich aus Angst vor Dieben konsequent geweigert hatte, ihre Tasche über die Stuhllehne zu hängen.

»Das wäre es uns auch«, erwiderte Martin.

Er wirkte in der grauen Strickjacke mit Lederflicken an den Ellbogen wie ein Relikt, das sie nach der Eröffnung dieses Cafés am Tisch vergessen hatten. Er trug einen Schnurrbart, der seine runden Wangen noch mehr zur Geltung brachte, und die Haare kurz geschoren.

Tim Hofmann hatte sich nicht verändert. Er wirkte wie bereits vor zehn Jahren immer noch viel jünger, als er tatsächlich war. Damals hatte es ihm durchaus Probleme bereitet, in Klubs zu kommen. Heute hatte er dieses Problem zwar nicht mehr, aber er würde wahrscheinlich nie seinem Alter entsprechend aussehen.

»Hast du es auch aus der Zeitung erfahren?«, fragte Stefan.

»Ja, bestimmt wie wir alle hier«, antwortete Yvonne. »Ich glaube nicht, dass seine Eltern unsere Adressen noch haben.«

»Hatten sie die jemals?«, fragte Martin.

Wahrscheinlich nicht. Yvonne konnte sich nur an einen Besuch erinnern in der Nacht, in der sie auf ein Konzert in Köln wollten. Sie war als Fahrerin auserkoren, da sie nie Alkohol trank, weil sie ihn nicht vertrug.

Sie fuhr mit den drei anderen, die alle bereits ange-
trunken waren, vor Vics Elternhaus vor. Während sie
noch überlegte, ob sie aussteigen und klingeln sollte,
hatte Stefan, der auf dem Beifahrersitz saß, schon im
Sekundentakt auf die Hupe gedrückt. Tim war ausge-
stiegen und erleichterte sich in Frau Hansens Blumen-
beet just in dem Moment, als Vics Mutter die Haustür
öffnete, um nachzuschauen, woher dieser infernalische
Lärm kam. Yvonne war sich ziemlich sicher, dass sie
danach all ihre Kontaktdaten weggeworfen hatte, falls
sie überhaupt jemals in ihrem Besitz waren.

»Wann ist die Beerdigung?«, fragte sie stattdessen.
Ihre Augen schweiften im Raum umher und suchten
nach einer Kellnerin.

»Selbstbedienung«, sagte Stefan, der ihren Blick
gedeutet hatte. »Aber ich habe dir einen Kaffee mitgebracht. Nur mit Milch, wenn ich das noch richtig in
Erinnerung habe.«

Er schob ihr eine Tasse über den Tisch. Die Unter-
tasse stieß an die Blumenvase mit der vertrockneten
Gerbera. Der Kaffee schwappte über.

»Mittlerweile trinke ich mit Zucker. Aber danke, es
geht schon.«

Vor zehn Jahren hätte sie beinahe etwas mit ihm
angefangen. Er hatte damals besser ausgesehen. Seine
Züge waren noch nicht so verkniffen und die Frisur
noch nicht so betoniert gewesen. Auch wenn er sich alle
Mühe gab, volksnah und offen zu wirken. Mit dieser
Masche hatte er es immerhin in den Kreistag geschafft.
Sein Ziel war allerdings der Landtag.

Das hatte Yvonne einmal irgendwo gelesen. Aber er hatte nie so gut ausgesehen wie Vic, der mit seinen geschwungenen Lippen und den dunklen Augen nicht nur sie verzaubert hatte. Leider wog sie damals noch mindestens zehn Kilo zu viel und ihre schwarzen Haare fielen noch nicht so glänzend über ihre Schultern, sobald sie sie aus der Haarspange befreite. Vic war scheinbar unerreichbar. Stefan war verfügbar, jedoch hatte Yvonne noch früh genug erkannt, dass er ein schlechter Ersatz gewesen wäre.

»Wer hat Vic zum letzten Mal gesehen?«, fragte Tim. Er nuschelte ein wenig, da er den Mund beim Sprechen nie richtig aufmachte. Seine Zähne waren schlecht.

Niemand antwortete. Keiner wollte der sein, der ein letztes Mal mit Vic gesprochen hatte, und den Vorwurf gemacht bekommen, nichts bemerkt zu haben. Die Einnahme von Heroin musste Vic verändert haben. Sein Wesen und seine Optik.

»Wahrscheinlich doch du«, sagte Stefan dann. »Ihr treibt euch doch in derselben Szene rum, denke ich.«

»Denkst du«, erwiderte Tim. Er klang scharf. Das bildete einen interessanten Kontrast zu seinem kindlichen Aussehen. »Vic legte in ganz anderen Klubs auf als ich. Ich habe ihn verdammt lange nicht mehr gesehen.«

»Wolltest du sicher auch nicht. Du musst einen ganz schönen Hass auf ihn gehabt haben«, sagte Martin.

Er war mutiger geworden. Damals hatte er nie unverblümt seine Meinung gesagt. Er war ein unauffälliger Junge gewesen, der Konfrontationen vermieden hatte.

»Erinnere mich nur daran, dass er mich damals abgezockt hat. Der Fisch ist gegessen. Habe mich auch so wieder auf die Beine gebracht.«

»Das war nicht richtig von ihm«, meinte Yvonne.

Sie und Tim trennten Welten. Damals war das noch nicht so aufgefallen. Aber zu der Zeit waren sie alle Idioten gewesen. Sie hatte sich weiterentwickelt. Tim offenbar nicht. Sie fragte sich, wie hipp es mit fast dreißig Jahren noch war, in Klubs aufzulegen. Legte Tim wirklich in Klubs auf? Vic hatte das getan. Auf jeden Fall, nachdem er Tim bei einem Wettbewerb ausgebootet hatte. Dem waren danach nur zweitrangige Diskotheken geblieben. Kein exklusives Publikum. Ob sich das in den Jahren geändert hatte? Sie wusste es nicht.

»Es ist vorbei und fertig«, sagte Tim abschließend und machte damit klar, dass er nicht mehr darüber reden wollte.

»Stefan?«, fragte sie. »Hattest du mit Vic noch Kontakt?«

»Hin und wieder«, antwortete der. »Wir haben uns schon mal getroffen. Nicht oft.«

Das überraschte sie. Stefan und Vic hatten von allen am wenigsten miteinander gemein gehabt. Schon früher hatten sie nebeneinander ausgesehen, als wären sie von zwei verschiedenen Sternen gewesen. Stefan war immer seinem Alter weit voraus, wenn das bedeutete, kleinkariert und altmodisch zu sein. Dennoch hatten sie ihn in ihre Clique aufgenommen, da sie alle dieselbe Leidenschaft teilten, nämlich Vic zu gefallen.

Er war die Sonne gewesen, um die sie als Planeten kreisten. Jetzt hatte sich ihre Umlaufbahn verändert.

»Was ist mir dir?«, fragte Stefan sie. »Er war doch immer dein Liebling.«

»Hör auf mit den Kindereien«, entgegnete sie streng. »Das ist nun schon ewig her. Es war so wie bei dir. Haben schon mal telefoniert. Nichts Besonderes.«

»Martin?«, ließ Stefan es auf sich beruhen und blickte sein Gegenüber an.

»Ich habe nicht mehr viel mit ihm zu tun gehabt. Auf jeden Fall hat er mich nicht freiwillig angerufen«, sagte der und lachte.

Es klang unecht. Wahrscheinlich hätte er nichts lieber getan, als ab und an mit Vic zu telefonieren. Er hatte Vic am meisten bewundert.

»Du hast ganz schön Erfolg gehabt«, wechselte Yvonne das Thema, das Martin offenbar unangenehm war.

»Ein bisschen Glück war mit dabei«, griff der die Ablenkung dankbar auf. »Aber dass mein Buch so einschlägt, das hätte ich nicht gedacht. Und dass der Verlag mein Manuskript überhaupt angenommen hat. Das war wie ein Sechser im Lotto.«

»Zur richtigen Zeit am richtigen Ort«, sagte Stefan.

Als Politiker, auch nur auf der kommunalen Ebene, musste man wahrscheinlich mit solchen Phrasen um sich werfen. Die hatte er schon immer perfekt beherrscht, was ihn früher sehr altklug erscheinen ließ. Heutzutage wirkte es nur noch lächerlich.

»Hat einer was von Sven gehört?«, fragte Tim.

Alle schüttelten den Kopf. Sven Berger. Er hatte die Gesamtschule nach der neunten Klasse mit einem Hauptschulabschluss verlassen. Damit war das Band zwischen ihnen, das noch nie besonders eng gewesen war, endgültig gekappt worden. Sven hatte sich zwar noch bemüht, in ihrer Clique zu bleiben, aber da er bereits vorher nie wirklich dazu gehört hatte, verliefen diese Bemühungen im Sand. Vic hatte nach der Zwölften die Schule verlassen, was seiner Stellung in ihrer Gemeinschaft jedoch nicht geschadet hatte. Yvonne erinnerte sich daran, dass Sven später, als ihre Freundschaft quasi längst vorbei war, vermehrt den Kontakt mit Vic gesucht hatte.

»Vielleicht sehen wir ihn auf der Beerdigung«, sagte sie dann. »Was mich zu meiner Frage von vorhin bringt. Weiß einer, wann sie ist?«

»Nein«, antwortete Stefan. »Seine Eltern haben keine Todesanzeige aufgegeben. Es sei denn, einer von euch weiß was.«

Wieder allgemeines Kopfschütteln.

»Das kriege ich aber raus«, sagte Stefan dann. »Schließlich bin ich in einer Position, um solche Informationen zu bekommen.«

Er war Dezernatsleiter der Stadtverwaltung in Seligenwalde.

»Gib nicht so an«, erwiderte Yvonne automatisch. »Das hast du früher schon gerne gemacht.«

»Diesmal habe ich aber allen Grund dazu. Schließlich habe ich einiges geschafft.«

»Das hat Martin auch. Trotzdem ist er bescheidener als du.«

Der lächelte Yvonne dankbar an.

»Mit deinem Marketingunternehmen hast du es aber auch ganz schön weit gebracht«, sagte er dann.

Niemand nahm wahr, dass ihnen diesbezüglich nichts zu Tim einfiel. Falls der es bemerkt hatte, erwähnte er es nicht.

5

Der Besitzer des Sägewerkes, von dem Sunny aus der Zeitung wusste, dass er Ulrich Moench hieß, stand telefonierend auf dem Hof. Er schien alles andere als begeistert, als sie mit ihrem Corolla auf den Hof fuhren und Staub aufwirbelten. Sie konnten nicht wissen, dass es genau dieser Staub war, der ihm seit der letzten Begegnung mit dem DJ in der Nase hing. An die Begegnung hatte er keine glückliche Erinnerung und an deren Ende auch nicht.

»Sie sind von welchem Blatt?«, fragte er und drückte auf den Tasten seines Handys herum, nachdem Sunny bereits zum zweiten Mal versuchte, ihm ihren Presseausweis unter die Nase zu halten. Endlich hatte er die richtige Taste gefunden, um die Verbindung zu unterbrechen.

Seligenwalder Kurier, antwortete sie, nun merklich ungeduldiger. Sie wusste, das war nicht die beste Taktik, aus jemandem etwas herauszubekommen, von dem man sich wichtige Informationen erhoffte, aber Schwerfälligkeit nervte sie.

»Als hätte ich nicht schon genug Ärger am Hals«, sagte Moench. Er ließ sie stehen.

Leo schaute Sunny kurz an. Sein Blick signalisierte ihr, sie solle sich nicht so schnell abwimmeln lassen. Sunny war wesentlich penetranter als er, wenn sie etwas wissen wollte, da sie nicht seine angeborene Höflichkeit besaß. Sie folgten dem Sägewerkbetreiber, der zwischen zwei technisch aussehenden Edelstahlsäulen hinter einer Tür verschwunden war.

»Dann wäre jetzt der richtige Zeitpunkt, Ihrem Ärger Luft zu machen. Schließlich war es nicht Ihre Schuld.«

»Das sieht die Polizei aber ganz anders. Was kann ich dafür, dass sich der verdammte Kerl einen Schuss setzen musste und dann die Treppe heruntergefallen ist?«

»Ich dachte, es wäre eine Überdosis gewesen?«, fragte Leo, der kurz nach Sunny in das unaufgeräumte Büro trat und die Tür hinter sich schloss, obwohl sie auf dem Gelände offensichtlich alleine waren.

»War es auch. Das interessiert die aber doch nicht. Er hätte ja auch durch den Sturz sterben können.«

Moench hatte sich hinter einen Schreibtisch gesetzt, auf dem mannshoch Bauzeichnungen gestapelt lagen. Er war dahinter fast nicht mehr zu sehen.

»Und das ist er nicht?«, hakte Sunny nach.

Dieser Punkt war wichtig. Sonst wäre ein Mord

durchaus naheliegend gewesen. Vic setzt sich seinen Schuss, achtet nicht darauf, was um ihn herum passiert und wird die Treppe hinuntergestoßen.

»Nee, habe ich aber auch erst heute Morgen erfahren. In dem Moment, als sie auf den Hof gefahren sind. Aber bis dahin ein Riesen-Brimborium. Noch nicht mal den Betrieb aufmachen durfte ich. Als könnte ich mir das leisten. Habe es schwer genug. Kümmert die hohen Herren natürlich nicht.«

Sunny blickte sich im Büro um. Ihr kam der Gedanke, dass es nicht allein an einem Tag Verdienstausfall liegen konnte, wenn der Betrieb nicht gut dastand. Sie verstand zwar nicht viel von Sägewerken und den Maschinen, aber selbst ihr war aufgefallen, dass alles hier drin bereits bessere Tage gesehen hatte. Einschließlich des Besitzers. Aber sie hatte keine Lust, sich Details aus seiner Leidensgeschichte anzuhören.

»Warum kommen Sie heute erst?«, riss Moench sie aus ihren Überlegungen. »Die anderen Reporter waren bereits Samstagnachmittag da. Trafen kurz hinter der Kripo ein. Haben sicher einen Tipp bekommen.«

»Möglich«, erwiderte Sunny vage.

Sie überlegte, ob sie Anton danach fragen sollte. Vielleicht war es wichtig, woher die Reporter so schnell von Vics Tod erfahren hatten. Vielleicht waren solche undichten Stellen aber auch an der Tagesordnung.

»Wir sind nicht auf Sensationsmache aus«, sagte Leo. »Dafür ist der *Seligenwalder Kurier* zu seriös.«

Sunny verschluckte sich beinahe. Es war gut, dass

der Sitz ihrer Zeitung weit außerhalb des Einzugsbereiches von Fastelruh war.

»Wir möchten etwas über die Geschichte hinter der Geschichte hören«, sagte sie und räusperte sich. »Hatten Sie schon von Anfang an den Eindruck, dass es DJ Vic nicht gut ging oder er bereits unter Drogen stand, als er hier ankam. Was wollte er überhaupt hier? Die Veranstaltung sollte doch erst am nächsten Samstag stattfinden?«

»Was der wollte? Sich wichtigmachen. Sonst nichts. Den dicken Macker raushängen lassen, an allem herumnörgeln. Ich habe mich hier ins Büro abgesetzt und ihn ziehen lassen.«

»Aber er wirkte normal?«, fragte Sunny.

»Was auch immer normal für den bedeutet. Auf jeden Fall sah er nicht high aus, wie man das so schön nennt. Wollte den Schauplatz inspizieren. Bis dahin hatte sich seine Managerin um alles gekümmert.«

»Dürfen wir uns den Schauplatz auch mal ansehen? Dann könnten wir uns ein besseres Bild machen.«

»Meinen Sie, ich habe Lust, Kindermädchen für euch Reporter zu spielen? Wenn ich Glück habe, kann ich morgen wieder aufmachen. Das ist hier kein Spielplatz.«

»Wir wollen nur ein Foto machen, wenn es Ihnen recht ist. Um zu beweisen, dass es wirklich ein Unfall war. Könnte Ihnen helfen.«

Moench kämpfte offenbar einen Moment mit sich. Als Sunny schon sicher war, dass er ihren Wunsch ablehnen würde, nickte er.

»Gehen Sie den Gang entlang und dann nach rechts. Nicht zu verfehlen. Hängt noch so ein gelbes Flatterband rum. Und passen Sie verdammt noch mal auf, dass Sie nicht auch noch diese Scheißtreppe hinunterfallen, wenn sie da unbedingt hoch müssen.«

Sunny hätte sich eine bessere Wegbeschreibung gewünscht, da der Betrieb wesentlich größer war, als sie es bei ihrer Ankunft vermutet hatte. Dennoch fanden sie die Stelle, nachdem sie in dem verwinkelten hinteren Teil mindestens dreimal falsch abgebogen waren.

Reste des Absperrbands hingen traurig am Treppengeländer und bewegten sich unruhig, als Sunny probeweise die Treppe hinauf- und dann wieder hinunterstieg und dabei das Geländer fest umklammerte. Die Stufen bestanden aus verzinkten Laufrosten, durch die man beunruhigend weit in die Tiefe schauen konnte.

»Das halte ich schon in normalem Zustand für gefährlich«, sagte Leo, der unten stehen geblieben war. Er beobachtete sie amüsiert. »Geschweige denn, wenn man dann noch benebelt ist.«

»Laut Moench ist er aber erst heruntergefallen, als er sich den Schuss gesetzt hat«, entgegnete Sunny. Sie war froh, wieder festen Boden unter den Füßen zu haben.

»Die Polizei geht davon aus, dass er auf der obersten Stufe gesessen hat. Dort haben sie das Spritzbesteck gefunden. Das Heroin war fast rein. In der Regel wird es gestreckt. Mit Koffein oder Paracetamol zum Beispiel. Vic wird nicht mit so reinem Stoff gerechnet haben. Deswegen soll die Dosis tödlich gewesen sein.«

»Das heißt, Junkies kalkulieren ein, dass sie mehr davon nehmen müssen?«

»Ja. Je mehr der Dealer es streckt, desto mehr verdient er.«

Sunny fiel ein brauner Fleck auf dem mit Epoxidharz versiegelten Boden auf. Sie rieb mit ihrer Schuhspitze daran.

»Wird wohl Blut sein«, sagte Leo von oben. »Vic hat sich beim Sturz den Kopf angeschlagen. Kopfwunden bluten in der Regel heftig.«

»Stimmte die Lage der Leiche mit dem Sturz überein?«, fragte sie. Sie versuchte, nicht näher über den vertrockneten Fleck nachzudenken. Sterben war wohl immer auch ein bisschen eklig.

»Davon kannst du ausgehen. Bei der Spurensicherung arbeiten keine Idioten. Wären sie nicht sicher, dass es ein Unfall gewesen ist, würden sie längst wegen Mord ermitteln.«

»Vielleicht tun sie das und wollen nicht, dass die Öffentlichkeit davon erfährt«, sagte Sunny.

Sie ging ein wenig weiter vor. Ihr Blick blieb an einem Stück Papier hängen, das auf dem dreckigen Boden deplatziert wirkte.

»Hast du nicht gesagt, die Spurensicherung war hier?«

»Habe ich. Du weißt doch selbst, wie das läuft.«

Sunny beugte sich vornüber und freute sich, dass sie den Zettel mit den Fingerspitzen greifen konnte. An manchen Tagen war sie für so etwas zu ungelenkig oder wahrscheinlich einfach zu speckig am Bauch.

»Dann haben sie wohl das hier übersehen«, sagte sie. Sie hob den Arm, damit er das Stück Papier betrachten konnte.

»Interpretier da nicht so viel hinein. Das ist sicher herübergeweht worden. Papierreste liegen hier genug herum.«

»Steht auch auf jedem ›ADAC, binaer, Stroh‹?«, fragte Sunny spitz. Sie mochte es nicht, wenn Leo ihr Gespür anzweifelte.

»Was soll das bedeuten?«

»Ich weiß es nicht. Aber bestimmt steht so was auf jedem Schnipsel Papier, den wir hier finden.«

»Kein Grund, schnippisch zu werden. Aber trotzdem ist es unmöglich, dass die Polizei den übersehen hat.«

»Dann sollten wir ihn finden«, erwiderte Sunny. Sie dachte an Samstagnacht. Vic wollte ihr etwas mitteilen. Sie steckte den Zettel in ihre Jackentasche.

Moench wirkte ruhiger als noch bei ihrer Ankunft. Die Hoffnung, dass er vielleicht schon am nächsten Tag den Betrieb wieder würde öffnen können, gab ihm offensichtlich Aufwind.

»Sonst ist Ihnen nichts aufgefallen? Hat Vic irgendwas Ungewöhnliches erzählt?«

»Wir haben uns nicht sehr angeregt unterhalten, wenn Sie das meinen. War ein verdammt überhebliches Arschloch. Meinte sein Bekannter übrigens auch.«

»Sein Bekannter?«, fragten Sunny und Leo beinahe gleichzeitig.

»Tim Hofmann. DJ Tim. Die heißen wohl alle so komisch. Schlich sonntags hier rum. Dachte erst, es wäre wieder so ein Reporter. Erkundigte sich nach der ganzen Sache. Wollte wissen, was die Polizei hier so vermutet. Irgendwie hat dieser Vic ihm mal übel mitgespielt. Er sagte aber, sie seien befreundet gewesen. Die wissen auch nicht, was sie sein wollen.«

»Hat er gesagt, wo er herkommt?«, fragte Sunny und bemühte sich, ruhig zu atmen.

»Warum? Juckt mich doch nicht. Aber er hat mir seine Nummer gegeben, falls ich von der Polizei noch was hören sollte.«

Er zog beeindruckend zielsicher eine an einer Ecke verknitterte Visitenkarte unter einem Stapel hervor und gab sie Sunny.

»Behalten Sie die. Ich ruf den eh nicht an.«

»Was hältst du davon?«, fragte Leo, als er auf die Hauptstraße abbog, um direkt darauf rechts auf einem Grünstreifen anzuhalten.

»Er ist zwar etwas ungehobelt, aber ich kann mir nicht vorstellen, dass er mit Vics Tod etwas zu tun hat. Was für einen Vorteil hätte er davon?«

Sunny beugte sich vor, um das Radio abzustellen. Sie musste sich konzentrieren.

»Das meine ich nicht. Ich spreche natürlich von dem Besuch dieses DJ Tim.«

»Du kennst ihn nicht?«

»Warum bist du der Meinung, ich müsste mich

automatisch in der Szene auskennen, nur weil ich Victor gekannt habe? Weißt du über jede Band oder jeden Sänger Bescheid, nur weil du ihre Musik hörst?«

Leo stellte den Motor ab und streckte eines seiner langen Beine am Gaspedal vorbei. Sunny ignorierte die Bemerkung.

»Zumindest ist es merkwürdig. Moench hat ihn als Rivalen dargestellt, er sich gegenüber Moench als alter Freund. Ist das so ein merkwürdiges Ding, das nur Männer verstehen?«

»Nicht in meiner Welt«, antwortete Leo knapp. »Stellt sich doch die Frage: Was wollte er sonntags da?«

Sunny blickte durch die Windschutzscheibe, die immer noch etwas verschmiert war. Sie hatte es nach ihrem Besuch in der Tankstelle eilig gehabt, wieder zurück zur Hütte zu kommen. Die zwar nur wenig vorhandenen Schlaglöcher waren gefüllt gewesen mit einer braunen Suppe aus Wasser und vermoderten Blättern, die ärgerlich hochsprang, als die Reifen des Toyotas sie in ihrer Ruhe störten. Der Scheibenwischer hatte es trotz des Reinigungsstrahls nicht gänzlich geschafft, die Frontscheibe wieder sauber zu bekommen.

»Am besten fragen wir ihn selbst, wir haben schließlich seine Karte«, sagte sie.

»Das wollte ich hören.«

Leo startete den Wagen.

Sunny hatte sich noch nie gefragt, wie ein DJ wohnt. Sie vermutete zwar nicht, dass er wie ein Rockstar Luxushotelzimmer verwüstete, aber eine Einliegerwohnung in einer – zugegeben – schmucken, wenn auch spießig wirkenden Vorortsiedlung hatte sie dennoch nicht erwartet. Bei dem Anblick fiel für sie auch das letzte bisschen Glamour, das sie mit diesem Beruf verbunden hatte, von ihm ab wie Flöhe von einem toten Hund. Sie warf zur Kontrolle verstohlen einen Blick auf die Visitenkarte, die Leo nach der Programmierung des Navis in den Getränkehalter gesteckt hatte.

»Ziemlich enttäuschend, nicht?«, fragte dieser, der es offenbar trotzdem bemerkt hatte.

Sie verließen das Auto und studierten die Klingelschilder an der Haustür. Auf der Visitenkarte hatte kein Nachname gestanden, aber um DJ Tim mit dem Vornamen Tim in Verbindung zu bringen, brauchte man nicht viel Fantasie. Wenn Tim bei seiner Aussage genauso fantasielos war wie bei seinem Pseudonym, würde er ihre Befugnis nicht infrage stellen.

Es war sogar noch schlimmer als erwartet. Sunny befürchtete beinahe, sie hätte sich mit ihrer Theorie des Vornamens doch geirrt. Aber drei Minuten später blickte ihnen ein Männlein in engen schwarzen Jeans, schwarz paspeliertem Seidenhemd und schlechten Zähnen, aber mit einer beeindruckend reinen Haut an der Haustür entgegen, nachdem er den Summer der Außentür betätigt hatte, als er von Sunny das Wort Presse hörte.

»Zu Vics Tod kann ich nichts sagen, damit ihr es

wisst«, nuschelte er in der typischen Manier eines Menschen, der sich aufgrund seiner Zähne nicht traut, den Mund richtig aufzumachen. »Könnt mich gerne was fragen, aber nicht zum Tod von Vic. Waren auch schon andere Paparazzi da.«

So wie er das Wort Paparazzi aussprach, klang es wie *Babarassi*.

»Wir wollen nichts über seinen Tod wissen«, sagte Sunny, die in ihrer Tasche zwar schon nach ihrem Presseausweis gegriffen hatte, aber merkte, dass er sie nicht danach fragen würde. Sie war ganz froh, denn er war mittlerweile abgelaufen und sie mochte ihr Glück nicht ein zweites Mal auf die Probe stellen. Sie war noch nicht dazu gekommen, sich einen neuen ausstellen zu lassen.

»Wir wollen etwas über dich erfahren. Schließlich bist du jetzt die Nummer eins, nachdem Vic nicht mehr da ist.«

Das war ein Schuss ins Blaue und so übertrieben, dass sich Sunny sicher war, er müsse es bemerken. Aber DJ Tim fühlte sich geschmeichelt.

»Wird wohl so sein«, erwiderte er.

Er gab den Eingang zur Haustür frei, als wolle er sie hereinbitten. Sunny roch aus der Wohnung etwas Seltsames und übersah diese Geste stoisch. Sie hoffte, dass Leo nicht auf die Idee kam, die unausgesprochene Einladung anzunehmen.

»Presse?«, fragte Tim dann. Er klang doch wieder misstrauisch. »Worüber schreibt ihr?«

»Eigentlich wollten wir uns nur nach dir erkundigen«, sagte Sunny, die sich zwar eine Geschichte über eine Homestory zurechtgelegt hatte, die ihr jedoch bei dem merkwürdigen Geruch, der aus der Wohnung drang, nicht mehr verlockend erschien.

»Warst ja ziemlich besorgt wegen Vic. Bist zum Sägewerk gefahren, haben wir gehört.«

Bekam Tims Blick etwas Lauerndes oder bildete sie sich das nur ein? Wenn er überrascht war, ließ er es sich zumindest nicht anmerken.

»Tja, Vic war zwar ein elender Selbstdarsteller, aber er hatte was drauf. Machte gute Stimmung. Aber ich bin auch seit acht Jahren echt gut im Geschäft, das habt ihr bestimmt gehört.«

»Ich nicht, aber mein Kollege ist ein Fan«, sagte Sunny süffisant.

»Unbedingt«, entgegnete Leo, ohne eine Miene zu verziehen.

»Klasse, Mann. Ich wollte erst gar nicht glauben, dass Vic tot ist. Ich meine, wie stehe ich denn jetzt da? Ich wollte seine blöde Fresse sehen, wenn ich an ihm vorbeigezogen wäre. Aber kann ich jetzt nicht mehr, weil der Loser sich sein Scheißhirn weggefixt hat.«

»Ich dachte, du mochtest ihn?«

Wieder wurde sein Blick vorsichtig. Sunny hätte gerne gewusst, wie es um ihre Beziehung wirklich bestellt gewesen war. Aber sie würden es herausfinden. Es gab sicher genug andere Leute, die über ihr Verhältnis Bescheid wussten.

»Wir kannten uns seit der Schulzeit«, sagte Tim, als

könnte das irgendetwas erklären. »Wir haben damals ziemlich viel unternommen.«

»Hatte er da schon Probleme mit Drogen?«, fragte Leo.

»Ab und zu mal einen Joint. Haben wir alle gemacht. Alkohol, natürlich. Wie jeder in unserem Alter. H war nie ein Thema.«

Er sprach das H aus wie *Äitsch*.

»Äitsch?«, fragte Sunny. Sie glaubte, den Ausdruck bereits einmal gehört zu haben, fand aber nicht den Zusammenhang.

»Die Abkürzung für Heroin. Das englische H«, sagte Leo. »Ziemlich altmodische Bezeichnung, wie ich finde.«

Jetzt wusste Sunny, woher sie den Ausdruck kannte. Sie hatte in ihrer frühpubertierenden Phase das Buch *Wir Kinder vom Bahnhof Zoo* gelesen. Ihre Mutter hielt das für die passende Abschreckung, wenigstens war es für sie einfacher, als mit Sunny ein Gespräch über die Gefahren der modernen Welt führen zu müssen.

»Wundert es dich, dass er Heroin genommen hat?«, fragte sie.

»Was soll ich sagen? In dem Business ist alles möglich. Erfolgsdruck, weißt du. Unsicheres Einkommen, stressiges Leben. Vic wirkte jedoch immer, als hätte er alles im Griff. So kann man sich irren.«

»Was hältst du von ihm?«, fragte Sunny Leo, als er später den Motor ihres Corollas anließ.

»Wirkt harmlos. Anfangs etwas großkotzig, wurde mit der Zeit aber sympathischer.«

»Könnte er ein Mörder sein?«

»Vielleicht sollten wir uns erst einmal überlegen, wie ein Mord überhaupt ausgesehen haben könnte. Bis jetzt erkenne ich noch nicht allzu viele Anhaltspunkte dafür. Du etwa?«

Sunny blieb ihm die Antwort schuldig, als er auf die Hauptstraße abbog.

»Im Moment fällt es mir schwer, einen Mord hinter dem Vorfall zu sehen«, sagte Leo später, als er in der Küche die Linsen in den Kochtopf kippte.

»Warst du nicht der, der nicht glauben konnte, dass Vic sich umgebracht hat?«, fragte Sunny, die im Wohnzimmer auf dem karierten Ohrensessel Platz genommen hatte. Sie beobachtete ihn durch das Ständerwerk liebevoll beim Kochen. Das machte sie gerne, selbst wenn er Linsen kochte. Da ihre Kochkünste bestenfalls nur rudimentär waren, wollte sie nicht meckern. Linseneintopf war günstig und besonders viel hatten sie im Augenblick nun wirklich nicht.

»Menschen ändern sich«, sagte Leo und nahm das Salz aus dem Schrank. »Sie haben damals schon gekifft, du hast Tim gehört. Wahrscheinlich ist Vic dann tatsächlich abgerutscht. Gras ist halt immer noch die Einstiegsdroge.«

»Aber warum sollte er sich gerade im Sägewerk einen Schuss setzen? Erledigt man das nicht vorher in einer ruhigen Umgebung?«

»Weißt du, wie Drogensüchtige denken? Vielleicht hatte er vorher keine Zeit dazu.«

»Trotzdem«, sagte Sunny. »Ich hätte das noch im Auto erledigt. Aber im Sägewerk mit der Sorge, dass auf einmal dieser Moench um die Ecke kommen könnte. Ich weiß nicht. Es erscheint mir einfach nicht logisch.«

»Wir sollten nur aufpassen, dass wir uns keinen Mordfall zurechtbasteln. Es besteht immer noch die Möglichkeit, dass es tatsächlich ein Unfall war.«

Leo schob die gewürfelten Kartoffeln mit dem Kochmesser in den Topf und rührte um. Dabei legte er eine solch angespannte Konzentration an den Tag, dass es Sunny ganz schlecht vor Zuneigung wurde. Seit dem Beginn ihrer Beziehung hatte er das Kochen übernommen, nachdem ihr erster Versuch, Spiegelei zuzubereiten, in einer angebrannten Pfanne sowie jeder Menge Qualm endete. Er tat es so selbstverständlich, als wäre das von Anfang an so vorgesehen gewesen, ohne kränkende Worte oder sonstige Beschuldigungen. Einen kurzen Moment dachte sie an ihren Ex-Freund Jochen, gestattete es dem Gedanken aber nicht, sich einzunisten. Dafür war sie zu froh, dass sie ihn los war.

Ihr Blick schweifte ab und blieb an dem Stück Papier hängen, das sie auf den Wohnzimmertisch gelegt hatte. *ADAC binaer Stroh*. Was bedeutete das? Hatte es überhaupt etwas zu bedeuten? Leo hatte recht. Der Zettel konnte von einer ganz anderen Stelle herübergeweht worden sein.

»Aber Vic war nachts hier vorm Haus. Warum sollte

er das tun, wenn bei seinem Tod alles mit rechten Dingen zugegangen ist?«

»Vielleicht will er, dass du ihm noch einen Gefallen tust. Jemandem eine Nachricht überbringen zum Beispiel. Außerdem, bist du sicher, dass du es nicht vielleicht doch geträumt hast?«

Sunny dachte an die Nacht, in der sie Vic gesehen hatte. Er hatte so leibhaftig oben an der Treppe gestanden, dass sie seine Präsenz förmlich spüren konnte. Sie hatte das warme Holz des Geländers an ihren Handinnenflächen gefühlt und das Gemüsecurry vom Vorabend aus der Küche gerochen. Sie hatte sicher nicht geträumt.

»Ich könnte es verstehen, wenn mir so etwas vorher schon passiert wäre. Aber nach dem Vorfall bei der Wanderung solltest du es besser wissen. Ganz zu schweigen von deinem Hobby, dich mit dem Paranormalen zu beschäftigen.«

»Ich wollte dich nicht infrage stellen. Ich finde nur, wir sollten alle Möglichkeiten durchgehen, bevor wir uns zu sehr in dem Fall engagieren. Wir werden damit bei manchen sicher noch ein paar schmerzhafte Erinnerungen lostreten.«

»Welche meinst du?«, fragte Sunny. »Jeder in Vics Freundes- und Bekanntenkreis sollte doch froh sein, wenn sich herausstellt, dass es ein Mord war. Bis auf den Mörder natürlich. Oder die Mörderin.«

Stimmte das wirklich? Oder schaffte ein Mord neuen Kummer, wenn auch auf eine andere Art?

»Denk mal an die Eltern. Wenn wir die ganze

Geschichte wieder aufwirbeln und nachher doch zu keinem Ergebnis kommen, haben wir ihnen eine Menge unnützes Leid zugefügt«, sagte Leo.

Offenbar hatte Sunny eine gute Antenne dafür, was Leo im Kopf herumging. Das fiel ihr nicht zum ersten Mal auf. Sie hoffte, es wäre das Zeichen, dass er wirklich der Mensch war, mit dem sie den Rest ihres Lebens verbringen wollte.

Sie dachte an ihre Eltern, Verena und Gregor Meyer. Sie war sich sicher, dass sie kein zusätzliches Leid empfinden würden, wenn ihr Tod sich als Mord anstatt als Selbstmord herausstellte. Im Gegenteil. Verena Meyer wäre garantiert froh, dass auf ihr nicht mehr der Makel einer selbstmordwütigen Tochter läge. Mord eignete sich als Thema auch viel besser auf Partys. Sie hatte den leisen Verdacht, dass das in anderen Familien durchaus anders sein könnte.

»Also meinst du, wir sollten es lassen?«, fragte sie und hoffte dabei, sich von den unguten Gedanken verabschieden zu können.

»Nein, natürlich nicht. Wir sollten vielleicht etwas warten, bis wir ein neues Zeichen bekommen. Wenn es für uns wirklich noch etwas zu tun gibt, wird Vic sich sicher noch mal sehen lassen.«

Automatisch fiel Sunnys Blick wieder auf das Stück Papier auf dem Tisch. Vielleicht hatte Vic ihnen längst ein Zeichen gegeben und sie hatten es bis jetzt ignoriert. Sie ließ das untergeschlagene Bein vom Sessel gleiten, damit sie sich weit genug vorbeugen konnte, um nach dem Zettel zu greifen. Der Transport in ihrer

Jackentasche hatte ihm geschadet. Er war zerknittert. Sie strich ihn mit dem Zeigefinger glatt und kniff unwillkürlich die Augen zusammen. Die Worte auf dem Papier hatten sich verändert. Wortlos streckte sie es Leo entgegen, als er aus der Küche ins Wohnzimmer trat.

6

Der Friedhof von Fastelruh stand in krassem Gegensatz zu dem, was der Name des Ortes versprach. Sunny hatte nicht das Gefühl, dass sie es nach ihrem Tod wohltuend empfinden würde, hier zu liegen. Die Lage des Friedhofs war dem raschen Aufblühen der Verbandsgemeinde nicht gewachsen gewesen. Dem Neubaugebiet, das vor sechs Jahren hinter ihm aus dem Boden gestampft wurde, musste ein Waldstreifen aus Buchen weichen. Der hatte den Hinterbliebenen bisher das Gefühl gegeben, ihre Toten zumindest friedvoll mit dem Rauschen des Windes in Baumwipfeln und Vogelgezwitscher begraben zu können. So hatte Anton es Leo und ihr erzählt, als sie sich am Friedhofstor trafen.

»Ist in den Zeitungen immer noch keine Todesanzeige aufgetaucht?«, fragte Anton, der mit seinem Ledermantel, dem dazu passenden Hut und dem weißen Bart aussah wie ein Musketier oder ein anderer Abenteurer der Renaissance.

»Wir haben alle durchgesehen. Auch online. Das ist mittlerweile ziemlich beliebt.«

»Verrückte Welt«, sagte Anton nur. Er ging durch das Tor den mit Kiesstreifen umsäumten gepflasterten Weg entlang. Sunny und Leo folgten ihm.

Anton hatte gestern angerufen und ihnen von der Beerdigung erzählt.

»Ich dachte, das interessiert dich, weil du Victor Hansen kanntest«, hatte er zu Leo gesagt.

»Das interessiert mich umso mehr, weil Victor sich in der Zwischenzeit Sunny gezeigt hat«, antwortete der, während Sunny sich dicht an ihn drängte und ihr Ohr auf die Außenseite des Telefons presste, um dem Gespräch folgen zu können.

Das schien Anton nach ihrer letzten Ermittlung nicht zu verwundern. Er schlug vor, gemeinsam zu der Beerdigung zu fahren. Bei Mordfällen war das für die Polizei üblich, um sich einen Überblick über die Besucher der Trauerfeier zu verschaffen. Diese Praktik konnten sie sich nun auch zunutze machen.

Der Vormittag war trüb, aber trocken gewesen. Mittags kam Nebel auf, der Sunnys Haaren und ihrer Jacke Sprühtröpfchen verpasste. Sie zog die Schultern hoch. Es war das richtige Wetter für eine Beerdigung. Sie bogen um eine leichte Rechtskurve. Sunny konnte bereits eine Handvoll schwarz gekleideter Gestalten erkennen, als Anton links abbog und quer über die Rasenfläche an den Urnengräbern vorbeimarschierte.

Sie packte Leo am Arm, dessen Aufmerksamkeit eben-falls der vor ihnen auftauchenden Gruppe galt. Sie folgten Anton, bis der hinter einem Grünschnitt-Container in einem leuchtenden Orange stehen blieb.

»Die Trauerfeier scheint nicht besonders gut besucht zu sein. Wir sollten keine unnütze Aufmerk-samkeit erregen.«

Sunny dachte an Antons Ledermantel und daran, dass auch Leo und sie nichts anhatten, was für eine Teilnahme an einer Beisetzung angemessen war. Sie stimmte ihm insgeheim zu. Sie wären aufgefallen. Vorsichtig schaute sie um die Ecke des Containers und zählte durch.

»Sieben Leute, ein Pfarrer und zwei Messdiener«, konstatierte sie.

»So stelle ich mir ein gelungenes Ableben nicht vor.«

Anton nahm den Hut ab und schüttelte ihn aus. Feine Tröpfchen flogen in alle Richtungen.

»Engster Kreis«, sagte Leo. »Das wollten seine Eltern bestimmt so haben.«

»Tim Hofmann ist da.« Sunny musste sich strecken, um Leo über die Schulter sehen zu können. »Die beiden Älteren, das sind sicher die Eltern.«

»Interessanter ist, wer die vier anderen sind.« Anton betrachtete seinen Lederhut. Er war mit dem Ergebnis offenbar zufrieden und setzte ihn wieder auf. »Macht Fotos von ihnen. Ich versuche, auf der Dienststelle etwas über sie herauszubekommen.«

Sunny zog ihr Smartphone aus der Tasche. Sie hatte

noch nie versucht, heimlich Fotos von anderen Menschen zu machen. Was würde man von ihr denken, wenn jemand sie dabei erwischte? Sie wollte nie als die pietätlose Reporterin dastehen, die für ein gutes Foto sämtliche Moralvorstellungen über Bord warf.

»Es sind keine Sensationsfotos. Wir brauchen sie, um einen Mord aufzuklären«, flüsterte Leo ihr ins Ohr.

Erneut begriff Sunny, wie gut er sie nach der kurzen Zeit, in der sie zusammen waren, schon kannte. Sie spürte eine überwältigende Welle an Liebe und nahm sich vor, sich heute Abend ausschließlich um ihn anstatt um den Mord an Vic zu kümmern. Hoffentlich sah Vic das auch so und zeigte sich nicht ausgerechnet in dieser Nacht.

Sie wartete geduldig, bis der Pfarrer die abschlie-ßenden Worte sprach und die Trauergäste dem Toten die letzte Ehre erweisen sollten. Vics Mutter trat ans Grab, gestützt von ihrem Mann, der sich krampfhaft bemühte, die Haltung zu bewahren, die seine Frau nicht aufbringen konnte. Sunny senkte ihr Smartphone. Sie brachte es nicht fertig, von den Eltern in ihrem Kummer ohne ihr Wissen ein Foto zu machen.

»Wir brauchen kein Foto von ihnen. Ihre Trauer ist echt. Unmöglich, dass sie ihrem Sohn nach dem Leben getrachtet haben.«

Diesmal war es Anton, der ihre Gedanken las. Sunny stellte sich vor, wie ihre Kindheit verlaufen wäre, wenn er ihr Vater gewesen wäre. Sofort schämte sie sich dafür. Gregor Meyer mochte etliche Fehler haben, aber er war dennoch immer für sie da gewesen. Auf jeden

Fall finanziell. Anders konnte er seine Liebe nicht zeigen.

»Ziemlich gemischtes Publikum«, sagte Anton, als eine junge Frau ans Grab trat. Irgendetwas an ihrer Haltung ließ Sunny wissen, dass sie sehr schön sein musste, obwohl sie einen effektvollen Schleier trug. Sie fotografierte die überschaubaren Teilnehmer dieser Beerdigung. Dann zog sie sich mit Leo und Anton unauffällig zurück.

Wenn sie Glück hatten, konnten sie schon morgen die Ergebnisse haben.

Anton kam bereits am nächsten Tag wieder. Seine Kontakte schienen immer noch zuverlässig und schnell zu funktionieren.

»Vier von ihnen konnte ich einwandfrei identifizieren lassen.«

Er legte eine Mappe auf die Durchreiche zwischen Küche und Wohnzimmer. Er zog seinen Mantel aus. Leo hatte den Ofen stark aufgeheizt, nachdem Sunny morgens gefroren hatte.

»Auf einen hätte ich wirklich selbst kommen können. Ich wusste, dass ich das Gesicht schon einmal gesehen habe.«

Er schlug den Hefter auf und zog zwischen ein paar Blättern ein Bild aus dem Stapel. Sunny erkannte eine ihrer leicht verwackelten Aufnahmen von gestern.

»Stefan Achen«, sagte Albert. Er betonte die erste

Silbe des Nachnamens so stark, sodass der Eindruck entstand, er mache sich über ihn lustig. »Aufgehender Stern in der Kommunalpolitik. Dafür hält er sich wenigstens. Fakt ist, dass er es seit zwei Wahlperioden schon versucht, in den Landtag zu kommen, aber immer wieder für einen anderen Kandidaten einge-tauscht wird.«

»Er ist noch ziemlich jung«, sagte Sunny. Sie nahm Anton das Bild aus der Hand.

»Ist er. Zumindest für die Politik. Fast genauso alt wie Victor Hansen. Sie haben im selben Monat Geburtstag. Gingen sogar auf dieselbe Schule.«

»Die beiden sehen nicht aus, als hätten sie irgend-etwas gemeinsam«, sagte Sunny. Sie rief sich das Bild von Vic in den Kopf, das sie in der Zeitung gesehen hatte.

»Wenn du in der Schule bist, ist das alles noch was anderes.« Leo stellte Anton einen Becher Kaffee hin. »Da sind die Unterschiede noch verwaschen. Die kommen erst mit zunehmendem Alter raus.«

Sunny dachte an ihre eigene Schulzeit und konnte ihm nicht zustimmen. Keine von ihren Freundinnen hatte sich charakterlich so verändert, dass sie ihre Meinung über sie revidieren musste. Sie hielt es jedoch für einen unpassenden Zeitpunkt, das auszudiskutieren.

»Martin Pfeifer«, betitelte Anton das nächste Bild. »Klassisches Overstatement. Hat vor einigen Jahren ein Buch geschrieben. War wohl ein Bestseller.«

»*Die Liebe in der Zelle*«, sagte Leo. »Jetzt erinnere ich

mich. Eine postapokalyptische Geschichte. Hat die Literaturwelt aufgemischt. Ich habe versucht, es zu lesen, der Stil war mir jedoch zu anstrengend.«

»Also eher postapokalyptischer Schwachsinn«, sprach Anton das aus, was Sunny dachte. »Egal wie toll es gewesen sein mochte: Es gehört der Vergangenheit an. Seitdem hat der hoch bejubelte Autor nichts mehr auf die Beine gebracht. Verdient seinen Unterhalt als Ghostwriter von erotischen Geschichten und Biografien irgendwelcher unbedeutenden C-Prominenten.«

Sunny überlegte, ob Anton ein Problem mit Autoren grundsätzlich oder nur mit Pfeifer hatte. Auf jeden Fall schien er von ihm nicht das meiste zu halten. Sie wäre gerne näher darauf eingegangen, fand die momentane Bestandsaufnahme aber wichtiger.

»Woher kennen die beiden sich?«, fragte sie stattdessen.

»Schule«, antwortete Anton knapp. »Waren alle in einer Jahrgangsstufe.«

Im gleichen Moment zog er das Bild der hübschen Schwarzhaarigen mit dem Schleier hervor.

»Yvonne Bosch. Sie ist erstaunlicherweise kein Model geworden, obwohl sie wahrhaft das Zeug dazu gehabt hätte.«

Sunny grinste. Es gefiel ihr, dass Anton normale männliche Züge hatte und schöne Frauen erkannte, wenn er sie sah. Yvonne hatte sie auf den Fotos auch am besten getroffen.

»Was macht sie?«, fragte sie und griff nach dem Foto, bevor Leo es nehmen konnte. Sie wollte nicht eifersüchtig reagieren, stellte aber fest, dass das nicht so einfach war.

»Sie ist Chefin einer Marketingfirma. Ganz schön beeindruckend, nicht? So viel dazu, dass schöne Frauen nichts im Kopf haben.«

»Solche Thesen hast du von uns sicher noch nie gehört.«

Leo nahm Sunny das Foto aus der Hand. »Beeindruckend«, sagte er dann und legte das Bild wieder hin. Nichts weiter. Sein Gesicht zeigte Interesse, zweifelsohne Bewunderung, aber keine Begeisterung. Sie konnte damit leben.

»Tim Hofmann habt ihr ja schon kennengelernt.« Anton tippte auf ein neues Foto, das vor ihm lag.

»Lass mich raten: dieselbe Schule«, sagte Sunny.

»Ja. Er ist nach der zwölften Klasse abgegangen wie Hansen auch, während Pfeifer, Achen und Bosch das Abitur machten. Sie blieben trotzdem eine Clique.«

Er schob die vier Fotos zusammen und steckte sie zurück in die Mappe. Sunny erkannte weitere ausgedruckte Blätter, die Anton offenbar noch nicht mit ihnen teilen wollte.

»Über ihn konnte ich nichts herausfinden. Ist meistens ein Zeichen dafür, dass sich einer in seinem Leben absolut unauffällig verhalten hat.«

Er schob das Foto eines jungen Mannes mit Vollbart und schmalen braunen Augen über den Tisch.

»Ich probiere mal was«, sagte Sunny.

Sie hatte nach Vic gegoogelt und ein Facebook-Profil von ihm gefunden. Egal wie Vic es mit seiner

Privatsphäre gehalten hatte, seine Freundesliste war öffentlich. Und lang. Sie blätterte mit ihrem Zeigefinger durch die Seiten, scannte die einzelnen Profilbilder durch, bis sie auf den Bildschirm tippte, um das Scrollen anzuhalten.

»Ich habe ihn«, sagte sie. »Sven Berger.«

»Was macht er?«, fragte Albert.

»Was er auch macht, er postet es nicht auf Facebook. Das Profil ist entweder privat oder leer.«

»Vernünftiger Mensch«, sagte Anton. »Aber wenn ich seinen Namen habe, dann finde ich auch was über ihn heraus.«

»Am besten seine Adresse und die der drei anderen. Wo Tim Hofmann wohnt, wissen wir schon. Wir werden ihnen allen einen kleinen Besuch abstatten«, sagte Sunny.

Sie dachte an Vic und hoffte, dass er selbst auch noch ein wenig Licht in die Sache bringen würde.

7

Sunny ging ins Bett, nachdem sie mit Anton diverse Theorien besprochen und wieder verworfen hatten. Sie fragte sich, ob sie einschlafen würde, obwohl ihr so viel vom heutigen Tag im Kopf herumging. Sie war nicht sicher, ob Anton ihnen einen Anhaltspunkt verschafft hatte, in welche Richtung ihre Ermittlungen nun gehen konnten.

Sie schlief dennoch schneller ein als erwartet. Als sie die Augen aufschlug, war es noch stockfinster. Das war keine Überraschung. Sie hatte nicht damit gerechnet durchzuschlafen. Ihr fehlte das dringend benötigte Ziel, wie sie den folgenden Tag gestalten sollte. Sie hatte passende Verdächtige, aber keine passenden Motive. Sunny vermutete, dass diese auftauchten, wenn sie Vics andere Freunde zum ersten Mal unter die Lupe nehmen würden. Tim Hofmann war zwar offenbar nicht gut auf Victor Hansen zu spre-

chen, aber für einen Mord erschien ihr das zu dürftig.
Es sei denn, Tim hatte ihnen nicht ganz die Wahrheit
über sein Verhältnis zu ihm gesagt. Sie beschloss,
darüber im Internet zu recherchieren.

Da im Moment an Schlaf nicht mehr zu denken
war, schwang sie sich aus dem Bett und schlich über die
warmen Holzdielen zur Tür. Sie hörte Leos tiefe, ruhige
Atemzüge. Es war der Schlaf eines Menschen, der mit
sich und seiner Umwelt im Reinen ist. Am Aufgang der
Treppe griff sie nach dem vertrauenserweckend dicken
Treppengeländer, das sie im Dunkeln sicher hinunter in
den offenen Wohnbereich führte. Sunny knipste das
Licht über dem Herd an. Die Birne hatte nur eine
geringe Wattleistung und verbreitete einen heimeligen
Schein von der Art, die einem zeigte, dass die Welt
einem nichts anhaben konnte, solange man sich nur in
seiner Nähe aufhielt. Sie verspürte ein Kribbeln in
ihren Zehen, fast so, als wären sie eingeschlafen. Ein
elektrischer Impuls wurde von ihnen ausgesendet, der
durch die Nerven ihrer Beine hochschoss und sie dazu
brachte, sie unwillkürlich nacheinander zu heben und
auszuschütteln. Das half nichts. Aus den Augenwinkeln
bemerkte sie eine Gestalt in dem zerschlissenen Ohrensessel des Wohnzimmers und fuhr herum.

»Wenn du noch mehr Licht anmachst, wirst du mich
nicht mehr sehen können«, sagte Victor Hansen.

Sunny hatte damit gerechnet, dass Vic sich ihr auf
irgendeine Weise bemerkbar machte, aber sie hatte
nicht vorausgesehen, dass sie in der Lage sein würde,
mit ihm Small Talk zu führen. So wie er in ihrem

Wohnzimmer saß, wirkte er seltsam lebendig. Einen Moment kam ihr der Verdacht, dass sein Tod eine riesengroße Show gewesen sein könnte. Ausgeheckt, um ihn bekannter werden zu lassen, mehr Buchungen zu bekommen, einfach für alles, womit ein DJ Tag für Tag sein Geld verdiente. Dann bemerkte sie hinter oder besser durch seinen Körper die Karos des Polsters, die sie zwar ein wenig verschwommen, aber trotzdem deutlich sehen konnte. Der DJ war durchsichtig.

»Das Licht hier reicht mir«, erwiderte sie.

Sie verspürte nicht die geringste Furcht. Ängstlich war sie noch nie gewesen, jedoch war sie auch noch nie einem Geist so naturgetreu begegnet wie in diesem Augenblick. Ihre Kontakte hatten sich bis heute auf kurze Erscheinungen und Kältewellen beschränkt. Jedoch wirkte nichts an Vic furchteinflößend. Er war zwar ungefähr so alt wie Sunny, dennoch sah er aus wie ein Teenager, der erst gestern noch sein Mofa frisiert hatte. Außerdem war er ausnehmend hübsch. Seine Gesichtszüge wiesen keinerlei Unregelmäßigkeiten auf. Zu Lebzeiten hatte er von Mädchen und Frauen sicherlich viel Zuspruch erfahren.

»Es ist nicht ganz einfach, mich zu zeigen. Dafür brauche ich viel Energie.«

»Ich bin froh, dass du es getan hast«, sagte Sunny. »Ich habe eine ganze Menge Fragen.«

»Kann ich mir denken. Du stellst dich auch nicht gerade intelligent an.«

Sunny hatte entschieden etwas dagegen, nachts

aufzustehen und sich von einem Geist beleidigen zu lassen.

»Das brauche ich nun auch nicht mehr. Jetzt kannst du mir ja sagen, ob du umgebracht wurdest und wenn, von wem.«

Sie bemerkte, dass Vics Körper von innen zu leuchten anfing. Nicht sehr stark, aber er sah aus, als umgäbe ihn eine durchsichtig schimmernde Aura. Anscheinend löste die Frage etwas in ihm aus.

»Du bist doch umgebracht worden?«, fragte sie.

»Ja«, antwortete Vic. »Das muss so gewesen sein. Wenn du ermordet wirst und es keinem auffällt, kannst du nicht gehen.«

Sunny verkniff sich die Frage, wohin man dann ging. Vics Erscheinung schwankte, wurde mal schwächer, dann wieder stärker, wie eine Glühbirne, die bereit war, ihr Leben auszuhauchen. Sie wollte nicht riskieren, dass er verschwand, ohne dass sie etwas Wesentliches erfahren hatte. Für Fragen nach dem Jenseits gab es sicher noch andere Gelegenheiten.

»Wer hat dich ermordet?«, fragte sie daher.

»Wenn ich das wüsste, bräuchte ich dich nicht«, erwiderte Vic.

Er wirkte wie ein beleidigtes Kind, bei dem es höchste Zeit war, dass ihm ein Erwachsener einmal die Meinung sagte. Jedoch auch das schien Sunny im Moment wenig ratsam. Sie wusste nicht, wie Geister reagierten, wenn man ihnen auf den Schlips trat.

»WAS weißt du denn?«, fragte sie. »Ich brauche wenigstens einen Anhaltspunkt.«

»Ich wurde die Treppe hinuntergeschubst. Das kann ich jetzt noch spüren. Auf keinen Fall bin ich gestolpert. Ich stand oben an der Stufe und habe auf das Holzlager hinuntergeschaut. Dann bekam ich einen Stoß.«

»Warst du bewusstlos?«

»Das weiß ich nicht. Aber dann wird alles verschwommen. Ich konnte mich daran erinnern. Am Anfang. Da wusste ich aber noch nicht, dass ich tot war.«

»Hattest du mit irgendjemandem Krach? Weißt du das noch?«

»Keine Ahnung. Bestimmt. Wenn du mich schneller empfangen hättest, könnte ich es dir noch sagen. Die Erinnerung schwindet, je länger ich mich hier unten rumtreiben muss. Keine Ahnung, ob die noch mal wiederkommt.«

Sunny überlegte, ob und wann sie eine Gelegenheit verpasst hatte, mit Vic zu sprechen. Außer diesem merkwürdigen Zettel und der Begegnung Samstagnacht fiel ihr keine ein.

»Du musst bereit sein, mit mir zu reden«, sagte Vic, als hätte er ihre Gedanken gelesen. Vielleicht tat er das sogar. »Ich verstehe diesen ganzen Quatsch noch nicht, aber dein Geist muss offen dafür sein.«

Sunny fiel ein, wie sehr sie sich gestern Abend noch gewünscht hatte, mit Vic sprechen zu können. Anscheinend war der Wunsch der Katalysator, der ihr Unterbewusstsein für eine Geistererscheinung empfänglich machte.

»Also wissen wir nur, dass du tatsächlich umgebracht worden bist. Was ist mit dem Heroin? Hast du dir die Spritze gesetzt, bevor du gestoßen wurdest?«

»Ich habe NIEMALS Heroin genommen. Das ist vollkommener Schwachsinn. Und ich will auch nicht, dass der Rest der Welt das glaubt. Das musst du dringend klarstellen.«

»Wenn wir den Mörder finden, klärt sich das ganz automatisch«, sagte Sunny.

»Ich weiß nicht, ob mich das beruhigt. Im Moment rennt ihr nur ziemlich kopflos durch die Gegend.«

»Dann hättest du jemandem erscheinen müssen, der sich etwas besser damit auskennt.«

Sich vorzunehmen, Ruhe zu bewahren, und es dann tatsächlich auch zu tun, waren zwei verschiedene Paar Schuhe. Das stellte sie immer wieder fest. Am liebsten würde sie diesem arroganten Geist eine kleben, aber dabei hätte sie sich nur selbst wehgetan. Ihre Hand wäre durch Vic hindurchgefahren wie ein heißes Messer durch Butter.

»Versuch es doch mal«, sagte der DJ belustigt. »Ziemlich dämlich, wenn man meint, man könnte einem Geist wehtun. Leider konnte ich keinem anderen erscheinen. Du warst die Einzige in meinem Dunstkreis, die diese Fähigkeit hat. Ich kann nämlich nicht so weit weg.«

Sunny fühlte sich nicht wohl in der Nähe eines Geistes, der so wenig sympathisch war, aber wenn man ihn ermordet hatte, musste der Mörder zur Rechenschaft gezogen werden. Auch ein Kotzbrocken wie Vic hatte Gerechtigkeit verdient.

»Was weißt du noch über deine Freunde?«

»Parasit, Nervensäge, Psychopath, Jammerlappen. Mehr fällt mir dazu nicht ein.«

Wenn Vic das mit dem *Kotzbrocken* in ihr gelesen hatte, erwähnte er es nicht.

»Wer von denen ist wer?«, fragte Sunny.

Endlich bekam sie ein paar brauchbare Informationen. Vics Dichte schien erneut zu schwanken und verblasste immer mehr. Auf einmal konnte sie das Karomuster des Sessels wieder ganz deutlich sehen.

»Verdammter Mist.«

Frustriert warf sie ein Frühstücksbrettchen auf die Stelle, an der Vic noch vor ein paar Sekunden gesessen hatte.

»Diesmal bin ich eindeutig wach«, sagte Sunny, als sie Leo – zugegebenermaßen äußerst unsanft– geweckt hatte.

»Das ist nicht zu übersehen und erst recht nicht zu überhören«, murmelte der. Er richtete sich schlaftrunken auf. »Was treibst du wieder mitten in der Nacht?«

»Vic war hier«, antwortete sie, ziemlich sicher, dass das alles erklärte. Sie hatte recht. Leo war schlagartig wach.

»Hast du ihn wieder gesehen?«

»Gesehen? Ich habe mit ihm gesprochen.«

Sie merkte, wie sich eine Gänsehaut an ihren

Beinen ausbreitete, und schlüpfte zu ihm unter die Decke.

»Du willst sagen, er hat sich so weit materialisiert, dass er mit dir eine Unterhaltung führen konnte?«

»Genau das. Glaubst du mir?«

Der letzte Satz klang piepsiger, als sie es gerne gewollt hätte. Sie merkte, wie wichtig es ihr war, dass Leo ihrer Geschichte Glauben schenkte.

»Ja«, erwiderte er schlicht.

Das war alles, was Sunny hören wollte. Sie kuschelte sich an ihn.

»Ehrlich gesagt ist er ziemlich unangenehm«, erzählte sie. »Zwar hübsch, aber ein ziemliches Arschloch.«

»Hm«, sagte Leo nur. Sie konnte diese Bemerkung nicht deuten.

»Ich weiß, man sollte nicht schlecht von Toten sprechen, aber freundlich ist anders. Ich glaube, er hält mich für ziemlich unterbelichtet.«

»Warum will er dann, dass du ihm hilfst?«

»Weil es wohl kein anderer kann. Er kann sich anscheinend nur in einem gewissen Radius bewegen. Was weiß ich. Auf jeden Fall steht fest, dass er umgebracht wurde.«

»Hat er gesagt von wem?«

»Nein. Er weiß nur, dass er die Treppe hinuntergestoßen wurde. Seine Erinnerung verblasst. Offenbar ist das bei Geistern so. Das mit dem Heroin muss danach gewesen sein.«

Leo rutschte im Bett etwas hoch, um sich an dessen

Kopfteil zu lehnen. Er hob den rechten Arm, damit Sunny darunterschlüpfen konnte. Sie lehnte den Kopf an seine Schulter.

»Und wenn er sich vorher was gespritzt hat und deswegen die Treppe hinuntergefallen ist?«

»Das habe ich auch gesagt. Darauf reagierte er echt heftig. Nein, das hat er nicht getan, da bin ich sicher.«

»Also sind wir trotzdem nicht weiter. Ein bisschen mehr hätte ich von seinem Geist schon erwartet.«

»Er verschwand auf einmal. Er hatte wohl keine Energie mehr. Ich hoffe, er zeigt sich noch mal.«

»Wenn er will, dass wir seinen Mörder finden, wird er das wohl tun. Wenigstens wissen wir jetzt, dass es wirklich ein Mord war.«

»Als ich ihn auf seine Freunde ansprach, hat er etwas Interessantes gesagt. Parasit, Nervensäge, Psychopath und Jammerlappen. In der Reihenfolge. Leider kam er nicht mehr dazu, mir zu sagen, wer wer ist.«

»Wir müssen jemand anderen befragen, der ihn gut gekannt hat.«

»Wir sollten seine Eltern fragen«, sagte Sunny und hielt sich unwillkürlich den Mund zu, als hätte sie etwas Ungebührliches geäußert.

»Das ging mir auch schon durch den Kopf. Aber wir sollten da sehr vorsichtig rangehen.«

»Sie möchten sicher wissen, was wirklich passiert ist«, sagte Sunny und hoffte, sie hörte sich überzeugter an, als sie tatsächlich war.

Leo wünschte sich, er wäre nur halb so optimistisch wie Sunny, was das Begleichen ihrer Schulden anging. Aber er fürchtete, ihr Chefredakteur würde nicht annähernd so begeistert von ihrem Zwischenbericht über Drogen in Fastelruh sein wie sie selbst. An Sunnys Stimme vor der Tür erkannte er, dass er damit nicht falsch lag.

»Ich muss ihn wenigstens auf dem Laufenden halten«, hatte sie nach dem Aufstehen gesagt. »Viel habe ich sowieso nicht, wenn wir Vics Geist und den Mord weglassen. Aber er soll sehen, dass ich die Sache ernst nehme.«

Leo spülte bedächtig den Kaffeefilter aus und seine großen Hände strichen vorsichtig mit der Spülbürste über das glatte Porzellan, bemüht, dass es ihm nicht aus der Hand glitt und er damit etwas Einmaliges zerstörte. Er konnte sich daran erinnern, dass seine Urgroßmutter sich jeden Tag mit solch einem Filter den Morgenkaffee aufgebrüht hatte. Immer nur eine Tasse am Tag, jeden Morgen, sogar dann noch, als sie ihn wegen ihres hohen Blutdrucks längst nicht mehr hätte trinken dürfen. Mittlerweile 78 Jahre, war es ihr allerdings egal, ob sie nun früher oder später vor ihren Schöpfer treten würde. Damit erkämpfte sie sich den letzten Rest ihrer selbstständigen Entscheidung, die ihr mit dem Umzug ins Altenheim genommen wurde.

Leo hörte Sunnys Stimme sich entfernen. Sie war ein Stück Richtung Waldrand gegangen. Sie schien weder die Kälte an ihren nackten Beinen noch die regenfeuchten Blätter auf dem Boden zu bemerken, die ihr sicher die Sohlen ihrer Filzpantoffeln aufweichten.

Sie sah alles andere als glücklich aus. Sie hatte sich viel von der Exklusivstory versprochen, wahrscheinlich zu viel. Ihrer Art entsprechend war sie zu überschwänglich an diese Sache herangegangen, hatte nicht im Entferntesten geglaubt, dass sich nicht alles wieder zum Guten wenden würde, selbst wenn sie in dem Moment noch zweifelte. Das mochte er so an ihr. Sie hatte das seit dem ersten Tag ihrer Begegnung ausgestrahlt und sein Leben mit ihrer leuchtend klaren Art heller gemacht, von dem er vorher nicht mehr glaubte, dass das noch einmal passieren würde. Nicht, seit Maja vor zwei Jahren gestorben war.

Seitdem waren ihm sein Studium, seine Zukunft und sogar sein Leben sinnlos erschienen. Bis ihn eine nächtliche Fernsehsendung über eine Geisterermittlung, auf die er beim gelangweilten Zappen gestoßen war, den Weg aufzeigte, der seine Misere vielleicht beenden könnte. Er wusste natürlich, dass es so etwas gab. In dieser Nacht war ihm jedoch alles so einleuchtend und logisch erschienen, dass er darüber erstaunt war, nicht bereits vorher darauf gekommen zu sein. Er war mit Maja sieben Jahre zusammen gewesen. Er hatte nie daran gezweifelt, es auch für den Rest ihres Lebens zu sein. Solche mächtigen Gefühle einer großen Liebe konnten sich durch ihren Tod nicht einfach in Luft aufgelöst haben. Seit dieser Nacht war er sich sicher, sie in seiner Nähe zu haben. Sie würde nicht gehen, solange sie wusste, dass es ihm nicht gut ging. Er musste nur den Weg finden, Kontakt zu ihr zu bekommen.

Da alles, was Leo in seinem Leben anpackte, beeindruckend konsequent war, verordnete er sich die dafür benötigte Auszeit. Er gab sein Studium auf, in dem er schon vor ihrem Tod keinen Sinn mehr gesehen hatte.

Die Wanderung, an der er vor sechs Wochen teilgenommen, Sunny getroffen und einen Mord aufgeklärt hatte, verschaffte ihm die nötige Zeit zu entscheiden, wie es weitergehen sollte. Nicht im Traum hätte er daran gedacht, hier mit ihr in dieser Hütte zu sitzen. Obwohl es keine unangenehme Erfahrung war. Er hatte sich schon oft dabei ertappt, dass ihre unbeschwerte Art die Wolke verscheuchte, die sich störrisch und schwarz in seinem Kopf festgesetzt und sich bis dato vehement geweigert hatte zu verschwinden. Er überlegte, was das mit der Treue machte, die er Maja geschworen hatte, ohne es jemals laut auszusprechen. Er war sich nicht sicher, wohin das mit Sunny führen würde. Aber musste es überhaupt irgendwo hinführen? Er fühlte, wie ihm sein schlechtes Gewissen langsam den Nacken hochkroch, um ihm warnend einen Stich in den Hinterkopf zu versetzen. Sunny erinnerte ihn daran, wie es war, mit einem lebenden Menschen zu reden, zu teilen und zu lachen. Dennoch musste er das hier zu Ende bringen. Er war noch nicht bereit, sich von Maja zu lösen.

Leo schaute noch mal aus dem Fenster und sah, dass Sunny wieder zur Hütte zurückkam. Etwas an ihrer Haltung rührte ihn. Sie schien sich nie wirklich wohl in ihrer Haut zu fühlen. Sie beherrschte nicht die Fähigkeit, das vor anderen Menschen zu verbergen. Das hatte ihn seit dem ersten Tag angezogen. Er war dankbar, sie kennengelernt zu haben. Sie hatte die Begabung, die ihm bislang vorenthalten worden war. Es hatte sich gezeigt, dass sie offenbar wie ein Medium funktionierte. Sie hatte die Toten gesehen und war in der EVP-Sitzung in der Lage gewesen, die Antworten zu bekommen, die ihm verwehrt geblieben waren. Bei einer EVP-Sitzung versuchte man, Geisterstimmen über ein Tonband einzufangen. Als er sie jetzt beobachtete, wie sie das Telefongespräch beendete und auf der Terrasse ihre Pantoffeln durch Schütteln ihrer Füße von nassem Laub befreite, wusste er auf einmal, dass Sunny die Person war, die ihm den dringend benötigten Kontakt zu Maja herstellen musste. Sunny würde ihm die Gewissheit liefern, dass Maja noch irgendwo in seiner Nähe war und er weiter mit ihr zusammen sein konnte.

8

Das Haus von Victor Hansens Eltern stand in dem Teil der Gemeinde, in dem der Unterschied der sozialen Schichten so deutlich wurde wie nirgendwo. Einst war es als Baugebiet für umzugsfreudige Städter ausgewiesen worden, jedoch hatte diese Maßnahme nicht so viel Erfolg gehabt wie erhofft. Fastelruh hatte keine gute Autobahnanbindung und auch sonst nicht so viel zu bieten, um sich den weiten Weg aus der Stadt zu machen. Ein Teil der verbliebenen Bauplätze wurde an Bürger der Gemeinde verkauft, der Rest machte schnell Platz für Spekulanten, für die im Bebauungsplan eine Ausnahme gemacht wurde. Daher war das frühere Vorzeigeprojekt eine Mischung aus Kleingartenidylle und sozialem Wohnungsbau.

Hansens Einfamilienhaus war nichts Besonders, ein schlichtes Satteldach und weißer Putz, aber die Stuckarbeiten über dem Fenster waren hübsch, auch die

Steinskulpturen aus Fröschen neben dem Eingang. Es machte den Eindruck, als gäben die Hansens sich viel Mühe, ihr Haus in ein Heim zu verwandeln. Das konnte man nicht von jedem Gebäude hier behaupten.

Leo hatte Bedenken angemeldet. Sunny musste ihm zustimmen. Vics Freunde unter falschen Voraussetzungen zu befragen, war vielleicht nicht die feine Art, aber das hielt sie weder für unethisch noch moralisch verwerflich. Nicht, solange die Chance so groß war, einen von ihnen als Mörder zu entlarven. Bei Vics Eltern jedoch war das etwas anderes. Sunny widerstrebte es, die Menschen zu belügen, die Vic nahestanden. Leo und sie hatten gemeinsam überlegt, wie sie das Gespräch anfangen könnten. Da die Hansens anzulügen für beide keine Option war, hielt sie es für das Beste, einfach die Wahrheit zu sagen.

»Wie viel willst du ihnen denn erzählen?«, hatte Leo gefragt.

»Dass wir glauben, dass Vic umgebracht worden ist«, antwortete sie.

Sie standen in der Küche an den Backstein der Wand gelehnt und Sunny dachte zum wiederholten Mal, wie sehr der rustikale Charme der Hütte sich von der chromglänzenden, hoch technisierten Welt ihrer Eltern unterschied. So, als wäre sie in ein komplett neues Leben katapultiert worden.

»Und wie willst du diese Erkenntnis rechtfertigen? Eingebung? Wir haben keinerlei Beweise dafür.«

Das war ein heikler Punkt. Sunny hatte den Verdacht, dass das nicht die beste Argumentation sein mochte. Sie versuchte, sich vorzustellen, jemand wolle sie davon überzeugen. Was sie darüber denken würde, da musste sie nicht lange überlegen. Auf jeden Fall bevor sie festgestellt hatte, dass es auf der Welt noch andere Dinge gab als nur die, die man sehen und anfassen konnte.

»Beweise werden wir nicht brauchen. Wir sagen ihnen einfach, wie es ist«, schlug sie vor.

»Ich kenne diese Leute nicht, aber wenn sie nur halbwegs vernünftig reagieren, rufen sie die Polizei an. Oder die Psychiatrie.«

»Oder sie hören uns einfach zu«, erwiderte Sunny gelassen. »Sie haben gerade ihren Sohn verloren. Sie werden froh sein, wenn wir ihnen eine Perspektive bieten.«

»Dein Wort in Gottes Ohr«, entgegnete Leo, machte aber keine Anstalten, sie von ihrem Vorhaben abzubringen. Vielleicht wusste er instinktiv, dass es der einzig mögliche Weg war.

Trotzdem fühlte Sunny Übelkeit in sich aufsteigen, als sie den gepflasterten Weg zur Haustür der Hansens gingen. Das hier war etwas anderes als Interviews für eine Reportage zu führen, die eigentlich dem Zweck dienen sollte, Hinweise auf den Mord zu bekommen. Wenn das hier schiefging und Vics Eltern es in seinem Freundeskreis weitererzählten, würden sie keinen mehr befragen und ihre Ermittlung sofort auf Eis legen können. Es hing davon ab, wie glaubwürdig Sunny war. Ihr unwohles Gefühl besserte sich, als eine kleine rundliche Frau mit verweinten Augen die Tür öffnete. Sie wirkte, als würde sie alles glauben, was ihrem Schmerz Linderung verschaffen konnte.

»Frau Hansen?«, fragte Leo vorsichtig.

Sie nickte.

»Dürfen wir mit Ihnen sprechen?«

»Sind Sie Reporter? Bitte keine Reporter.«

»Nein«, erwiderte Leo. »Ich bin kein Reporter.«

Das war geschickt ausgedrückt. So brauchte er nicht zu lügen.

»Wir kennen Vic«, sagte Sunny, die zwei Schritte vortrat, um neben Leo nicht allzu unscheinbar auszusehen.

»Das taten viele.«

»Wir haben eine Nachricht von ihm.«

»Von meinem Sohn?«

Die runden braunen Augen verengten sich, allerdings ohne dabei misstrauisch zu wirken. Es war für Sunny ein Zeichen, wie verzweifelt sie an etwas glauben wollte, was sie ihrem Sohn näherbrachte.

»Dürfen wir reinkommen?«, fragte Leo sanft.

Sie trat zur Seite und gab damit den Blick in einen hellen Flur frei, der pedantisch ordentlich wirkte. Es roch nach Gulasch und Sauerkraut. Ungelenk winkte Frau Hansen sie herein. Sunny sah, dass ihre Hand dabei zitterte. Leo hatte das offenbar auch bemerkt. Er nahm ihre Hand mit den knubbeligen Fingern kurzerhand in seine große.

»Es ist alles gut«, sagte er beruhigend. »Machen Sie sich keine Sorgen.«

Das wirkte. Ihre Augen hörten auf, unstet zu flackern, ihre Bewegungen wurden wieder sicherer. Mit wiedergewonnener Gefasstheit ging sie vor ihnen durch den Flur mit den hellen Fliesen und öffnete eine Tür zu einem Raum, bei dem Sunny unwillkürlich der Ausdruck *gute Stube* in den Sinn kam. Die Polster der Couch waren mit Überwürfen geschützt und das Milchkännchen auf dem Tisch sah aus wie eine Kuh. Der Mann, der auf einem Sessel mit gerader hoher Lehne gesessen hatte und sich erhob, als sie eintraten, verstärkte das Gefühl noch. Er trug einen braunen Pullunder und eine Cordhose in der gleichen Farbe. Er sah untersetzt aus, obwohl er schlank war. Dieser Eindruck wurde durch den langen Oberkörper erweckt, in dessen Verhältnis die Beine zu kurz wirkten. Sunny dachte an Vic, der in der ersten Nacht ihrer Begegnung oben an der Treppe gestanden hatte, und entdeckte die Familienähnlichkeit. Es musste sich um Vics Vater handeln.

»Sie wollen mit uns über Victor sprechen«, sagte Frau Hansen.

Sie wartete, bis beide ganz in den Raum getreten waren, um die Tür direkt wieder hinter ihnen zu schließen. Sunny wünschte, sie hätte sie offen gelassen. Es war heiß und stickig hier drin.

»Sie sind keine Reporter«, sagte Vics Mutter sofort, als ihr Mann zu einer Entgegnung ansetzte.

»Sie kannten Victor?«

Seine Stimme war angenehm, ein Bariton mit einem dunklen Timbre. Auch hier fühlte Sunny sich wieder an seinen Sohn erinnert.

»Gewissermaßen«, antwortete sie. »Ich habe ihn allerdings erst recht spät kennengelernt. Zum ersten Mal gesehen habe ich ihn Samstagnacht.«

»Das kann nicht stimmen«, sagte Frau Hansen hinter ihr. Birte hieß sie. Ihr Mann Ludger. Das hatte Anton erzählt, als er ihnen ihre Adresse vorbeibrachte.

»Victor ist bereits Samstagnachmittag verstorben«, erklärte Ludger Hansen anstelle seiner Frau.

»Das weiß ich«, sagte Sunny und atmete tief durch. »Aber Victor war in dieser Nacht das erste Mal bei mir.«

Birte und Ludger Hansen schwiegen. Sunny hätte mit Wut gerechnet, zumindest mit Enttäuschung, dass ihre Hoffnung auf eine Nachricht von ihrem Sohn scheinbar zerstört wurde. Sie aber schwiegen nur.

»Hören Sie, ich weiß, dass es verrückt klingt«, sagte sie. »Sie glauben mir nicht. Das kann ich verstehen. Aber es ist nicht das erste Mal, dass ich Besuch von Verstorbenen hatte. Erinnern Sie sich an den Mordfall im Fastelruher Forst vor ein paar Monaten?«

Sie fing einen warnenden Blick von Leo auf. Doch dies war die einzige Möglichkeit, den Hansens Vertrauen in ihre Fähigkeit einzuflößen.

»Ich war dabei«, sagte sie. »Ich hatte Kontakt. Und wir haben den Mörder gefunden.«

»Wollen Sie damit sagen, dass Victor ermordet wurde?«

Das kam von Birte Hansen. Kein »Unsinn«, kein »Verlassen Sie sofort unser Haus«.

»Da bin ich mir sicher«, erwiderte Sunny. »Und er sich auch. Heute Nacht war er noch einmal da. Er behauptete, er habe nie Heroin genommen und dass er gespürt hat, wie ihn jemand die Treppe hinuntergestoßen hat.«

»Meine Großmutter ist verstorben, als ich elf Jahre alt war«, sagte Birte Hansen. »Sie hatte es nicht leicht im Leben. Ihr Sohn war auf einer Bergtour gestorben. Offenbar war er irgendwo abgestürzt. Man hat später seinen Rucksack gefunden, aber nicht seinen Leichnam. Meine Großmutter war bereits eine Woche tot, als ich nachts aufwachte. Sie saß an meinem Bett und sagte mir, wir würden die Leiche an einer ganz bestimmten Stelle finden. Seitdem weiß ich, der Tod ist nicht das Ende. Mein Mann hatte letzten Sommer ein ähnliches Erlebnis. Es war nicht so intensiv wie meins, dennoch reichte es aus, auch ihn davon zu überzeugen. Sie hören sich nicht verrückt an.«

Vics Mutter wirkte im Augenblick keinesfalls mehr altbacken, sondern klar und fokussiert. Sunny leistete im Stillen Abbitte. Sie sollte sich abgewöhnen, sich so schnell eine Meinung über andere Menschen zu bilden.

»Ihr Sohn kann nicht gehen, solange sein Mörder nicht gefunden worden ist. Deswegen sind wir hier. Wir brauchen Informationen über seine Freunde.«

»Ich glaube nicht, dass er die letzten Jahre viele Freunde hatte. Er hat sich auch nicht immer welche gemacht«, sagte Vics Mutter. Sie klang traurig. »Die

Einzigen, die wir noch kennen, sind die aus seiner Schulzeit. Ich glaube, danach kamen nicht mehr viele.«

»Was ist mit Feinden?«, fragte Leo, der eine ganze Weile die Hummel-Figuren in der Vitrine betrachtet hatte und sich nun umdrehte.

»Ich befürchte, er war keinem wichtig genug, um Feindschaft für ihn zu empfinden«, übernahm Ludger Hansen das Wort. »Wir haben unseren Sohn geliebt, aber wir machen uns ebenso keine Illusionen über ihn. Die Konsequenzen seines Handelns waren ihm zwar bewusst, aber herzlich egal. Merkwürdigerweise fiel das nicht weiter auf, außer natürlich den Frauen, die er schnell kennenlernte und ebenso schnell wieder loswurde.«

»Warum ist er nicht zu mir gekommen?«, fragte seine Mutter unvermittelt.

Das war nicht leicht zu beantworten. Vor allen Dingen nicht mit hundertprozentiger Sicherheit. Aber Sunny wusste, dass sie Birte eine Antwort schuldig war.

»Weil er Sie schützen wollte«, sagte sie daher. »Weil er Ihnen das nicht zumuten möchte. Weil wir mehr Erfahrung damit haben.«

Der letzte Satz war eine dreiste Lüge. Trotzdem hatte Sunny kein schlechtes Gewissen. Sie sah die aufleuchtenden Augen von Vics Mutter und wusste, dass es das Richtige war. Genauso richtig, wie seinen Eltern von Vics Erscheinen zu erzählen. Inzwischen war Sunnys Übelkeit verschwunden. Sie fühlte Kampfgeist und Frieden. Eine merkwürdige Kombination.

»Gehen Sie und finden Sie den Mörder unseres

Sohnes«, sagte Ludger Hansen, der neben seine Frau getreten war und ihr den Arm um die Schulter gelegt hatte. »Wenn Sie Hilfe benötigen – egal welcher Art –, rufen Sie uns an.«

»Hat mein Sohn etwas über uns gesagt?«, fragte Birte Hansen. In ihren Augen lag die Hoffnung, vielleicht ein letztes Mal ein paar Worte von ihrem Sohn zu hören.

»Dass er sie lieb hat«, erwiderte Sunny. Diese Lüge kam ihr wie selbstverständlich über die Lippen.

9

»Endlich fragt mal einer, was ich von der ganzen Sache halte.«

Yvonne Bosch war auch von Nahem eine beeindruckende Erscheinung. Die große attraktive Endzwanzigerin hatte genau die Rundungen, die Männern unruhige Träume bescherten. Sunny warf Leo einen prüfenden Blick zu. Der wirkte absolut unbeteiligt.

»Aber die Polizei hat das doch sicher getan?«, fragte sie. Sie versuchte, sich wieder auf ihre eigentliche Aufgabe zu konzentrieren.

»Nein, das haben sie keineswegs. Ich hatte das Gefühl, sie hielten mich für etwas überdreht und hysterisch.«

Nach Hysterie sah Yvonne wirklich nicht aus. Sie wirkte im Gegenteil nahezu beängstigend klar und organisiert. Es war schwer vorstellbar, dass irgendjemand sie nicht ernst nehmen würde, wenn sie etwas sagte. Sie ließ sich sofort zu einem Gespräch überreden, als Sunny ihr ihren Presseausweis zeigte. Yvonne wollte über Vic reden. Da ihr die Polizei nicht zugehört hatte, war sie sichtlich froh, dass nun einer bereit war, es zu tun.

»Wie lange hatte Vic schon ein Problem mit Drogen?«, fragte Leo, der eine kleine Runde im Wohnzimmer gedreht und die Gemälde bewundert hatte.

»Er hatte überhaupt kein Problem«, erwiderte Yvonne. »Auf jeden Fall nicht in der Weise, wie Sie sich das vorstellen.«

»Aber er hat doch welche genommen?«, fragte Sunny, die sich an das erinnerte, was Anton gesagt hatte.

»Hin und wieder einen Joint. Oder ein bisschen Ecstasy. Du liebe Zeit, er war DJ. Es hätte mich eher gewundert, wenn er nichts genommen hätte. Aber Heroin – das ist doch eine ganz andere Hausnummer. Das hätte Vic nie getan.«

»Wie gut kannten Sie sich?«, fragte Sunny. Sie dachte daran, wie ewig sie vor dem offenen Grab gestanden und auf den Sarg geblickt hatte.

»Lange und sehr gut«, antwortete diese.

Sie klang so entschieden, dass nicht der Eindruck entstand, sie wolle der Frage ausweichen.

»Wie gut?«, bohrte Sunny dennoch weiter. »Ich meine, waren Sie ein Paar?«

»Das ist lange her.«

Yvonne strich sich den Rock glatt und nahm auf dem weißen Ledersofa Platz. Sie machte eine Handbewegung zu Sunny und Leo, es ihr gleichzutun. Sunny hoffte, dass sie keine Grasflecken an ihrer Jeans hatte. Sie setzte sich gerne oft genau dorthin, wo sie gerade stand. Yvonne sah nicht aus, als hätte sie dafür Verständnis. Überhaupt wirkte sie nicht, als setze sie sich in der Natur jemals irgendwo hin. Trotzdem nahm Sunny Platz. Es hätte komisch ausgesehen, wenn sie alleine stehen geblieben wäre.

»Wir passten nicht zusammen. Das wussten wir beide. Aber wir mussten einmal zusammen sein. Das war einfach logisch.«

»Warum?«, fragte Leo.

»Sagen wir mal so: Wenn zwei attraktive Menschen Zeit miteinander verbringen, wird förmlich von allen erwartet, dass sie zusammenkommen. Ich hatte zwar damals ein paar Kilo zu viel, aber das Prinzip stimmt dennoch.«

»Aber es hat nicht funktioniert?«

»Nein. Wir hatten verschiedene Vorstellungen vom Leben. Ich wusste schon sehr früh, was ich im Leben erreichen wollte. Leider hatte Vic andere Wünsche.«

Sunny sah sich in Yvonnes blendend weißer Wohnung um. Sie versuchte, sie in Einklang mit dem Mann in dem Game-of-Thrones-Shirt zu bringen, der die Nacht zuvor auf ihrem Sessel gesessen hatte.

»Wann haben Sie sich das letzte Mal gesehen?«, fragte Leo, der sich zurückgelehnt hatte. Sein kupferrotes Haar bildete einen krassen Kontrast zu der weißen Couch. Sunny vermutete, dass auch er nicht zu Yvonnes

Lebensplan passen würde. Das beruhigte sie, auch wenn es albern war.

»Das ist schon eine Weile her. Ich meine, hier läuft man sich immer mal wieder über den Weg. Fastelruh ist keine Millionenmetropole. Aber wirklich getroffen, daran kann ich mich nicht mehr erinnern.«

Sunny beschlich das Gefühl, dass Yvonne log. Sie blickte mehrmals unruhig in die obere Ecke des Wohnzimmers. Sunny folgte ihrem Blick nach rechts, sah aber nichts, was dort ihre Aufmerksamkeit hätte erregen können.

»Welche Freunde hatte Vic noch?«, fragte Sunny. »Ich meine, welche außer Ihrer alten Schulclique?«

»Woher wissen Sie von unserer Schulzeit?«

Yvonnes Stimme klang scharf. Sie war offenbar ein Mensch, der nicht allzu gerne etwas über sich preisgab. Sunny wiederum hätte ungern zugegeben, dass sie auf dem Friedhof gewesen waren.

»Victors Eltern haben uns das erzählt«, erwiderte Leo ruhig. »Nichts Besonderes. Wir haben seinen Lebensweg rekapituliert. Bei einer Reportage über sein Leben gehört so etwas halt dazu.«

»Das ist lange her«, sagte Yvonne. »Zehn Jahre. In dieser Zeit ändert sich viel.«

»Also wissen Sie nichts über seinen aktuellen Freundeskreis?«

»Nein. Eins ist aber sicher. Es werden jede Menge Frauen dabei gewesen sein.«

»Sie meinen, er war lieber mit Frauen befreundet?«

»Sie verstehen mich falsch. Vic liebte Frauen, aber sie gehörten sicher nicht zu seinen Freunden.«

Sunny dachte an Vics ebenmäßige Züge und seinen Schlafzimmerblick. Sie kannte Vics Leben zwar nicht, hätte aber in diesem Augenblick jedes Wort von Yvonne unterschrieben.

»Nicht doch noch männliche Freunde?«, fragte Leo geduldig.

»Vielleicht Sven. Sven Berger. Er wollte damals immer dazugehören. Das passte aber irgendwie nicht. Außerdem ging es ihm nur um Vic. Er hat ihn hündisch verehrt. Mit uns anderen konnte er nichts anfangen.«

Das war der Mann von Vics Facebook-Profil. Sunny hätte gerne gefragt, ob Yvonne wusste, wo sie ihn finden könnten, vermutete aber, dass sie es ihnen sowieso nicht sagen konnte. Menschen wie Yvonne interessierten sich nicht für die Svens dieser Welt. Das hatte sie mit ihrer abfälligen Bemerkung deutlich gemacht.

»Sie sorgen doch dafür, dass Vic nicht allzu schlecht dasteht?«

»Deswegen machen wir das hier«, sagte Leo. »Aber die Überdosis ist nicht wegzudiskutieren. Die hatte er im Blut.«

»Dann hat er einmal einen Fehler gemacht. Ich möchte, dass es nicht das ist, woran die Menschen sich bei ihm als Erstes erinnern.«

Mit dem Versprechen, Vics Andenken in Ehren zu halten, verließen Sunny und Leo Yvonne Bosch.

Stefan Achen, der bereits in jungen Jahren der Jugend-
partei angehörte, wurde seit seiner Wahl in den
Kreistag als vielsprechender Kandidat für den Landtag
gehandelt. Der Ausstattung seines Büros nach zu urtei-
len, musste er fast im Bundestag angekommen sein.
Alleine ein Gespräch mit dem Dezernatsleiter zu
bekommen, gestaltete sich so schwierig, dass Sunny es
beinahe aufgegeben hätte, was normalerweise keinesfalls ihrem Naturell entsprach. Ihrer Hartnäckigkeit
und dem Versprechen, über Stefan Achen eine geson-
derte Reportage zu machen, war es zu verdanken, dass
sie dennoch zehn Minuten eingeräumt bekamen, um
sich mit ihm zu unterhalten.

»Ich weiß nicht, warum Sie mit mir über Victor
Hansen sprechen wollen«, sagte Achen, während er
betont beschäftigt in Dokumenten blätterte, wahrscheinlich um den Anschein zu erwecken, dass Sunny
und Leo ihm seine Zeit stahlen.

»Sie waren doch befreundet?«, fragte Sunny.
»Zumindest haben wir das gehört.«

»Ach das. Das ist schon ewig her.«

Achen lachte. Es klang gekünstelt. Er schlug den
Ordner zu, lehnte sich in seinem Stuhl zurück und
verschränkte die Arme hinter dem Kopf.

»Trotzdem waren Sie auf der Beerdigung.«

Das war keine Frage. Leo stellte es fest.

»Woher wissen Sie das? Die Beerdigung fand im
engsten Kreis statt. Victors Eltern haben alles getan,
damit das nicht öffentlich wurde.«

»Seine Eltern haben es uns gesagt«, erwiderte

Sunny. Sie freute sich, Stefan Achen offensichtlich irritieren zu können.

»Sie haben uns auch gesagt, dass Sie und Victor noch Kontakt miteinander hatten.«

Beides war eine Lüge und ein Schuss ins Blaue. Ludger und Birte Hansen hatten nichts davon erwähnt. Sunny fand das Risiko allerdings überschaubar. Den Versuch war es wert. Sie glaubte nicht, dass Achen diese Aussage überprüfen würde.

»Ich hätte nicht vermutet, dass Victor seinen Eltern überhaupt großartig etwas erzählt. Er war schon seit seiner Jugend über sie hinausgewachsen. Wenn Sie sie kennengelernt haben, verstehen Sie sicher, was ich meine. Sie wollten immer, dass er einen ordentlichen Beruf lernt. DJ war sicher nicht das, was sie sich darunter vorgestellt haben.«

»Sie haben unsere Frage noch nicht beantwortet«, sagte Leo ruhig. »Haben Sie ihn in letzter Zeit noch mal gesehen?«

»Es hilft wohl nicht, das zu leugnen, wenn Victor es sogar seinen Eltern erzählt hat. Wir haben uns öfter mal getroffen. Wir waren von Zeit zu Zeit zusammen angeln.«

Er hatte ihnen immer noch keinen Platz angeboten. Es sah auch nicht so aus, als wolle er das noch tun.

»Was machte er auf Sie für einen Eindruck?«, fragte Sunny. Sie versprach sich von der Frage nicht viel. Stefan Achen wollte sich aus irgendeinem Grund nicht in die Karten gucken lassen.

»Ob ich ihm ansehen konnte, dass er harte Drogen

nimmt? Davon habe ich nichts bemerkt. Ein bisschen hektisch war er. Aber das war nichts Neues. Das war er schon damals gewesen. Er wollte immer alles sofort. Konnte selten auf etwas warten. Ungeduldig. Das war ein Charakterzug und nicht die Auswirkung von Drogen. Von daher hielt ich ihn für ziemlich normal für seine Verhältnisse.«

»Was war er sonst für ein Mensch?«, fragte Leo. »Wenn er mal gerade nicht hinter seinem Pult auf der Bühne stand?«

»Er war immer unser Frauenliebling. Das war sein Ding und darauf verstand er sich.«

Er lachte wieder gekünstelt, aber auch etwas wehmütig.

»Es ist bestimmt nicht einfach, immer so jemanden in der Clique zu haben«, sagte Leo verständnisvoll. »Sie waren damals zu dritt mit Frau Bosch. Nicht einfach, wenn einer dabei ist, der die besseren Karten bei Frauen hat.«

»Das funktionierte nur oberflächlich. Vic war ebenso schnell gelangweilt von seinen Eroberungen. Es gibt auch noch Frauen, die so etwas durchschauen.«

Aber sicher nicht mit zwanzig, dachte Sunny. Diesmal konnte sie es eindeutig hören. Vics Vormachtstellung in Frauenfragen hatte ihm mehr zugesetzt, als er es sich heute eingestehen wollte. Stefan Achen war eifersüchtig auf Vic gewesen.

»Was ist mit dem Rest Ihrer Freunde?«, fragte Sunny. »Sehen Sie die auch noch ab und zu?«

»Selten. Wir haben uns vor ein paar Tagen getroffen, als wir von Vics Tod gehört haben. Es ist schwer, Jugendfreundschaften in das Erwachsenenleben zu retten. Man verändert sich einfach noch zu sehr. Aber wir hatten keinen Streit oder so etwas. Es verlief sich einfach im Sande.«

»Es war doch eigentlich eine ungewöhnliche Konstellation?«, fragte Leo. »Man hat selten vier Männer und eine Frau in einer Clique. Frau Bosch ist eine ungewöhnlich schöne Frau, das war sie sicher auch damals schon. Gab es da nie Rivalität zwischen Ihnen?«

»Dichten Sie mir nicht irgendwelchen Schwachsinn an«, entgegnete Achen scharf. »Ich habe es nicht nötig, mich mit anderen Männern um eine Frau zu streiten. Weder damals noch heute. Damit ist unser Gespräch auch beendet. Sie haben von mir genug Material für Ihre Reportage bekommen.«

»Achen war auf jeden Fall in die Bosch verliebt«, sagte Sunny, als sie den Flur entlang zum Ausgang gingen.

»Eine Story über unseren Vic?«, fragte Martin Pfeifer, als er Sunny und Leo den Weg in sein Arbeitszimmer wies. »Das halte ich für eine ausgezeichnete Idee. Unser Vic war wirklich etwas Besonderes.«

Das Arbeitszimmer wurde dominiert von zwei Sesseln mit grauenhaften Überzügen in Leopardenfelloptik, die an der Seite am Fenster standen. Zwei Computer, einer mit zwei Bildschirmen. Ein pink-

farben lackiertes Holzregal, in dem Bücher wie
zufällig verstaut wirkten, dazwischen farbige Aufbe-
wahrungsboxen, um weitere Dinge in sie zu räumen.
Auf der anderen Seite hingen eine Korktafel und ein
Whiteboard, bestückt mit Fotos, Zeitungsausschnitten
und Glückwunschkarten. Um etwas davon zu erkennen, hätte Sunny näher herantreten müssen, aber sie
wollte nicht zu neugierig wirken. Das Zimmer strahlte
filigrane Weiblichkeit aus, die sie nicht einordnen
konnte. Ihres Wissens war Pfeifer nicht verheiratet.
Sunny und Leo nahmen nach Aufforderung in den
Leoparden-Sesseln Platz. Der Autor zog sich einen
Bürostuhl mit einer Sitzfläche aus Zebrafellimitat
heran.

»Nun, er war in der Szene ziemlich bekannt«, sagte
Sunny. »Sein Tod natürlich ein Schock. Wir schreiben
gerne über außergewöhnliche Leute, und unsere Leser
mögen das.«

»Außergewöhnlich war er. Das stimmt. Er war
damals immer der, der uns angestachelt hat, damit wir
etwas Verrücktes machen. Ich war zu der Zeit noch zu
schüchtern und Stefan hatte schon immer einen Stock
im Hintern. Vic konnte ihn auflockern und gab mir das
Gefühl, alles erreichen zu können. Das habe ich in
meinem ersten Buch verarbeitet. Haben Sie es gelesen?«

»Steht auf meiner Liste«, antwortete Sunny.

Postapokalyptischer Schwachsinn hatte Anton
gesagt. Trotzdem nahm sie sich vor, es zu lesen, vor
allen Dingen da sie nun wusste, dass Martin Pfeifer
seine Jugend darin verarbeitet hatte.

»War er ein lustiger Typ? So eine Art Partykanone?«, fragte Sunny.

»Das ist der falsche Ausdruck. Er war durchaus witzig. Aber er machte gerne Scherze auf Kosten anderer. Er meinte es nicht böse, aber so war er halt. Wenn wir Diskotheken oder Klubs besuchten, ließ er die Sau raus, wie man so schön sagt. Aber meistens hat er zu der Zeit auch schon aufgelegt. Aber darin war er spitze. Wir schauten dann halt zu.«

»Gab es da nicht einen Vorfall mit Tim Hofmann?«

»Ganz genau weiß ich das nicht. Die beiden haben nicht viel darüber gesprochen. Das war auch schon in unserer Endphase. Vic hatte ein Jahr vorher die Schule verlassen, Tim war ebenfalls schon weg und bereits seltener dabei. Irgendwie ging es da um einen Vertrag, den Tim mit einem Talentcoach einer Agentur machen wollte. Vic hat das mitbekommen und den Agenten davon überzeugt, dass er besser geeignet wäre. Aber wie gesagt, genau weiß ich das nicht.«

»Wenn es so war, ist es ziemlich unschön«, sagte Leo trocken.

»Vic war halt so. Man konnte ihm nicht lange böse sein. Er griff nach den Gelegenheiten, wenn sie sich ihm boten. Damit hat er es auch ziemlich weit gebracht in seiner Branche.«

»Und auch ziemlich weit bei den Frauen, wie wir gehört haben.«

»Er war gutaussehend, charmant und hatte einen coolen Job. Wenn Sie das haben, ist es leicht mit den Frauen.«

»Dann müssten er und Frau Bosch doch ein Traum-
paar gewesen sein.«

»Sie hatten eine Zeit lang eine Beziehung. Vielleicht
ein halbes Jahr, vielleicht auch länger. Dann war es auf
einmal vorbei.«

»Hat er Schluss gemacht?«, fragte Sunny.

Yvonne Bosch hatte sich so angehört, als hätte sie
Vic verlassen.

»Das kann ich Ihnen gar nicht sagen. Eines Tages
war es halt vorbei. Das mit ihnen fiel auch in die
Endphase unserer gemeinsamen Unternehmungen.
Uns andere interessierte es auch nicht sonderlich. Es
war nur gut, dass es nicht schon vorher passierte. Das
hätte unserer Freundschaft sicher geschadet. Sobald ein
Paar dazwischen ist, das sich trennt, ist nichts mehr wie
vorher.«

Sunny versuchte, sich die fünf vor zehn Jahren
vorzustellen, es gelang ihr aber nicht. Dafür wirkten sie
alle mit dreißig schon zu erwachsen. Sie hätte sich
gerne Bilder von früher angeschaut. Vielleicht sollte sie
Martin danach fragen.

»Haben Sie Vic noch regelmäßig gesehen?«, kam
Leo ihr zuvor.

»Ja, ab und zu. Es war jetzt nicht so, dass wir telefoniert hätten, aber wenn wir uns im Ort getroffen haben,
haben wir uns unterhalten oder gingen schon mal
einen Kaffee trinken.«

»Es ist schön, wenn Freundschaften halten«, sagte
Sunny freundlich.

»Aber richtig etwas unternommen haben Sie mit

ihm nicht? Ich meine gemeinsame Interessen«, hakte Leo nach. »Ich frage das deshalb, weil Herr Achen schon mal mit ihm angeln ging. Teilten Sie auch ein Hobby mit ihm?«

»Angeln?«, echote Martin Pfeifer. Er klang ehrlich verblüfft. »Wie kommen Sie auf angeln? Vic hat noch nie in seinem Leben geangelt. Da bin ich mir sicher. Er hasste es, sich in der freien Natur aufzuhalten.«

10

»Die Frage ist, warum Stefan Achen mit dem Angeln gelogen hat«, sagte Sunny, als sie abends im Wohnzimmer saßen. Das feuchte Holz im Kamin knallte hin und wieder leise.

»Wahrscheinlich hat er sich mit Hansen getroffen und will den wahren Grund verschleiern.«

»Sie benehmen sich alle wie Heilige.«

Sunny hatte gehofft, sich nach den Befragungen klarer über den Täter und sein Motiv zu sein, aber eigentlich hatten sie nichts erfahren, was sie weiterbrachte.

»Hast du ernsthaft erwartet, dass sie ihre Probleme mit Vic wie ein Banner vor sich hertragen?«

Anton saß im Ohrensessel. Er streckte die langen Beine unter den Tisch. Sein Besuch war unangekündigt, aber nicht überraschend gewesen. Seit dem Moment, als Sunny von ihrer nächtlichen Begegnung mit dem DJ erzählt hatte, war sein Spürsinn erwacht. Sie war sich sicher, dass es für ihn nicht einfach war, von heute auf morgen aus dem aktiven Dienst in den Ruhestand geschickt worden zu sein. Das hier musste genau das sein, worauf er gewartet hatte.

»Natürlich nicht. Aber irgendwie schien ihr Verhältnis so zufällig gewesen zu sein. Sie waren doch eng befreundet.«

»Ich finde das normal. Mit wie vielen Freundinnen von damals hast du noch Kontakt?«, fragte Leo, der mit einem Korb Brennholz von der Veranda kam und ihre Bemerkung gehört hatte.

»Mit einigen. Allerdings beschränkt sich das auf ein paar Telefonate hier und da. Getroffen habe ich schon lange keinen mehr.«

»Siehst du. Hier ist es genauso.«

»Nein, ist es nicht. Sie waren eine feste Clique. Wir damals meistens nur eine Zufallsansammlung von Jugendlichen, die etwas zusammen unternommen haben.«

»Wer hatte deiner Meinung nach das engste Verhältnis zu Victor Hansen?«, fragte Anton. Er zog das rechte Bein zurück, um sein Knie zu massieren. Er hatte mit Arthrose zu kämpfen, besonders bei diesem feucht-kalten Wetter.

»Yvonne«, sagte Sunny, ohne zu überlegen. »Sie hatten mal was zusammen, bis Vic nicht mehr in ihren Lebensplan passte. Sie glaubt auch nicht daran, dass Vic Heroin gespritzt hat. Da ist sie die Einzige der Clique.«

»Vielleicht ist das genau ihre Taktik, um von sich als Täterin abzulenken«, überlegte Leo. Er hatte auf der Couch Platz genommen und pustete warme Luft in seine hohlen Handflächen. Es war mittlerweile empfindlich kalt geworden.

»Ich bezweifle, dass es Taktik ist«, sagte Anton. »Vielleicht ist es eher ein Zeichen eines verwirrten Geistes. Das meine ich bildlich.«

Sunny rief sich Yvonnes aufrechte, schlanke Gestalt mit dem festen Mund und den wachen Augen ins Gedächtnis. Sie hatte alles andere als verwirrt gewirkt.

»Du hast sie auf dem Friedhof nur kurz gesehen und sie nicht kennengelernt. Sie ist über alles erhaben.«

»Dafür weiß ich mittlerweile etwas über sie, was euch interessieren wird. Sie war mit Hansen kurz zusammen, das stimmt. Aber hat sie euch auch erzählt, dass nicht sie ihn verlassen hat, sondern er sie?«

»Das halte ich nicht für schlimm. Jeder erzählt doch die Version, in der er am besten wegkommt.«

Sunny konnte sich vage erinnern, das auch schon mal gemacht zu haben.

»Ich bin ja auch noch nicht fertig.«

Anton hatte mittlerweile das linke Bein ebenfalls wieder zurückgezogen und richtete sich im Sessel auf. »Hansen hat sie 2014 angezeigt. Vorher hatte sie ihm jahrelang vor der Tür aufgelauert, seinen Anrufbeantworter vollgesprochen und seine Post durchstöbert. Als sie schließlich sein Auto beschmiert hat, bekam er es mit der Angst zu tun und hat eine Verfügung erwirkt, dass sie sich ihm nicht mehr als 50 Meter nähern durfte.«

»Sieh mal an.« Leo pfiff durch die Zähne. »Das hätte ich nie vermutet. Nicht, nachdem ich sie kennengelernt habe.«

»Dann war ein paar Jahre Ruhe«, sagte Anton. »Ob es wirklich ganz aufgehört hat, kann ich nicht sagen. Ein Kollege konnte sich an den Fall erinnern. Frau Bosch hatte nicht den Eindruck erweckt, als könne sie so ein Gerichtsurteil aufhalten.«

»Und plötzlich bringt sie ihn dann aus heiterem Himmel um? Warum hat sie das nicht schon früher gemacht?«, fragte Sunny.

»Um den Verdacht nicht sofort auf sich zu lenken?«

Leo war an die Kante der Couch gerückt und beugte sich nach vorne. In dieser Haltung sah er Anton sehr ähnlich. Er blickte ihn gespannt an.

»Möglich ist das. Nachdem ich die Akte gelesen habe, halte ich die Bosch für verrückt. Trotzdem handeln Verrückte oft sehr vorausschauend und besonnen. Ihr würdet euch wundern.«

Sunny wünschte sich, das später mal zu überprüfen, wenn Anton aus seinen Erfahrungen plauderte, aber im Moment hatten sie Dringenderes zu tun.

»Auf jeden Fall haben wir hier schon mal das erste Motiv«, sagte Leo. »Und wenn Achen wirklich gelogen hat, ist das zweite auch schon in greifbarer Nähe.«

»Dann fragt ihr ihn am besten danach.«

»Ich glaube nicht, dass wir so schnell noch mal die Gelegenheit bekommen werden«, erwiderte Sunny. »Er hat uns beim ersten Mal schon hinauskomplimentiert. Wir müssen etwas haben, was ihn unter Druck setzt.«

»Dann hilft euch meine zweite Neuigkeit sicher weiter. Ich konnte diesen Sven Berger aufspüren. Er ist seit Jahren quasi Hansens Schatten. Kennen sich auch aus der Schule. Zumindest haben sie dieselbe Schule besucht und waren eine Zeit lang in derselben Stufe.«

»Über ihn haben die anderen gar nichts erwähnt«, sagte Sunny. Sie griff nach dem Zettel mit der Adresse.

»Dann würde ich vorschlagen, dass ihr ihn danach fragt. Vielleicht bringt er noch ein wenig Licht ins Dunkel.«

Sven Berger wirkte unscheinbar, woran noch nicht einmal seine auffällige Kleidung etwas änderte. Er trug Jeans, ein weißes T-Shirt, eine Baseballkappe und ein rotes überdimensionales Fransentuch, als wolle er damit ein Modestatement setzen. Sunny fragte sich nur, was für eins. Sie selbst war zwar sicher nicht die Anlaufstelle für Modefragen, aber sie erkannte dennoch, dass Berger einen Stil verkörpern wollte, den er entweder kopierte oder falsch interpretierte. Er wirkte wie ein kleiner Junge, der sich verkleidet hatte.

Er blickte sie eindeutig nervös an, als er ihnen die Tür öffnete und Sunny ihm ihren Presseausweis gezeigt hatte.

»Ich weiß nicht, was Sie von mir wollen. Ich habe mit der ganzen Sache nichts zu tun.«

»Aber Sie waren doch Vics Freund?«, fragte Sunny.

Würde er das verneinen, müssten sie sich auf jeden Fall mit den Gründen beschäftigen. Sven Berger überlegte einen Moment, hielt aber die Antwort auf diese Frage anscheinend für harmlos.

»Natürlich war ich das. Sein einziger. Alle anderen haben immer nur versucht, was von ihm zu bekommen. Ich war einfach nur sein Freund.«

»Sehen Sie«, erwiderte Sunny herzlich. »Dann ist es für Sie doch bestimmt besonders wichtig, dass nichts Schlechtes über ihn gesagt wird.«

»Er hat nichts Schlechtes getan.«

»Deswegen sollten Sie mit uns reden. Wir möchten etwas über Ihren Freund schreiben. Gerne was Gutes. Dafür brauchen wir natürlich jemanden, der ihn sehr gut kennt.«

»Ich kenne ihn schon lange«, sagte Sven.

»Aber Sie waren nicht immer so eng befreundet?«

Leo war beinahe unmerklich weiter nach vorne getreten, damit er einen Blick in Svens Wohnung werfen konnte. Obwohl dieser nicht klein war, überragte Leo ihn dennoch deutlich.

»In der Schule noch nicht so. Da hat er mich kaum bemerkt. Die anderen wollten mich auch nie dabei haben. Konnte man merken. Sie sagten, sie würden mich abholen, dann kam aber keiner. Solche Sachen. Verstehen Sie?«

Sunny verstand durchaus. Sie versuchte, sich die Freundschaft der anderen mit Sven Berger vorzustellen. Das gelang ihr nicht gut. Jede Clique hatte einen Trottel, auf dem man nach Belieben herumhacken konnte. Sven sah so aus, als wäre er einer von denen gewesen.

»Aber nach der Schule wurde es besser?«, fragte sie.

»Ich war schon nach der Zehnten weg«, sagte Sven. »Vic nach der Zwölften. Ich bin ihm in einer Disco begegnet, da brauchte er Hilfe bei den Geräten. Das habe ich gut gedeichselt bekommen. Seitdem sind wir befreundet. Waren wir«, schob er nach.

Seine Stimme klang kummervoll. Wahrscheinlich war er der einzige von Vics Schulfreunden, dessen Trauer echt war. Das war die traurige Bilanz eines Lebens.

»Wie war Vic denn so?«, fragte Sunny. Sie fand es an der Zeit, ihren Schreibblock hervorzuholen, um sich Notizen zu machen. Es sah nicht nur professioneller aus, vielleicht erführe sie von Sven wirklich noch etwas von Bedeutung.

»Der Knaller. Immer lustig. Schaute auch nicht aufs Geld. Wenn ihm was gefiel, kaufte er es sich.«

»Hat er geangelt?«

»Warum sollte er?«

Sven blickte Sunny verständnislos an.

»Wenn er nicht aufs Geld schaute, hatte er bestimmt eine schicke Wohnung«, überging sie die Frage.

Wie viel verdiente man als DJ wohl? Darüber sollte sie sich vielleicht informieren. Sie mussten unbedingt in die Wohnung. Das war Sunny auf einmal völlig klar. Warum sie bis jetzt noch nicht auf die Idee gekommen war, wusste sie nicht. Vielleicht hatte dieser Sven einen Schlüssel.

»Die Wohnung war ihm egal. Da hielt er sich nur zum Schlafen auf. Schlief aber selten da. War halt immer unterwegs. Frauen, wissen Sie.«

Er versuchte, vielsagend zu zwinkern, das misslang ihm aber gründlich. Er wirkte, als hätte er einen Tic.

»Die Frauen mochten ihn«, stellte Sunny freundlich fest.

»Yep. Sah eben gut aus. Aber festlegen auf eine, das wollte er nicht. Hatte einmal was mit der Schwester eines Freundes. Das gab aber Ärger. Nicht von der schönen Sorte, wissen Sie.«

Sunny hoffte, er würde nicht noch einmal versuchen zu zwinkern. Zum Glück tat er es diesmal nicht.

»Von Schwestern von Freunden lässt man besser die Finger«, sagte Leo und lachte kumpelhaft. Sunny erwartete beinahe, dass er Sven auf die Schulter haute. Das tat Leo jedoch nicht.

»Sven, haben Sie einen Schlüssel von Vics Wohnung?«, fragte sie. »Wir würden sie gerne mal sehen. Um uns ein besseres Bild von Vic machen zu können. Wohnungen sagen viel über Menschen aus.«

»Nein. Habe ich nicht.«

Für die Antwort brauchte er einen Augenblick zu lang.

»Sehr subtil«, sagte Leo später auf der Straße. »In die Lüge hast du ihn reingequasselt.«

»Dafür wissen wir jetzt ziemlich sicher, dass Vic irgendetwas zu verbergen hatte. Sven will auf jeden Fall verhindern, dass er in einem falschen Licht dasteht.«

»Wohl eher im richtigen Licht. Ansonsten gebe ich dir recht.«

»Vic war auf jeden Fall ein ziemlicher Frauenheld. Darüber waren sich wirklich alle einig. Ob das reicht, damit ihn eine von denen mit einer Überdosis niederstreckt?«

»Da bin ich auch skeptisch. Ist das eine Art zu morden für eine Frau? Oder gibt es die Mordmethode für Frauen gar nicht?«

»Ich befürchte, heutzutage geht alles. Da gibt es fast keine Tabus mehr. Auch nicht für Frauen. Das sollte kein Kriterium für unsere weiteren Nachforschungen sein.«

»Dann konfrontieren wir die anderen doch einfach mit ihren Lügen.«

11

»Wissen Sie schon etwas Neues?«, fragte Yvonne.

Sie hatte Sunny und Leo wortlos in ihre Wohnung gelassen und ging vor ihnen her in das weiße Wohnzimmer. Sie redete bereits über ihre Schulter hinweg, bevor sie sich setzte.

»Wir haben auf jeden Fall interessante Informationen bekommen«, sagte Leo.

Dieses Mal war es Sunny egal, ob sie die Couch dreckig machte oder nicht. Ihr Respekt vor Yvonne war nicht mehr ganz so ausgeprägt wie gestern noch.

»Wir haben Sven Berger besucht«, sagte Sunny.

Bildete sie es sich ein oder war Yvonne zusammengezuckt? Wenn es tatsächlich so war, hatte sie sich extrem schnell wieder in der Gewalt.

»Unser Freund Sven.«

Ihr Lachen klang unecht. Sie saß auf der Couch, hatte die Beine leicht schräg auf die Seite gelegt und die

Knie zusammengedrückt, um damit züchtig einem
Blick unter ihren Rock Vorschub zu leisten. Yvonne
wusste, wie sich eine Dame benahm. Beinahe automatisch tat Sunny es ihr nach.

»Dann haben Sie ja einen Eindruck von dem
tumben Idioten bekommen, der Vic zeit seines Lebens
hinterhergerannt ist, damit er ihn gern hat. Wie ein
Hund. Dabei war er Vic herzlich egal. Schon in der
Schule hat er sich nicht für ihn interessiert.«

»Wir hatten eher den Eindruck, die Freundschaft
funktionierte ganz gut«, sagte Leo.

Das war natürlich Quatsch. Sven Berger war ein
Mitläufer, der froh war, wenn er von Vic überhaupt
beachtet wurde. Wahrscheinlich musste er die meiste
Zeit Handlangerdienste für Vic erledigen. Alles, was
dieser nicht gerne selbst machte. Dafür bekam er vielleicht schon mal ein paar Worte, wenn er Glück hatte
etwas Geld oder ein abgelegtes Groupie. Aber Freundschaft mit Sicherheit nicht. Leos Bemerkung diente
einzig und allein dazu, Yvonne aus der Reserve zu
locken.

»Lassen Sie sich von ihm nichts erzählen. Er erzählt
eine Menge Lügen. Wenn er mal die Wahrheit sagt,
übertreibt er. Ich würde nichts – ich wiederhole: nichts
– von dem glauben, was er Ihnen aufgetischt hat. Nicht,
ohne danach die Fakten zu prüfen.«

»Deswegen sind wir hier«, sagte Leo freundlich. »Bei
dem, was er uns erzählt hat, ging es nämlich um Sie.«

»Lasst euch auf keinen Fall hinreißen zu erwähnen,
dass ihr die Informationen von mir habt«, hatte Anton

ihnen gestern eingeschärft. Dafür war er extra aufgestanden. Er blickte groß und düster auf Sunny und Leo
auf der Couch hinab. »Wegen mir behauptet, ihr hättet
es nachts geträumt oder Victors Geist hätte es euch
erzählt. Nur mich haltet ihr da auf jeden Fall raus.«

Daher war Leo auf die Idee gekommen, Sven als
Quelle für ihre Informationen anzugeben. Wenn er so
viele Jahre mit Vic verbracht hatte, würde er sicher
irgendetwas wissen, selbst wenn Vic keine privaten
Dinge mit ihm geteilt hatte. Anscheinend glaubte
Yvonne das auch, denn sie lief rot an, was ihrem makel-
losen hellen Teint nicht guttat.

»Lassen Sie mich raten: Er hat Ihnen von der Verfügung erzählt, die Vic gegen mich erwirkt hat?«

»Ja, unter anderem. Warum haben Sie uns nicht
gesagt, dass es nicht Sie waren, die Vic verlassen hat?«

»Warum? Weil es Sie überhaupt nichts angeht. Sie
sind zu mir gekommen, um eine Reportage über Vic zu
machen und nicht, um eine Hetzjagd auf mich zu
veranstalten.«

»Das wollen wir überhaupt nicht.« Leo hob
beschwichtigend die Hände. »Wir machen uns einfach
ein Bild über Vic und seinen Charakter. Wenn er Sie
damals einfach verlassen hat, dann sagt das viel über
ihn aus.«

»Vielleicht sogar nichts Gutes«, ergänzte Sunny in
der Hoffnung, Yvonne damit so weit zu beruhigen, dass
sie ihnen Näheres erzählte. Leider funktionierte das
nicht so reibungslos wie erhofft.

»Sie wissen rein gar nichts über Vics Charakter.

Damals war die Zeit einfach noch nicht reif. Er war zu jung. Er beschäftigte sich mit Dingen, in denen ich keine Zukunft sah. Aber er wurde älter. Noch ein paar Jahre und die kleinen Mädchen hätten sich von ihm nicht mehr beeindrucken lassen.«

»Dann wären Sie für ihn da gewesen«, sagte Leo. Eine Feststellung.

»Ich war immer für ihn da«, betonte Yvonne. »Das wusste er auch.«

»Angelte Vic eigentlich?«, fragte Sunny unvermittelt.

Yvonne blickte sie an, als wäre sie verrückt geworden. Sie fragte dennoch nicht nach. Vielleicht war sie froh, auf ein anderes Thema zu kommen.

»Nein. Natürlich nicht. Was für ein Schwachsinn.«

Schon vier Personen, die nichts von Vics vermeintlicher Angelleidenschaft wussten. Stefan Achen müsste ihnen da noch etwas erklären.

»Das wissen Sie, aber nichts von seinem ernsthaften Drogenproblem?«

Dafür, dass Leo normalerweise der Besonnene in ihrer Beziehung war, provozierte er Yvonne deutlich.

»Ich weiß nicht, worauf Sie hinauswollen. Ich weiß auch nicht, wofür das Ganze hier gut sein soll. Für Ihre Reportage ist das vollkommen irrelevant. Waschen Sie Ihre Schmutzwäsche gefälligst nicht bei mir.«

»Dann sagen Sie uns, bei wem wir die sonst waschen sollen.«

Das kam von Sunny. Leo hätte so etwas nie gesagt, dafür hatte er zu hohe moralische Grundwerte. Sie glaubte nicht, dass das funktionieren würde, sollte sich aber täuschen.

»Fragen Sie mal Martin Pfeifer nach seiner Beziehung zu Vic. Da können Sie noch einiges erfahren. Und jetzt gehen Sie bitte.«

Sie folgte ihnen in den Flur, wahrscheinlich um sicher zu sein, dass sie auch tatsächlich gingen, anstatt noch im Haus herumzuschnüffeln.

»Wenn ich ein Wort von meiner Beziehung zu Vic in irgendeiner Zeitung lese, dann verklage ich Sie.«

Die Haustür schlug hinter ihnen zu.

Diesmal war es noch schwerer, zu Stefan Achen vorzudringen. Sunny hatte den Verdacht, er hatte seine Sekretärin gewarnt, dass sie erneut auftauchen könnten. Sie stand wie ein Zerberus vor ihrem Schreibtisch und betonte immer wieder, dass Herr Achen ein viel beschäftigter Mann sei und keine Zeit hätte, sich mit Reportern irgendeines Vorstadtblättchens zu unterhalten. Erst als Sunny drohte zu schreiben, der Kreisrat pflege sonntags in Unterhose und T-Shirt vor dem Rathaus herumzulaufen, gab sie nach. Sie schlüpfte durch die Tür in sein Büro, um wenigstens zu fragen, ob er für Sunny Meyer und Leo Palm zu sprechen wäre. Er war. Aber dementsprechend war auch seine Laune.

»Ich habe Ihnen davon erzählt, dass ich mit Vic in meiner Jugend enger und die letzten Jahre mehr sporadisch befreundet war. Was also bitte wollen Sie schon wieder hier?«

Achen stand hinter dem Schreibtisch. Er hatte die Hände auf der Lehne des Stuhles abgelegt. Sunny bemerkte, dass er die Finger zusammenpresste. Die Knöchel waren ganz weiß geworden. Das fiel bei seiner sonnenbankgebräunten Haut sofort ins Auge.

»Wir würden gerne wissen, warum Sie gelogen haben«, sagte sie. Diesmal setzte sie sich hin, ohne zu fragen. Leo tat es ihr nach. Achens Augen funkelten sie an, die Fingerknochen traten noch etwas mehr hervor, sodass Sunny Sorge hatte, einer seiner dünnen Finger könnte abbrechen.

»Ich weiß nicht, was Sie meinen.« Seine Stimme stand in keinem Verhältnis zu der Körperhaltung.

»Warum erzählen Sie uns, dass Sie mit Vic angeln waren? Wir haben von verschiedenen Personen bestätigt bekommen, dass er das nie getan hat. Sven Berger hatte jeden Tag mit ihm zu tun, er weiß viel von dem, was in Vics Leben vorging.«

Täuschte sie sich oder verspannte sich Achen noch etwas mehr, falls das überhaupt möglich war.

»Dafür kommen Sie noch mal hierher und belästigen mich?«, fragte der ernsthaft verblüfft. »Wegen des Angelns?«

»Nein. Wegen der Lüge, die dahintersteckt«, berichtigte Leo ihn. »Dafür muss es einen Grund geben. Was ist so schlimm daran, dass Sie und Vic sich hin und wieder gesehen haben?«

Stefan Achen überlegte offensichtlich, wie viel er

ohne Gefahr von sich preisgeben konnte. Anscheinend hatte er eine Entscheidung getroffen, denn seine Haltung entspannte sich deutlich. Er drehte den Bürostuhl etwas und setzte sich sogar.

»Ich habe mich über Ihre Zeitung informiert«, sagte er dann.

Sunny wurde es ganz warm. Nicht wegen ihres abgelaufenen Presseausweises, das wäre Compten mit Sicherheit egal, solange sie eine gute Story lieferte. Wahrscheinlich war ihm das noch nicht einmal bewusst. Allerdings hatte er keine Ahnung, dass er auch noch einen Reporter namens Leo Palm unter Vertrag hatte. Das würde ihre Glaubwürdigkeit erschüttern. Zumal sie nicht den Auftrag hatte, über das Leben von Victor Hansen zu recherchieren. Noch nicht einmal, wenn er wirklich heroinabhängig gewesen wäre.

»Der *Seligenwalder Kurier*. Nicht die schlechteste Zeitung. Ich hatte mit schlimmerem Schund gerechnet.«

Leo blickte Sunny an und hob die Augenbrauen. Diese deutete ein Lächeln an. Achen schien sich nur über die Zeitung informiert zu haben, aber nicht über ihre Mitarbeiter.

»Nur deswegen erzähle ich Ihnen das, was ich jetzt sage. Ich verlasse mich da voll und ganz auf Ihre Diskretion.«

Sunny hätte ihm gerne gesagt, dass er sich die in die Haare schmieren könnte, hielt das allerdings nicht für einen geeigneten Schachzug. Auch wenn Stefan Achen ihr unsympathisch war, musste sie professionell bleiben.

»Verlassen Sie sich darauf«, log Leo für sie.

Falls Achen der Mörder von Vic war, würden sie nichts verschweigen können von dem, was sie von ihm wussten. Auch wenn nicht, konnte das, was er mit Vic getan hatte, ein Grund für seine Ermordung sein. Nein, sie würde ihm keine Diskretion garantieren.

»Ich befinde mich in einer etwas delikaten Klemme«, fuhr Achen fort. »Als Politiker hat man immer auch eine Vorbildfunktion.«

Er lächelte sie jetzt sogar an, wirkte ein wenig nervös, aber Sunny beschlich der Verdacht, dass das gespielt war. Er spielte ihnen gerade Theater vor.

»Ganz sicher ist das so«, sagte Leo. »Das ist bestimmt oft sehr anstrengend.«

»Wissen Sie, ich bin nicht verheiratet. Ich komme abends in eine leere Wohnung. Sie können sich sicher denken, dass man sich als Mann schon mal nach Entspannung sehnt.«

Der letzte Satz war ausschließlich an Leo gerichtet. Der nickte mit steinerner Miene.

»Deswegen war ich mit Vic schon mal in ...«

Er bedachte Sunny mit einem schnellen Seitenblick. Die bemühte sich, betont unbeteiligt auszusehen.

»In einem von diesen Etablissements«, vollendete er dann seinen Satz. »Da bin ich nicht stolz drauf, schäme mich dafür aber auch nicht. Aber Sie wissen ja, wie die Leute sind.«

»Ihre Wähler sind nicht begeistert über einen Volksvertreter, der ins Bordell geht«, kam Leo ihm zu Hilfe.

»Das haben Sie missverstanden.« Achen riss die Augen auf. »Großer Gott. Ich war in keinem Bordell. Wir gingen schon mal zusammen in einen Stripklub.«

»Warum haben Sie uns erzählt, Sie und Vic wären angeln gewesen?«, fragte Sunny. »Warum haben Sie uns dann überhaupt etwas gesagt?«

»Eine Vorsichtsmaßnahme, falls jemand Vic und mich schon einmal zusammen auf der Straße oder im Auto gesehen und es Ihnen erzählt hat.«

»Ich bin froh, dass ich das loswerden konnte«, sagte er an seiner Tür zum Vorzimmer und schüttelte beiden leutselig die Hände.

»Hat er uns belogen?«, fragte Sunny draußen.

»Ganz sicher. Nur wer schlimmeren Dreck am Stecken hat, verrät uns als Politiker freiwillig, dass er in einem Stripklub war.«

Martin Pfeifer trug entweder immer dasselbe oder er hatte sich nach ihrem letzten Besuch nicht umgezogen. Er bemühte sich anscheinend angestrengt, das Bild des freigeistigen Autors aufrechtzuerhalten, auch wenn sein Erfolg eine Eintagsfliege zu sein schien.

»Ich dachte, Sie hätten genug Stoff für Ihre Reportage«, sagte er, als er mit einer Flasche Mineralwasser für Leo und einer Tasse Kaffee für Sunny aus der Küche kam.

Das Rumpeln des Kaffeevollautomaten war zu hören gewesen. Sunny hatte sich zur Seite gelehnt und konnte selbst aus der Entfernung das Hersteller-Logo der Maschine erkennen. Ihre Eltern hatten ebenfalls so eine. Sündhaft teuer und im Hause Meyer sicher ein angemessenes Equipment. Hier wunderte sie diese Investition. Alles in Martin Pfeifers Wohnung sah nicht so aus, als wäre der Kauf einer Luxus-Kaffeemaschine die Priorität, die er hätte setzen sollen.

»Wir haben in der Zwischenzeit einige interessante Dinge erfahren«, sagte sie und nippte an ihrer Tasse. Der Kaffee war vorzüglich. »Manche Dinge sind uns noch nicht ganz klar, aber wichtig, damit wir ein Gesamtbild von Vics Wesen bekommen.«

»Wenn ich Ihnen dabei helfen kann, nur zu.«

Martin stellte ein Glas Orangensaft auf den Couch-tisch mit der Glasplatte, die den Blick auf Treibholz und Edelstahlkugeln auf Sand freigab.

»Wir haben mittlerweile erfahren, dass das Verhältnis zwischen Yvonne und Vic nicht ganz so unproblematisch war, wie sie es uns gerne glauben gemacht hätte.«

Martin hob sein Glas wieder an und nahm einen großen Schluck. Wahrscheinlich machte er das, um Zeit zu gewinnen.

»Wer behauptet denn so etwas?«, fragte er dann.

»Sven Berger«, antwortete Leo prompt.

»Der gute alte Sven.«

Pfeifer lachte. Es klang belustigt, aber nicht verächt-lich wie bei Yvonne und Stefan.

»Er hat es nie verwunden, dass Vic mit ihm damals nichts anfangen konnte. Dabei hat er sich so bemüht. Um uns andere zwar auch, jedoch nicht so verbissen. Wir waren für ihn nur die Eintrittskarte in Vics Welt.«

»Dafür hatten sie in den letzten Jahren offenbar engen Kontakt. Er scheint sich in Vics Leben gut auszukennen.«

»Dann hat er es endlich geschafft. Glückwunsch.« Martin Pfeifer lachte wieder. »Und was Yvonne und Vic angeht. Aus dieser Beziehung habe ich mich herausgehalten. Ich bin nur froh, dass es nicht in der Phase passiert ist, in der wir noch so eng zusammengehockt haben. Beziehungen in einer Gruppe machen eine Freundschaft immer schwierig.«

»Allerdings war ihre Beziehung nicht *so einfach vorbei*, wie Sie gesagt haben. Er hat sie verlassen. Bestimmt hat sie das nicht sehr gut aufgenommen. Sie müssen doch irgendetwas davon bemerkt haben.«

Sunny konnte sich nicht vorstellen, dass Yvonne Bosch nach dem, was sie nach der Trennung veranstaltet hatte, bald wieder die Ruhe selbst gewesen sein sollte, ganz egal wie korrekt und beherrscht sie heutzutage erschien.

»Wie bereits gesagt: Ich habe nichts dergleichen wahrgenommen. Ihre Beziehung war mir gleichgültig gewesen. Und unsere gemeinsame Zeit schon fast vorbei.«

»Wie war denn Ihre Beziehung zu Vic?«, stellte Sunny die Frage, die ihr seit ihrer Ankunft auf den Nägeln brannte. »Wir wissen bereits, dass Sie ihm anscheinend viel zu verdanken haben. Aber wie sah das damals genau aus? Verstand er sich mit Ihnen besser als mit den anderen der Gruppe?«

»Sie meinen eine besondere Verbindung? Nein. Die hatten wir nicht. Wir haben nicht abends noch telefoniert, wenn wir zu Hause waren, und auch nichts gemeinsam unternommen ohne die anderen.«

Wieder hob er das Glas an den Mund, aber das war mittlerweile leer. Er stellte es zurück. Sunny beobachtete, wie er beim Trinken den kleinen Finger abspreizte und dann nicht sichtbare Staubkörner von der Platte wischte. Das machte sie stutzig. Sie betrachtete das Wohnzimmer näher. Auf dem Sideboard ragten rosa Nelken aus einer kitschig verzierten Kristallvase. An der Wand hingen Aktbilder von spärlich bekleideten Männern und auf dem Beistelltisch lag eindeutig eine Ausgabe von *Unser schönes Heim.* Das konnte Sunny lesen, auch wenn die Buchstaben auf dem Kopf standen. Da hatte sie etwas übersehen. Dafür gab es keine Entschuldigung. Es hätte ihr auffallen müssen.

»Herr Pfeifer, sind Sie homosexuell?«, fragte sie.

Wenn sie damit gerechnet hatte, dass er das entweder leugnete oder ihnen sofort die Tür wiese, geschah im Gegenteil etwas sehr Profanes. Der Autor blieb ruhig. Er spielte das erste Mal bei ihrem Gespräch nicht bei jeder Frage an seinem Glas herum.

»Ja. Das bin ich. Ist das für Sie ein Problem?«

»Nein«, antwortete Sunny schlicht. Das war es tatsächlich nicht. Allerdings wusste sie, dass es schnell so aussehen würde, wenn sie es zu vehement verneinte.

»Wir kommen nur darauf, weil Frau Bosch eine Bemerkung gemacht hat, die dazu passen könnte«, sprang Leo ihr zur Seite.

»Was hat sie genau behauptet?«

Jetzt legte Martin Pfeifer doch wieder die Ruhe ab, die er sich zuvor offenbar nur mühsam erkämpft hatte.

»Nichts Konkretes«, erwiderte Sunny, die Leos warnenden Blick aufgefangen hatte. Sie sollten nicht riskieren, von der Bosch noch eine Verleumdungsklage an den Hals zu bekommen, indem sie etwas behaupteten, was vielleicht nicht hundertprozentig der Wahrheit entsprach.

»Sie hielt sich zu dem Thema sehr bedeckt«, sagte Leo. »Zur Sprache kam es wahrscheinlich überhaupt nur, weil wir so eine Vermutung hatten.«

Manchmal musste sich Sunny wundern, wie überzeugend ihm eine Lüge über die Lippen kam. Wenn Leo etwas sagte, gab es für keinen den Anlass, an seinen Worten zu zweifeln. Allerdings brachte sie das auch nicht weiter.

»Waren Sie in Vic verliebt?«, fragte sie daher unumwunden. Diese Frage konnte ihm nicht so abwegig erscheinen. Vic war gutaussehend und offenbar charmant gewesen. Wenn es zum Frauenaufreißen taugte, dann sicher auch für einen Schwulen.

»Bitte gehen Sie jetzt.« Martin stellte das Glas wieder mit einem Knall auf den Tisch. »Ich habe Ihnen nichts mehr zu sagen.«

Sie überlegten, ob sie noch einmal bei Tim Hofmann vorbeifahren sollten, aber sie hatten nichts, womit sie ihm weiter auf den Zahn fühlen konnten.

»Es gibt kein neues Geheimnis um seine Person.« So hatte Leo es ausgedrückt und damit auf den Punkt gebracht.

Sie verbrachten den Nachmittag mit Lesen und Kuscheln, liebten sich auf der Couch und schliefen ein wenig, bis Leo in die Küche ging, um das Abendessen zuzubereiten.

Als Sunny den Zettel genommen hatte, um nachzuschauen, ob sich seine Botschaft wieder verändert und in etwas Verständliches umgewandelt hatte –leider nicht – sah sie die Scheinwerfer eines Autos den Weg entlangkommen. Sie vermutete, es wäre Anton und ging zur Tür, um ihn zu begrüßen. Es war aber nicht Antons Hybrid, sondern ein Ford. Das Auto hatte Sunny noch nie gesehen. Wohl aber den Fahrer, der ausstieg und unsicher über den Waldboden auf das Haus zuging. Jetzt, wo fast alle Bäume ihre Blätter verloren hatten, war es schmierig. Es war Sven Berger. Er blickte konzentriert auf den Boden und schreckte kurz zusammen, als er den Kopf hob und Sunny ihn bereits an der Tür empfing.

»Ich muss mit Ihnen reden«, sagte er.

Sunny trat zur Seite und ließ ihn ins Haus. Leo kam um die Ecke, ein Geschirrtuch über der Schulter, und warf ihr einen fragenden Blick zu. Sie zuckte mit den Achseln. Sven Berger trat ein, nicht ohne sich vorher gründlich seine Schuhe an der Fußmatte abgewischt zu haben, und stand einen Augenblick unschlüssig herum, bis Sunny ihn erlöste.

»Setzen Sie sich«, sagte sie zu ihm und deutete mit dem Zeigefinger Richtung Wohnzimmer. Er setzte sich hin, rieb seine Handflächen an den Oberschenkeln und sein Blick flackerte unruhig hin und her.

»Wie haben Sie uns gefunden?«, stellte Leo die Frage, deren Antwort Sunny ebenfalls brennend interessierte.

»War gar nicht so schwer. Ich gehe immer in das Bistro in der Wankelstraße. Haben gute Burger dort. Da redet man drüber, dass Sie in der Hütte wohnen, die dem Ex-Bullen gehört. Und dass Sie vor ein paar Wochen auch dabei waren, als dieser Mord aufgeklärt wurde. Sie wissen schon, der im Wald.«

Sunny fragte sich, ob er davon ausging, sie würden Mordfälle in Serie aufklären, da er den letzten Satz so betonte.

»Ich nehme an, aus diesem Grund sind Sie zu uns gekommen. Sie brauchen bei etwas unsere Hilfe«, sagte Leo.

»Ich weiß nicht, vielleicht. Es geht um etwas in seiner Wohnung.«

»Sie meinen, jemand hat eingebrochen?«, fragte Sunny.

Wenn das stimmte, waren sie dem Motiv für Vics Tod vielleicht ein ganzes Stück näher. Hatten seine Fans eigentlich gewusst, wo er wohnte? Dann wäre der Einbruch ebenso einem überspannten Fan zuzuordnen. Aber um was zu stehlen?

»Nein«, erwiderte Sven. Er schüttelte wie zur Bekräftigung den Kopf. »Aber in der Wohnung ist was. Das macht mir Sorgen.«

Sunnys Hoffnung plumpste wieder eine Etage tiefer in den Keller ihrer Gefühle. Sie blickte zu Leo, der immer noch an der Tür stand. Er wirkte ebenso enttäuscht wie sie. Wenn sich Vics Geist da rumtrieb, wollte Sunny nicht die sein, die es Sven Berger erklären musste.

»Sven, das bilden Sie sich ein«, sagte sie und sprach ihn unbewusst mit seinem Vornamen an. Er wirkte wie ein Vogelbaby, das aus dem Nest gefallen war. Anscheinend meldete sich ihr Mutterinstinkt. Der schüttelte vehement den Kopf.

»Nein. Ich habe es ja gesehen. Das Geld, meine ich.«

»Was für Geld?«, fragte Leo.

»Das hat jemand an diesem Samstag gebracht. Am Tag von Vics Tod.«

»Wie viel ist es denn?« Leo dachte wie immer erst einmal an das Wesentliche.

»10.000 Euro. Es kam in einem Umschlag. Ich habe ihn aufgemacht, als Vic tot war. Normalerweise mache ich das nicht«, sagte er schnell, obwohl weder Sunny noch Leo etwas gesagt hatten. »Aber ich dachte, es wäre was Wichtiges drin. Irgendwas, was ich wissen muss.«

»Ist Ihnen bekannt, wofür Vic das Geld bekommen hat? Und von wem?«, fragte Sunny.

Wieder Kopfschütteln.

»Hat er nie erwähnt.«

»Nie?« Das kam von Sunny und Leo im Gleichklang.

Sven machte den Eindruck, als täte ihm sein vielleicht überstürztes Handeln schon leid und er überlege, umgehend das Haus zu verlassen.

»Es kam immer in einem braunen Umschlag.«

»Immer?« echoten Sunny und Leo.

»Drei Mal bis jetzt.«

»Sie haben vorher nie hineingeschaut?«, fragte Sunny sanft. Wenn er jetzt noch mal mit dem Kopf schüttelte, würde sie ihm den abreißen. Aber diesmal tat er es nicht.

»Kam mir nicht richtig vor. Vic vertraute mir.«

»Und Sie haben sich nie gefragt, wofür diese Umschläge waren?«

»Musste ich nicht. Ich wusste es ja. Na ja, nicht richtig, aber ungefähr.«

Sunny überlegte, wie man *ungefähr* etwas wissen konnte, wollte daraus aber keine Grundsatzdiskussion machen. Das hier war zu wichtig.

»Was wissen Sie denn ungefähr?«, fragte sie mild.

»Wenn das Geld kam, brachte ich ein Päckchen in das Schließfach am Bahnhof. Die versteckte er immer im Schuhschrank im Flur. Ich wollte mal eins aufmachen, habe es dann aber gelassen. Vic hat mir vertraut. Aber ich denke, es waren Drogen. Wofür gibt man sonst so viel Geld aus?«

Sunny hätte ihm aus eigener leidvoller Erfahrung viele Dinge nennen können, die Unsummen verschlangen. Jedoch war der Hinweis auf Drogen zu gut, um nicht beachtet zu werden.

»Sven, hat Vic selbst Drogen genommen?«

Wieder ein Kopfschütteln. Diesmal war Sunny zu beschäftigt, um es zu beachten.

»Nur ein paar harmlose Sachen. Kein Heroin. Ich verstehe nicht, wie er daran gestorben sein soll.«

»Wo ist das Geld jetzt?«, fragte sie.

»Immer noch in der Wohnung. Liegt im Flur auf dem Tisch neben der Haustür. Ich wusste nicht, was ich damit machen sollte. Den Schlüssel habe ich seinen Eltern gebracht. Ich meine, schließlich musste ich das doch, oder nicht?«

Ich dachte, Sie haben keinen Schlüssel, hätte Sunny gerne gefragt, aber sie wollte die Lüge von morgens auf sich beruhen lassen. Was würde es bringen?

»Das war richtig«, erwiderte Leo stattdessen.

»Vic hat kein Heroin genommen«, sagte Sven. »Nie im Leben hat er das. Sie müssen herausbekommen, warum das passiert ist.«

12

»Hast du schon mal eine fremde Wohnung durchsucht?«, fragte Sunny, als sie Leo dabei beobachtete, wie er Vics Wohnungstür aufschloss.

Er war am frühen Morgen zu Vics Eltern gefahren und hatte den Schlüssel geholt. Als Sunny aufstand, war er bereits wieder zurück.

»Auch ich habe eine dunkle Seite«, sagte er. Der Riegel schnappte mit einem leisen Klack zurück.

Sunny fragte sich, wie die wohl aussehen mochte, aber das hier war wichtiger. Leo war der Meinung, sie müssten sich ein Bild von Vics Lebensumständen machen, um ihre Ermittlungen in die richtige Richtung zu leiten.

»Wir wissen ja noch nicht mal, ob es einen Fall gibt«, hatte Sunny erwidert. »Wer weiß, warum er nachts zu mir gekommen ist. Das könnte alle möglichen Gründe haben.«

Auch wenn sie Leo glauben musste, dass Geister für solche Besuche einen Grund hatten, ärgerte sie die mangelnde Hilfsbereitschaft dieses Geistes. Wenn sie etwas für ihn tun sollte, wäre sein Beistand nur fair gewesen.

»Du meine Güte«, entfuhr es Leo, der in einen schmalen Flur getreten war, der für Sunny durch seine Statur vollkommen verdeckt blieb. Hoffentlich gab es hier nicht auch einen Toten. Sie zwängte sich an ihm vorbei und warf einen Blick durch den Flur ins Wohnzimmer. Sie sah nichts, was diese Reaktion gerechtfertigt hätte.

»Was ist los?«, fragte sie ärgerlich, weil ihr einen Moment fast das Herz stehen geblieben wäre. Für nichts. Auf jeden Fall nichts, was ihr ungewöhnlich erschien.

»Siehst du das nicht? Ich war noch nie in so einer chaotischen Wohnung.«

Sunny wollte sich keine Blöße geben, dass das nun das Letzte gewesen wäre, was ihr hier auffallen würde. Ihr Blick streifte die Böden des Wandregals. Dort lag eine feine Staubschicht. Sie zeigte wortlos mit dem Finger dorthin.

»Natürlich ist da ein wenig Staub.« Das schien Leo nicht von seiner Meinung abzubringen. »Schließlich ist Vic schon sechs Tage tot. In einer unbewohnten Wohnung bildet der sich schnell neu. Es geht hier um das Ganze. Es sagt uns etwas über ihn als Mensch.«

»Dass er kein Reinheitsfanatiker war?«, entgegnete

Sunny. »Nehmen die vielleicht keine Drogen? Sonst wüsste ich nicht, wie uns das helfen sollte.«

»Er war unorganisiert und schlampig. Sicher nicht nur beim Saubermachen.«

Sie hatten auf dem Weg hierher in einer Apotheke Gummihandschuhe gekauft und diese erst im Flur übergestreift, noch nicht im Treppenhaus. Das wäre zu verdächtig gewesen.

Leo ging ins Wohnzimmer und zog verschiedene Schubladen auf. »Alles kreuz und quer. Das weist auf einen Menschen hin, der sich innerlich aufgegeben hat. Zumindest würde ich das daraus schließen. Komisch. So kam er mir damals gar nicht vor.«

»Menschen können sich ändern.«

»Aber warum gerade so? Gibt es nicht genug andere Marotten, die man sich aneignen kann?«

»Du klingst fast so wie ich«, sagte Sunny. Unsinnige Theorien aufstellen war normalerweise eher ihre Baustelle.

Sie schwebte mit der Handfläche über dem Schreibtisch, als wisse sie noch nicht, ob sie eins der Dinge berühren sollte, die dort lagen. Sie ging wieder in den Flur zu dem Beistelltisch.

»Das Geld ist nicht mehr da«, sagte sie.

»Was redest du da?« Leo hob irritiert seinen kupferroten Haarschopf, den er unter den untersten Regalboden gesteckt hatte.

»Der Umschlag mit dem Geld ist weg«, wiederholte Sunny und kippte den kleinen Schrank nach vorne. Er war auch nicht dahintergefallen.

»Was soll das bedeuten?«

»Keine Ahnung«, antwortete sie und schaute zur Sicherheit auch daneben nach. »Vielleicht waren seine Eltern hier und haben es mitgenommen.«

»Darüber machen wir uns später Gedanken. Ich weiß nicht, wie lange wir hier noch ungestört sein werden. In solchen Mietshäusern gibt es immer einen, der sich für das Leben der Nachbarn interessiert.«

Sunny dachte an die Gardine im Parterre, die sich bewegt hatte, als sie am Haupteingang hineingingen. Der Eingang war nicht abgeschlossen gewesen. Wahrscheinlich hielt man das hier nicht für nötig. Einen Moment war sie versucht, die Wohnung direkt zu verlassen, entschied sich dann aber dagegen. Wegen des verschwundenen Geldes hatte sie ein ungutes Gefühl. Wer weiß, wer sonst alles hier gewesen war. Es brauchte nicht jeder einen Schlüssel, um eine Wohnung zu betreten. Sie atmete tief durch und ging zur Couch. Zwischen ihr und der Wand klemmten verschiedene unverschlossene Umschläge.

»Er hatte viele Frauen«, sagte sie und blätterte die Fotos durch, nachdem sie einen geöffnet hatte. »Die tauchen hier auf ganz vielen Bildern auf.«

»Was für Frauen?«, fragte Leo, der seine Durchsuchung unterbrach, um zu ihr herüberzukommen.

»Zum Glück menschliche«, erwiderte Sunny trocken. »Woher soll ich das wissen? Normale Frauen halt. Zum größten Teil echt hübsch.«

Aus dem Treppenhaus hörten sie aus einer der oberen Etagen Schritte, die nach unten kamen. Sie hatten die Haustür nur angelehnt, damit sie hören konnten, was im Haus passierte. Leo hatte vermutet, dass vielleicht einer hier im Haus noch einen Schlüssel zu der Wohnung hatte. Er winkte ihr zu, ihm zu folgen. Sie traten in das Treppenhaus und zogen lautlos die Haustür hinter sich zu.

———

»Nimm dir das nicht so zu Herzen«, sagte Leo. Er streckte seine Hand aus, damit er Sunny über das Bein streicheln konnte. Offenbar verstand er ihre Schweigsamkeit falsch, nachdem sie losgefahren und Kurs auf die Umgehungsstraße genommen hatten.

»Das tue ich gar nicht.« Sie griff nach seiner Hand und drückte sie. »Wir mussten damit rechnen, dass wir einem auf die Füße treten. Ich glaube nicht, dass es viel mehr ist als heiße Luft.«

»Trotzdem sollten wir vorsichtig sein«, sagte Leo. Er bremste unvermittelt an einem Zebrastreifen ab. Sunny beobachtete, wie ein Mädchen, ohne den Blick von seinem Smartphone zu nehmen, über die Straße ging. Sie gab ihm recht. Es konnte sie ebenfalls jederzeit ohne Vorwarnung treffen.

Sunny hatte einfach nach dem Zettel greifen wollen, der unter dem Scheibenwischer steckte, aber Leo hielt sie am Arm fest.

»Fingerabdrücke«, sagte er knapp. Er zog ihn an einer Ecke mit äußerster Vorsicht unter dem Scheibenwischer hervor.

Sunny glaubte nicht, dass es einem nicht klar sein konnte, so etwas wie Fingerabdrücke auf jeden Fall zu vermeiden, aber irgendwie musste die Polizei ihre Verbrecher schließlich fangen. Schaden würde es nicht. Das Beweisstück hatte Leo in ein Papiertaschentuch aus dem Handschuhfach gewickelt. Es ruhte sicher geschützt in der Mittelkonsole.

»Eins beweist dieser Zettel auf jeden Fall: Wir sind einem auf die Füße getreten.«

Leo beschleunigte wieder und fuhr am Einkaufscenter vorbei.

»Er beweist noch etwas viel Besseres«, entgegnete Sunny. »Wir wissen jetzt, dass der Mörder einer derjenigen sein muss, mit denen wir gesprochen haben. Der Täterkreis ist nun wirklich überschaubar.«

»Dann war das ein dummer Schachzug, der uns in die Hände spielt.«

Leo bog auf die Waldstraße ab. Sie hatten nicht darüber gesprochen, aber Sunny wusste, er war auf dem Weg nach Hause. Zu Hause war ein Begriff, der ihr immer fremd gewesen war. Sie war glücklich, nun eins zu haben, das den Ausdruck verdiente.

»Psychopath, Nervensäge, Parasit und Jammerlappen«, sagte sie nachdenklich. »Das hat Vic nachts zu mir gesagt. Nicht gerade schwer zuzuordnen, wo wir sie nun alle kennengelernt haben.«

»Wenn ein Mörder dazwischen gewesen wäre, hätte ich auch nichts dagegen. Dann hätte diese ganze Zuordnerei wenigstens einen Sinn.«

»Weißt du, was Agatha Christies Hercule Poirot

gesagt hat, wenn er auf Mörderjagd war? Das Motiv der Tat liegt in der Persönlichkeit des Opfers verborgen.«

»Du weißt, dass das nur erfundene Geschichten sind?« Leo warf ihr einen amüsierten Blick zu.

»Sei nicht so überheblich«, erwiderte Sunny. Sie schlug ihn leicht mit der Faust gegen den Unterarm. »Psychologisch ist da eine ganze Menge dran. Victor wurde wegen dem umgebracht, was ihn ausmachte. Es war kein Raubmord oder willkürlicher Überfall.«

»Was wissen wir über ihn? Jetzt, nach der Besichtigung der Wohnung?«

Sunny hatte den Eindruck, Leo wollte sie am Erzählen halten, um sie von der Morddrohung auf dem Zettel abzulenken. Wenn sie ehrlich war, bereitete die ihr wesentlich mehr Kopfschmerzen, als sie zugeben wollte. Sie ertappte sich dabei, im Seitenspiegel den nachfolgenden Verkehr zu beobachten. Der hatte abgenommen, seit sie die Umgehungsstraße verlassen hatten. Er nahm weiter ab, je näher sie an den Fastelruher Forst kamen. Auf der Straße, die zur Hütte führte, würden sie dann allein sein.

»Legte auf seine Wohnungseinrichtung nicht viel Wert. Auch nicht auf Ordnung, geschweige denn Sauberkeit«, zählte sie auf, indem sie mit der rechten Hand an den Fingern der linken abhakte.

»Eben hast du mir noch einen Vortrag über die Psyche des Mörders gehalten«, sagte Leo. »Gehört die fehlende Sauberkeitserziehung dazu?«

Am liebsten hätte sie ihn noch einmal geknufft, aber die Straßenführung an der Kreuzung war schwierig und Leo konzentriert. Sie wollte keinen Unfall provozieren und so dem Mörder zuvorkommen, indem sie sich selbst aus dem Weg räumten.

»Tut es sicher, aber lassen wir das. Auf jeden Fall haben unsere Verdächtigen bei einer Sache die Wahrheit gesagt: Er war ein ziemlicher Frauenheld.«

»Nach deiner Theorie müsste dann die Bosch die Täterin sein.«

»Als verlassene Freundin? Schon möglich. Aber was wäre, wenn er einem der anderen eine Freundin ausgespannt hätte?«

»Dann wäre Martin Pfeifer aus dem Schneider. Der ist schließlich schwul.«

»Der Theorie sollten wir auf jeden Fall nachgehen. Dann kann ich auch direkt fragen, wer uns da nach dem Leben trachtet.«

»Das wirst du schön lassen. Ich bin mir noch nicht mal sicher, ob wir das überhaupt selbst in die Hand nehmen sollten. Das ist kein Spiel mehr.«

»Als ein solches habe ich das auch nie betrachtet«, erwiderte Sunny gekränkt. »Außerdem hast du das schon beim letzten Mal gesagt. Und was habe ich gemacht?«

»Mich ignoriert«, sagte Leo. Er klang resigniert. »Trotzdem. Wir werden auf jeden Fall Anton zu Rate ziehen. Wenn er sagt, wir sollen die Finger davon lassen und das Verbrecherfangen den Profis überlassen, tun wir das.«

Sunny wollte antworten, dass sie das noch einmal diskutieren sollten, wurde jedoch von dem Umriss eines Autos abgelenkt, das vor der Hütte auf dem Schotterplatz geparkt stand. Sie fuhren um eine Gruppe Birken, die den Weg halb versperrte, und genau auf das Grundstück zu. Es war Antons Hybrid. Sie stieß die Luft aus. Sie hatte nicht bemerkt, dass sie sie angehalten hatte.

Es hatte wieder angefangen zu regnen. Dennoch stand Anton Albers neben dem Auto, die Beine auseinander, als ob er sich besseren Halt vor dem aufkommenden Wind verschaffen wollte. Seine hellen Augen blickten ihnen entgegen, sein Blick wurde nur unterbrochen von den Tropfen, die in unregelmäßigen Abständen von der Hutkrempe fielen.

»Sven Berger ist tot«, sagte er, als sie auf ihn zugingen. »Er wurde ermordet.«

13

»Er ist mit einem Wagenheber erschlagen worden«, sagte Anton, als sie ins Haus gegangen waren. Sunny hatte die in ein Papiertaschentuch verpackte Drohung mitgenommen und auf die Küchentheke gelegt. Sie schien nach den jüngsten Vorfällen noch schwerer zu wiegen, aber in diesem Moment war es noch nicht an der Zeit, mit Anton darüber zu sprechen.

»Ein Nachbar hat ihn gefunden. Er hat sich gewundert, warum die Haustür offen stand. Anscheinend hat es sein Mörder ziemlich eilig gehabt. Sie war zwar zugezogen, aber nicht ins Schloss gefallen. Mittags hat er sich noch nichts dabei gedacht, aber als er nach ein paar Stunden wiederkam, fand er das komisch.«

»Das kommt mir ein bisschen wie eine Verzweiflungstat vor«, sagte Sunny. »Der Mörder musste damit rechnen, dass Sven schreit.«

»Er hatte es wohl ziemlich eilig, wenn er es direkt

im Flur gemacht hat. Berger hat ihm den Rücken zugedreht und war wahrscheinlich Richtung Wohnzimmer unterwegs.«

»Dann hat er ihn vielleicht gekannt«, überlegte Sunny. »Einen Fremden lässt du sicher nicht direkt in die Wohnung.«

»Wenn es kein Versicherungsvertreter ist, dann ist das wenig wahrscheinlich. Fest steht, dass Hansens Fall jetzt auch wieder hochaktuell geworden ist. Dass die beiden sich gut kannten, war nicht schwer herauszufinden.«

»Vermuten Sie bei Vic jetzt auch einen Mord?«, fragte Sunny.

Sie dachte daran, wie seine Eltern es fänden, wenn man ihren Sohn exhumierte. Wahrscheinlich wären sie froh, wenn sich die Polizei der Sache annähme. Wenn sie darüber nachdachte, würde sie das ebenfalls begrüßen. Mit ihren beschränkten Möglichkeiten kamen sie einfach nicht richtig voran.

»Nein. Zumindest habe ich davon nichts gehört. Sie mutmaßen jedoch, dass Bergers Tod etwas mit Hansens Drogen zu tun haben könnte. Das ist alles noch sehr vage. Die Verbindung haben sie noch nicht gefunden.«

Anton war aufgestanden, um sich in der Küche eine Cola aus dem Kühlschrank zu holen. Normalerweise war Leo aufmerksam genug und hätte ihm etwas angeboten. Er wusste, dass Anton ein Faible für Kaffee und Cola hatte. Aber Leo hatte sich auf den Sessel in der Ecke zurückgezogen, mit hängendem Kopf und die Arme auf die Oberschenkel gestützt.

»Was ist los?«, fragte Sunny beunruhigt in seine Richtung. Sie verließ sich darauf, dass Leo der Mensch war, der auch im größten Chaos den Überblick behielt. Das hier war untypisch für ihn.

»Ich bin schuld, dass er tot ist«, antwortete er fast tonlos. Seine Schultern wirkten auf einmal nicht mehr so breit wie sonst, die grünen Augen mit den braunen Sprenkeln hatten sich verdunkelt. Selbst die Haare glänzten nicht mehr. Sunny wusste, wovon er sprach. Dennoch schüttelte sie den Kopf.

»Nein, das bist du ganz sicher nicht«, sagte sie bestimmt. »Nur der Mörder ist schuld daran. Oder die Mörderin.«

»Wenn ich nicht gewesen wäre, hätte der Mörder gar nicht gewusst, warum er Sven umbringen sollte.«

»Junge, wovon redest du da?«, mischte Anton sich ein.

Bei Leos letzten Worten hatte er sich aufgerichtet. Sein Gesichtsausdruck war konzentriert. Sunny bekam eine Ahnung, wie er in seiner aktiven Zeit als Hauptkommissar gewesen sein musste.

»Wir waren gestern noch mal bei Vics Freunden«, antwortete sie an Leos Stelle, da dieser keine Anstalten machte, Antons Frage zu beantworten. »Du weißt schon, die von der Beerdigung. Zumindest bei drei von ihnen ...«

»... wo ich bei allen drei erwähnt habe, dass Sven uns einiges aus Vics Leben erzählt hat«, führte Leo ihren Satz fort. »Irgendeinen von ihnen habe ich dabei offenbar aufgeschreckt.«

»Er oder sie muss vermutet haben, dass Sven uns irgendetwas erzählen könnte, wodurch man auf den Gedanken kommen könnte, Vic wäre ermordet worden«, sagte Sunny.

»Hm«, erwiderte Anton nur. Er war aufgestanden und ging zwischen Diele und Wohnzimmer auf und ab. Der Weg war nicht besonders lang, daher wirkte es beinahe so, als würde er im Kreis gehen.

»Wie kam euch Sven Berger vor? Wusste er denn etwas, woraus er hätte schließen können, dass Hansen umgebracht worden ist?«

»Nein«, sagte Sunny bestimmt, die an Sven dachte, wie er hier bei ihnen im Wohnzimmer gesessen hatte. Gerade mal einen Tag war das her.

»Aber ich glaube, er wusste etwas, von dem ihm nicht klar war, dass es wichtig sein könnte. Das Motiv für Vics Tod. Sven war einfach gestrickt. Ich glaube nicht, dass er selbst darauf gekommen wäre. Hätte er uns aber davon erzählt, dann hätten wir sicher die richtigen Schlüsse gezogen.«

»Also musste der Mörder das verhindern«, schloss Anton Sunnys Gedankengang.

»Wir machen ihn sowieso ziemlich nervös«, sagte Leo, der von dem Ohrensessel aufgestanden war und ihr Beweisstück von der Küchentheke nahm. Seine Augen waren trüb und gerötet, als hätte er geweint. Sunny nahm seine Hand.

»Das hatten wir vorhin unter der Windschutz-scheibe.«

Er reichte Anton den Zettel rüber. Das Papier

raschelte, als der es auseinanderfaltete und die Botschaft studierte.

»*Kümmert euch um eure Sachen oder ihr seid tot.* Das war unter dem Scheibenwischer?«, fragte er.

Beide nickten.

»Ich befürchte, es macht keinen Sinn, ihn auf Fingerabdrücke zu untersuchen. Aber ihr habt den Mörder aufgescheucht«, sagte er dann und blickte sie streng an. »Ihr solltet doch nur vorgeben, eine Reportage über Hansen zu machen. Was um Himmels willen habt ihr denen denn erzählt?«

»Nur ein wenig im Wespennest gestochert«, antwortete Sunny ausweichend.

»Ich bleibe heute Nacht hier«, sagte Anton bestimmt. »Ich bleibe so lange, bis diese Sache aufgeklärt ist. Das hier ist kein Scherz.«

Sunny war auch beileibe nicht zum Scherzen zumute.

Es dauerte lange, bis sie ins Bett kamen. Sunny schwirrte der Kopf von all den Theorien, die sie wälzten und die sie dennoch nicht weiterbrachten.

Sie hatten diskutiert, ob es sinnvoll wäre, der Polizei von ihrem Verdacht zu erzählen, dass schon Vics Tod nicht mit rechten Dingen zugegangen war, aber Sunny war überstimmt worden.

»Was wird passieren, wenn du denen erzählst, der Tote sei dir nachts erschienen?«, hatte Anton gefragt.

»Wenn du Glück hast, schicken sie dich mit einem Rezept und einer Überweisung zum Psychiater. Wir sind hier nicht in Amerika. Die hiesige Polizei ist nicht gerade bekannt dafür, ihre Fälle mit einem Medium zu lösen. Außerdem schaffst du damit eine ziemlich unglückliche Verbindung zwischen dir und dem Opfer. Dann werdet ihr einiges erklären müssen.«

Sie blickte zu Leo hinüber. Das Licht auf ihrem Nachttisch brannte. Sie sah, dass er ebenfalls noch wach war. Er lag auf dem Rücken und starrte an die mit Holzpaneelen vertäfelte Decke.

»Du bist nicht schuld an Svens Tod«, sagte sie noch einmal, aber Leo drehte sich auf die Seite und zog sich das Laken über den Kopf.

Sie löschte das Licht und richtete sich darauf ein, stundenlang in der Dunkelheit wach zu liegen, jedoch die Müdigkeit überwältigte sie und sie schlief ein. Als sie die Augen aufschlug, spürte sie wieder das Kribbeln in den Beinen und das Sirren ihrer Nerven in den Kniekehlen, das sich anfühlte wie ein leichter Stromschlag, der die Nervenstränge hochkroch. Sie richtete sich auf und lauschte in die Dunkelheit. Stille.

Sunny glitt vorsichtig aus dem Bett, um Leo nicht zu wecken, und verließ das Schlafzimmer. Auf der oberen Etage gab es noch zwei weitere Zimmer. Eins davon hatte Anton als Büro genutzt, das andere war vollgestellt mit einem gefüllten Bücherregal, Umzugskartons und einem durchgesessenen Sofa. Auf Letzterem schlief Anton. Sie hatten ihm das Bett im Schlafzimmer angeboten. Er hatte abgelehnt und gemeint, auf dem Sofa läge es sich bestimmt nicht schlechter als auf dem Futonbett in seiner Wohnung.

Sie stieg die Treppe hinunter in die untere Etage, immer darauf achtend, dass ihre nackten Füße auf den krummen Stufen Halt fanden. Das Kribbeln in ihren Beinen wurde stärker. Sie war nicht überrascht, auf dem Drehstuhl am Erker eine Gestalt zu erkennen, die flackerte wie eine kaputte Neonröhre im Rasthausklo.

»Sven?«, fragte sie hoffnungsvoll.

»Nein«, sagte die Gestalt, als sie sich mit dem Stuhl umdrehte. Es war Vic.

»Du? Warum nicht Sven?«

»Ich freue mich auch, dich zu sehen.«

Klang Vic gekränkt? Konnten sich Geister überhaupt so anhören. Sie wusste es nicht. Sie wusste nur, dass eigentlich Sven zu ihr hätte kommen müssen. Wie war das gewesen? Wenn jemand ermordet wurde und der Mord nicht erkannt wurde, durfte der Tote nicht gehen.

»Du hast dir deine Frage wohl beantwortet«, sagte Vic. Dieses verdammte Gedankenlesen. Natürlich konnte es nicht Sven sein. An seiner Ermordung bestand nicht der geringste Zweifel.

»Wir sind offenbar auf der richtigen Spur«, sagte sie, zog sich einen Hocker heran und setzte sich darauf. Niemand behauptete, man dürfe es nicht bequem haben, wenn man mit Toten redete.

»Gar nichts seid ihr«, erwiderte der DJ. »Ihr lasst euch abspeisen. Habt ihr bis jetzt irgendetwas Konkretes herausgefunden?«

»Wir sind sicher, dass es einer deiner Freunde war.«

»Das zu glauben, ist keine große Kunst.« Vic winkte ab. »Sie benehmen sich alle, als hätten sie Scheiße am Schuh.«

»Du hast uns beobachtet?«

»Glaubst du, ich habe im Moment zu viel zu tun? Womit soll ich mir sonst die Zeit vertreiben?«

Sunny seufzte. Gespräche mit Vic schienen sich immer als ziemlich anstrengend zu gestalten.

»Ist dir dabei etwas eingefallen? Etwas, was uns weiterbringt?«

»Ihr wart in meiner Wohnung«, ignorierte er ihre Frage.

»Fällt dir dazu was ein?«

Sunny dachte an die unzähligen Fotos von Mädchen und Frauen in seiner Wohnung.

»Scheine ein ziemlicher Weiberheld gewesen zu sein.«

»Erinnerst du dich gar nicht mehr daran?«

»Nicht mehr genau. Aber mit den Mädels ist es nicht immer gut ausgegangen.«

»Du meinst Yvonne?«

Vic schien angestrengt nachzudenken. Sunny konnte zwar an dem durchscheinenden Gesicht keine Mimik erkennen, aber Vics Leuchtkraft veränderte sich. Sie hoffte nur, er würde nicht wieder plötzlich verschwinden.

»Yvonne?«, sagte er dann. »An sie ist meine Erinnerung nicht besonders stark. Da gab es mal was, aber ich erinnere mich nicht genau. Aber an die Frauen, daran erinnere ich mich.«

Sunny seufzte. Sie wusste nicht, wie sie einen Fall lösen sollte, wenn der Hauptzeuge ein selbstverliebter Idiot mit immer stärker werdenden Erinnerungslücken war.

»Was war mit dem Geld in deiner Wohnung?«

Vics Licht schwankte erneut.

»Drogen«, sagte er dann. »Ich habe Drogen vertickt und Geld bekommen.«

»Von wem?«, fragte Sunny. Sie hielt den Atem an.

Sie hatten bereits so etwas vermutet, zumindest war Sven davon überzeugt gewesen, waren aber noch nicht auf die Idee gekommen, diese mit einem der vier in Zusammenhang zu bringen. Sie fragte sich, wieso nicht. Die Verbindung lag quasi auf der Hand.

»Ich weiß es nicht mehr genau«, sagte Vic. »Nervensäge, Kotzbrocken, Parasit und Jammerlappen. Die Drogen waren für den Kotzbrocken.«

Er stand auf, der Drehstuhl gab keinerlei Geräusch von sich, die Federn bewegten sich nicht einmal.

»Frauen und Drogen«, sagte Vic. »Die haben mir das Genick gebrochen.« Sprach's und verschwand.

Der Tag war bereits lange angebrochen, das konnte Sunny sehen, als sie die Bäume durch das Fenster betrachtete. Sie erkannte zwischen ihren Wipfeln Sonnenstrahlen, allerdings schien es kalt zu sein. Fäden von Kondenswasser liefen die Scheibe hinab. Sie musste lange geschlafen haben. Antons Wagen war jedenfalls weg. Sie vermutete, dass er neue Erkenntnisse mitbrachte, wenn er zurückkam. Sie blieb am oberen Treppenabsatz stehen und lauschte in die untere Etage. Das vertraute Klappern des Geschirrs war nicht zu hören. Ihr wurde bewusst, wie oft Leo sich in der Küche aufhielt. Immer bereit, sie mit frisch gebrühtem Kaffee oder seinen Delikatessen zu verwöhnen, die er wie selbstverständlich auf den Tisch brachte und die in ihrer Schlichtheit kaum zu kopieren waren. Leo war ein exzellenter Koch.

Aber es war ungewöhnlich still, obwohl ihr Toyota noch vor der Tür stand. Wahrscheinlich hatte Leo sich auf einen Spaziergang gemacht, um den Kopf freizubekommen. Sie ging die Treppe hinunter. Hier war es deutlich kühler. In dieser Jahreszeit mussten sie den Ofen in der Küche ständig füttern, dessen Wärme über ein Rohrsystem ins nächste Stockwerk verteilt wurde. Das hatte zur Folge, dass es unten bereits kälter wurde, während die Wärme noch in den oberen Räumen verweilte. Sie öffnete die Ofentür. Ein schwaches Glimmen der restlichen Holzscheite bestätigte ihr, dass sie mit ihrer Vermutung richtiglag. Leo hatte die Brennkammer heute Morgen noch nicht aufgefüllt. Die Sache mit Sven schien ihn sehr zu beschäftigen. Sie wünschte sich, sie wäre die Person gewesen, die die anderen über Sven informiert hätte. Sie wäre besser damit zurechtgekommen. Nicht, weil sie keine Schuldgefühle kannte, aber für die war es eindeutig schwerer, sich bei ihr im

Kopf festzusetzen. Sunny hatte noch nie die geringste Lust gehabt, sich für etwas die Schuld geben zu lassen, was sie nicht getan hatte.

Sie nahm den Regenmantel von der Garderobe und zog ihn über. Er gehörte Anton, der ihn nach seinem Auszug aus der Hütte hiergelassen hatte. Sie genoss das Gefühl, sich in dem weiten und langen Mantel wie ein zierliches Püppchen zu fühlen, was sie eindeutig nicht war. Aber hier in ihrem Zuhause konnte sie alles sein, was sie wollte.

Sie griff nach dem Weidenkorb mit den runden Henkeln und schlüpfte in die Gummistiefel, die neben der Eingangstür in einer Holzkiste standen, damit der Dreck unter ihnen nicht auf den Boden fiel. Sie öffnete die Haustür und trat hinaus. Der sichtbare Atem vor ihrem Mund bestätigte ihre Vermutung, dass der Winter nun endgültig Einzug gehalten hatte.

Sie ging um die Hütte herum und nestelte an dem Riegel des Schuppens, in dem das Holz gelagert wurde. Ein leichter Wind fuhr durch die Baumspitzen und trug eine Stimme zu ihr herüber. Sie drehte sich, konnte jedoch niemanden sehen, dennoch glaubte sie, dass es Leos Stimme war. Beim nächsten Windstoß war sie sicher. Es war Leo. Er sprach kurze, nicht verständliche Sätze, schwieg dann und sagte wieder etwas. Er schien zu telefonieren. Sunny stellte den Korb ab und ging um den Schuppen herum. Seine Rückseite grenzte unmittelbar an den Waldrand. Hier war das Gestrüpp noch besonders dicht. Es lichtete sich erst, als die Bäume mehr wurden und ihre eigene geschützte, beinahe lichtlose Welt bildeten, in der Büsche und Sträucher keine Chance mehr hatten. Hier konnte sie Leo deutlich verstehen.

»Ich weiß, dass ich nicht in der Situation bin, Forderungen zu stellen«, hörte sie ihn sagen. »Aber das tue ich auch nicht. Ich bitte Sie um einen Gefallen.«

Schweigen.

»Sie bekommen es zurück. Das kann ich Ihnen versprechen.«

Schweigen.

»Ja, ich weiß. Das hören Sie öfter. Aber auf mein Wort war immer Verlass, das wissen Sie.«

Egal mit wem er gerade telefonierte, für den letzten Satz hätte Sunny ihre Hand ins Feuer gelegt. Sie kannte keinen verlässlicheren Menschen als Leo. »Kurzfristig«, antwortete Leo offenbar auf eine Frage. »Eigentlich habe ich es schon.«

Sunny mochte nicht lauschen, aber irgendetwas an Leos letzter Aussage ließ sie aufhorchen. Was hatte er?

»Ich werde es Ihnen bringen. Im Moment komme ich hier jedoch nicht weg. Nicht, ohne Fragen beantworten zu müssen.«

Er brauchte es nicht auszusprechen, die Person, der er keine Fragen beantworten wollte, stand in einem übergroßen Regenmantel und Gummistiefeln hinter einem Schuppen und horchte. Es war nicht schön, ihn von ihr sprechen zu hören, als wäre sie eine Fremde, die er zufälligerweise im Bus getroffen und in ein Gespräch verwickelt hatte. Wenn jemand sagen würde, Sunny habe ein ungutes Gefühl, spiegelte das nicht im

Mindesten wider, was in ihr vorging. Ihr Magen krampfte sich ruckartig zusammen. Sie war froh, noch nichts gegessen zu haben.

»Gut. Ich werde es Ihnen bringen. Wenn Sie mir versprechen, mich dann in Ruhe zu lassen.«

Sunny hatte nie Leos Sachen durchwühlt, aber ihre Lebensgemeinschaft hatte es mit sich gebracht, dass diese Stück für Stück ans Tageslicht kamen. Sie waren jeder mit zwei Koffern und einem Rucksack hier eingezogen. Nicht viel, um Geheimnisse zu verbergen. Sie hörte nichts mehr, nur Schritte, die das Reisig zerbrachen und sich der Hütte näherten. Schnell huschte sie wieder nach vorne, um mit dem Korb in der Hand so auszusehen, als wäre sie gerade aus dem Haus gekommen, um Feuerholz zu holen.

Sie dachte an das verschwundene Geld in Vics Wohnung.

14

Die Schule, die Vic und seine Freunde besucht hatten, würde nicht als architektonisches Highlight in die Geschichte eingehen, so viel stand fest. Sunny hatte sich auf der Webseite der Fastelruher Gesamtschule informiert und dabei erfahren, dass sie erst 1993 zur Gesamtschule wurde, während sie in der Zeit bis 1993 ein Gymnasium war. In der Eile, einem Trend zu folgen und die Quote eines angemessenen Schulsystems in der Einzugsregion zu erreichen, hatte man die in Windeseile benötigten Bauteile mit Fertigbetonelementen an das vorhandene alte Gebäude angeschlossen. Das hatte einen Stilmix zur Folge, der weder besonders ansprechend noch besonders hip war.

Der alte Gebäudetrakt, der das Gymnasium beherbergt hatte und es auch immer noch tat, war allerdings hübsch mit seinem urtümlichen, wenn auch nur angedeuteten Fachwerk, den geschwungenen Fenstern und dem Ziegeldach. Sunny hätte es gefallen, hier zur Schule gegangen zu sein. Stattdessen war sie auf einem Internat in der Schweiz gewesen, das nichts von dem Flair versprühte, das in den Büchern ihrer Kindheit oft zum Thema wurde.

»Ich muss nachher mal weg«, hatte sie zu Leo eine Stunde nach ihrem Ausflug in den Schuppen gesagt, als sie geduscht und angezogen über ihrer zweiten Tasse Kaffee saß.

»Was hast du vor?«, fragte der. Er wirkte geradezu unverschämt unbekümmert. Sie sollte eigentlich froh sein, dass ihr Lauschangriff unentdeckt und ohne Folgen geblieben war. Aber fast wünschte sie sich, sie wäre erwischt worden, damit sie die Angelegenheit sofort hätten klären können. Das wäre vielleicht schmerzhafter, aber schneller geklärt gewesen. Aber was hatte sie überhaupt genau gehört? Es war nicht ein einziges Mal das Wort Geld gefallen. Nur passte es zu gut in den Gesamtkontext des Gesprächs und zu den neuesten Ereignissen, um einfach ignoriert zu werden. Sie verspürte ein starkes Bedürfnis, ein paar Stunden alleine zu sein. Sie hatte sich daher vorgenommen, Vics Schule zu besuchen und sich dort treiben zu lassen.

»Weiß noch nicht. Vielleicht etwas shoppen«, hatte sie geantwortet. Die Lüge kam ihr ohne Weiteres über die Lippen. Das stimmte sie traurig.

Leo hatte sie fahren lassen, ohne zusätzliche Erklärungen zu fordern. Er hatte sich sogar den Hinweis verkniffen, dass sie kein Geld für solche Extravaganzen besaßen.

Der Hausmeister erspähte sie direkt, als sie in das Gebäude trat. Obwohl das Gymnasium circa 600 Schüler und 50 Lehrer beherbergte – auch das stand auf der Webseite der Schule –, erkannte er mit geübtem Blick sofort die Fremde in ihr.

Ihr Presseausweis leistete ihr hier ebenso gute Dienste, während sie darauf bedacht war, das Ablaufdatum mit dem Zeigefinger abzudecken. Sie wurde ins Sekretariat gebracht, wo eine lebhafte Mittvierzigerin mit einer Frisur wie Tina Turner sie nach Rücksprache mit der Direktorin in die Bibliothek begleitete, damit Sunny sich die Jahrbücher der Schule anschauen konnte.

Die Sekretariatsangestellte hatte es offensichtlich nicht eilig, an ihren Platz zurückzukehren, sondern war in der Laune zu plaudern. Als Sunny erfuhr, dass sie bereits seit 25 Jahren in dieser Schule war, sah sie darin eine gute Gelegenheit, sie nach ihrer Meinung über Vic zu befragen.

»Von der Schule hielt er nicht viel«, sagte Barbara Michels, nachdem sie Sunny kurzerhand das Du angeboten hatte. »Dass er überhaupt so weit gekommen ist, verdankte er seiner Intelligenz.«

»Und seinem Charme?«, fragte Sunny, die diese Eigenschaft allerdings nicht mit dem Mann in Einklang bringen konnte, der zweimal nachts in ihrem Wohnzimmer gesessen hatte. Vielleicht war er in jüngeren Jahren, vor seinem Ruhm, noch nicht so selbstverliebt gewesen.

Barbara Michels zeigte wortlos mit den Fingern in

ein Regal neben dem Wasserspender, in dem die Jahrbücher standen, und sprach weiter.

»Den hätte er haben können«, sagte sie dann. Sie setzte sich auf einen der bequem wirkenden Lesestühle neben einem tiefen Kaffeetisch. Die Leseecke grenzte einen Bereich mit Tischen und Stühlen ab, in dem man Lehrbücher studieren und sich Notizen machen konnte. »Viele meinen, wenn sie gut aussehen, regelt sich das mit dem Charme von ganz allein.«

»Das stimmt«, sagte Sunny. Sie dachte an ihre jüngste Vergangenheit. »Mein Ex war ebenfalls so ein Kandidat.«

»Dann weißt du ja, was ich meine. Er spielte immer den Tollen und bemühte sich, dass die Leute ihn mochten. In Wirklichkeit jedoch war er ein ziemlicher Idiot.«

»Viele Freundinnen?«, fragte Sunny.

»Massenhaft. Zumindest machte er da keine Unterschiede. Hat alle gleich schlecht behandelt. Weißt du, warum er die Schule verlassen hat?«

Sunny schüttelte den Kopf. Barbara beugte sich vor, als wollte sie ihr ein bestens gehütetes Geheimnis anvertrauen, und Sunny tat unbewusst dasselbe.

»Beurer – der war damals hier Direktor – hat ihm nahegelegt zu gehen. Er hatte was mit der Tochter des Chemielehrers. Die war so sehr in ihn verliebt, dass sie vom Dach der Aula springen wollte, nachdem er sie sitzengelassen hatte.«

»Das wusste ich nicht«, sagte Sunny schockiert.

»Wurde damals auch nicht viel Wind drum gemacht. Victor hat die Schule verlassen, um nicht noch mehr Konflikte zu schaffen. Ich habe seinen Stinkefinger gesehen, als er ging. Leid hat ihm die Sache nicht getan, so viel ist sicher.«

Sie stand auf und ging zum Regal. Mit zielgerichtetem Griff zog sie einen Band heraus und legte ihn Sunny auf den Schoß.

»Das ist das letzte Jahrbuch, in dem Victor noch mit drin war«, sagte sie und ließ Sunny alleine.

Diese blätterte durch die mittlerweile ein wenig feucht-muffig riechenden Seiten und suchte nach den Fotos der einzelnen Jahrgangsstufen. Sie fand das Bild des jungen Vic, der heute fast unverändert aussah, sowie ein Bild von Yvonne, die damals noch schwarze lange Zöpfe trug. Eine Frisur, die bei Mädchen zu dieser Zeit sehr in Mode war. Sunny entdeckte auch Stefan Achen, der zu der Zeit schon steif und humorlos wirkte, und Martin Pfeifer mit seinen pausbäckigen Wangen.

Sven Berger hatte die Schule zu diesem Zeitpunkt bereits verlassen, trotzdem blätterte sie die Seiten zurück, bis ihr etwas ins Auge fiel. Vier Jahrgangsstufen unter Vic erblickte sie das Foto eines jungen Leo.

Das Sekretariat lag eine Etage tiefer als die Bibliothek. Sunny stieg die Treppe hinunter und ging an einem Snackautomaten vorbei in einen Flur, in dem es nur ein einziges Fenster am Ende gab. Das vermittelte ihr das Gefühl, in einem dunklen Schacht zu laufen, aus dem es kein Entrinnen gab. Bevor sich die Assoziation in ihr festsetzen konnte, war sie an der Tür des Sekretariats angelangt und klopfte.

Leo in diesem Jahrbuch zu entdecken, war, wie ein Lamm bei einem Metzger zu sehen, aber sie gestattete es sich nicht, näher darüber nachzudenken, bevor sie nicht mit Barbara Michels gesprochen hatte.

Als ein gedämpftes *Herein* durch die geschlossene Tür ertönte, trat Sunny ein. Die Tür war schwerer zu öffnen, als sie erwartet hatte. Da sie dicker war als gewöhnlich, vermutete sie, sie war gedämmt, um eventuell draußen herumlungernden Schülern keine Möglichkeit zum Lauschen zu geben.

Barbara saß wie bei Sunnys Ankunft an einem beinahe penibel aufgeräumten Schreibtisch, bei dem nur eine aufgeschlagene Akte und der angeschaltete Bildschirm erkennen ließen, dass hier jemand arbeitete.

»Fündig geworden?«, fragte sie und lächelte.

Sunny hatte das Jahrbuch mitgenommen. Sie wusste nicht, ob sie es aus der Bibliothek entfernen durfte. Aber sie hatte Fragen und es erschien ihr einfacher, als herunterzukommen, um Barbara wieder mit nach oben zu nehmen. Sie legte das Buch auf die Theke, die den Bereich für die Schüler von dem der Sekretärin abgrenzte. Die Theke war hoch und Sunny musste sich strecken.

»Was kannst du mir über Vics Freunde erzählen?«, fragte sie, während ihr Zeigefinger auf verschiedene Stellen klopfte, während sie die Seiten umdrehte.

Barbara stand auf, wesentlich behänder, als ihre Figur es vermuten ließ, und kam zu Sunny nach vorne. Diese blätterte erneut und tippte der Reihe nach auf Stefan Achen, Sven Berger, Yvonne Bosch, Tim Hofmann und Martin Pfeifer.

»Zeig mal her«, sagte Barbara. Sie drehte das Jahrbuch ein wenig, damit sie besser hineinblicken konnte.

»Stefan Achen. Das war einer von denen, die damals schon alt waren. Hatte keine Freunde, bis er sich den anderen um Vic herum anschloss, aber auch keine Feinde.«

»Einer von denen, mit dem man nichts zu tun haben möchte, auch wenn man nicht sagen kann, wieso?«, fragte Sunny. Sie hatte ähnliche Schulkameraden gehabt.

»Genau. Er war irgendwie – unauffällig. Auch wenn du ihn fünfmal in einer Stunde gesehen hattest, konntest du dich nicht dran erinnern. Das war allerdings auch sein Glück, denn er war ein gnadenloser Denunziant. Sobald nur einer seinen Kaugummi im Pausenhof auf den Boden spuckte, konnte ich sicher sein, ihn kurze Zeit später bei mir stehen zu haben.«

»Sven Berger?«, fragte Sunny und tippte eine Zeile weiter auf dessen Gesicht.

»Armes Schwein. Wollte überall dazugehören, aber keiner wollte ihn um sich haben. Unter Achen hatte er ziemlich zu leiden. Kam morgens öfter zu spät. Achen meldete ihn jedes Mal, wenn er sich nach 8 Uhr durch den Nebeneingang schlich, damit der Hausmeister ihn nicht sehen konnte. Hat förmlich auf ihn gewartet.«

»Warum kam er immer zu spät?«

»Weil seine Mutter morgens meistens betrunken im Hausflur lag. Vor der Couch, wenn er Glück hatte. Er versuchte, das zu verheimlichen, aber alle wussten es. So groß ist Fastelruh auch nicht. Sein Vater hatte sich schon vor seiner Geburt aus dem Staub gemacht. Seine Mutter ist mittlerweile tot, glaube ich.«

»Er wollte auch in die Clique von Vic?«

»Mit Leib und Seele.« Barbara lachte. Es klang mitleidig. »Ich weiß noch, wie die Bosch im Flur zu ihm gesagt hat, dass er besser die Klos putzen sollte, wenn er es in der Schule sowieso zu nichts brächte. Trotzdem hat es gereicht, um ihn immer wieder mit falschen Versprechungen zu ködern und dann fallen zu lassen.«

»Das ging von Yvonne Bosch aus?«

Sunny versuchte, sich die selbstbeherrschte, überlegene Yvonne als gemeine Giftnudel vorzustellen. Es gelang ihr überraschend gut.

»Eindeutig ja. Alle anderen waren dafür zu phlegmatisch oder einfach zu bequem. So wie in Victors Fall. Selbst bei Stefan war es nichts Persönliches, wenn er ihn verriet. Aber bei ihr«, sie tippte noch mal auf Yvonnes Foto, um ihre Meinung zu unterstreichen, »das war persönlich.«

»Tim Hofmann?«, fragte Sunny nur.

Mehr war nicht nötig. Barbara war wie eine unter Druck stehende Ölquelle, die sofort lossprudelt, wenn man sie anbohrt. Sie platzte nahezu von Hintergrundwissen über alle Schüler, die sie im Laufe der Jahre kommen und gehen gesehen hatte. Sie war anscheinend froh, endlich jemanden gefunden zu haben, mit dem sie dieses teilen konnte.

»Kein Dummkopf, aber eindeutig zu viele Flausen im Kopf. Hätte es weiter bringen können.«

»So wie Vic?«

Barbara schüttelte den Kopf.

»Nein. Der hat es so weit gebracht, wie es für ihn möglich war.«

»Das klingt, als hättest du keine gute Meinung von seinem Erfolg.«

»Erfolg ist relativ. Natürlich, er war bekannt. Bei den Kids beinahe berühmt. Aber irgendwann wäre er aufgestanden und weitere zehn Jahre älter geworden. Was wäre ihm dann geblieben? Die Kids haben nur eine begrenzte Aufmerksamkeitsspanne, wenn es um so etwas geht.«

»Wie war er in der Schule?«

»Hat sich durchgemogelt. Es gibt ein Gerücht, er hätte mit der Mathelehrerin geschlafen, um die Zulassung zum Abitur zu bekommen. Schreib das bloß nicht!«

Barbara fiel anscheinend gerade ein, warum Sunny eigentlich hier war.

»Keine Sorge. Das tue ich nicht«, erwiderte diese. Sie sah, wie die Sekretärin sich entspannte. Die Tür öffnete sich und ein Schüler im Trainingsanzug kam herein. Er betrachtete die Frauen mit einem prüfenden Blick, legte etwas in ein Ablagekörbchen am Ende der Theke und ging wieder hinaus, nicht ohne sich noch mal zu den beiden umgedreht zu haben.

»Ich muss aufpassen, was ich so erzähle. Die Direktorin ist sowieso der Meinung, ich rede zu viel über Dinge, die mich nichts angehen.«

»Du weißt sehr viel, was hier so passiert«, sagte Sunny, nicht nur, um Barbara zum Weitererzählen zu bewegen. Sie war wirklich verblüfft.

»Eine Sekretärin bekommt so gut wie alles mit, was sich in der Schule tut«, erwiderte Barbara. »Die Schüler beachten uns fast nicht, wenn sie nicht gerade ihre Monatskarte verloren haben. Daher sind sie unvorsichtiger. Sie reden über alles, auch wenn du in der Nähe bist.«

»Tim Hofmann?«, erinnerte Sunny sie.

»Stimmt. Kluger Bursche. Leider ein Angstbeißer. Du kennst diesen Typ. Lieb und nett, aber wenn ihn einer in die Enge treibt, schlägt er um sich. Dabei ist es ihm egal, wen er damit runterzieht. Im übertragenen Sinn. Ein Schläger war er nie.«

»Dagegen scheint Martin Pfeifer geradezu normal zu sein«, suchte Sunny nach der richtigen Überleitung.

»Wenn du ihn mit den anderen vergleichst, hast du sicher recht. War ziemlich schüchtern damals. Redete nicht viel. War mehr so der stille Beobachter.«

»Das ist nicht unbedingt ein Fehler«, sagte Sunny. Wahrscheinlich hätte es ihre Eltern glücklich gemacht, wenn sie im Internat ähnlich veranlagt gewesen wäre.

»Wenn man auf sich rumtrampeln lässt, dann schon. Er ließ sich für alles die Schuld in die Schuhe schieben und wehrte sich nicht. Man hätte ihn schütteln können. Ich hoffe für ihn, dass er diesen Charakterzug mittlerweile abgelegt hat.«

Sunny blätterte langsam wieder zurück, um sich noch mal die Bilder derer anzusehen, mit denen sie es seit einer Woche zu tun hatte. Alle blickten hoffnungsvoll in die Kamera. Hatten sich ihre Hoffnungen erfüllt?

»Ich habe mal jemanden im Urlaub kennengelernt«, fing sie vorsichtig an, sich dem Thema zu nähern, das ihr im Moment am meisten auf dem Herzen lag. »Er erzählte mir, dass er auch hier auf dieser Schule war.«

»Wie heißt er denn?«, fragte Barbara.

»Leo Palm«, antwortete Sunny und spürte Hitze in sich aufsteigen. Sie hoffte, nicht rot zu werden.

»Ja, der war hier. Warte mal.«

Barbara drehte das Jahrbuch ganz in ihre Richtung und blätterte darin. Dann drückte sie den Buchrücken glatt und schob es Sunny wieder hinüber.

»Das ist er«, sagte sie. »Obwohl ich ihn auf Anhieb jetzt nicht erkannt hätte.«

Das stimmte. Ihr waren nur die roten Haare und sein Name aufgefallen. Beides war zu selten, als dass hier eine Verwechslung vorliegen konnte. Ihr blickte ein pummeliger Junge mit traurigen Hängebacken entgegen, der unsicher in die Kamera schaute. Grün mit braunen Sprenkeln. An diesen Augen hätte Sunny ihn jedoch immer erkennen können.

»Lieber Junge. Zufriedenes Kind«, sagte Barbara. »War bis zur zehnten Klasse bei uns. Dann sind seine Eltern gestorben. Autounfall. Schreckliche Geschichte.«

Warum hatte Leo ihr nichts erzählt? Er hatte nicht

einmal etwas davon gesagt, dass er hier in Fastelruh gewohnt hatte.

»Das ist schlimm«, erwiderte sie und musste gegen den aufsteigenden Kloß in ihrem Hals ankämpfen. Sie hoffte, dass Barbara nicht bemerkte, wie belegt ihre Stimme war. Zur Not konnte sie sich mit zu großer Empathie herausreden.

»Das wurde schlimm«, berichtigte diese sie. »Irgendwie wittern Schüler, wenn andere leiden, und das geht meistens nicht freundlich aus. Wenn sie ihn vorher vielleicht nur mal an den Haaren gezogen hatten, musste er ab dann wirklich leiden.«

»Was meinst du?«, fragte Sunny, obwohl sie es schon ahnte.

»Heute würde man wohl Mobbing dazu sagen und es in den sozialen Medien austragen. Damals gab es einfach nur Prügel.«

»Konnten die Lehrer nichts dagegen tun?«

»Haben sie versucht. Aber dafür hättest du erst mal einen von denen erwischen müssen. Leo hat keinen verraten, wahrscheinlich weil er Angst hatte, danach noch mehr mitmachen zu müssen.«

Sunny stellte sich den vierzehnjährigen Leo vor, zu der Zeit vielleicht nicht mehr pummelig, weil Schmerz zehrte. Die Versuche, seinen Peinigern aus dem Weg zu gehen, die überall auf ihn lauern konnten. Hinter jeder Hecke oder Mülltonne, auf dem Nachhauseweg oder auf dem Weg zum Bücherladen. Wenn sie sich nicht zusammenriss, würde sie gleich weinen, obwohl sie noch nie nah am Wasser gebaut hatte.

»Diese Schweine«, sagte sie aus tiefstem Herzen.

»Wo war dieser Denunziant Achen? Hier hätte man ihn wirklich mal brauchen können.«

»Die sind nie da, wo man sie braucht«, erwiderte Barbara lakonisch. »Aber was Vic getan hat, war noch viel mieser. Sagte viel über seinen wirklichen Charakter aus.«

»Was hat er getan«, fragte Sunny. Sie spürte einen plötzlichen Stich in ihrem Magen. Sie wollte Vic nicht in direkter Verbindung mit Leo sehen. Die Möglichkeiten, die sich daraus ergeben würden, wären allesamt schrecklich.

»Er ist vorbeigekommen, als Leo von zweien aus der Mittelstufe herumgeschubst und mit dem Kopf in das Klo getaucht wurde. Er hätte Leo helfen können, aber andere Menschen waren ihm schon immer egal. Er blieb wohl stehen, guckte sich das eine Weile an und ging wieder. So war der tolle Vic.«

15

»Alles in Ordnung?«, fragte Leo, als Sunny zur Tür hereinkam.

Er und Anton standen an den Ofen in der Küche gelehnt und hielten eine Tasse Kaffee in der Hand.

Sunny hatte auf der Rückfahrt darüber nachgedacht, wie sie Leo gegenübertreten wollte. Im ersten Moment, als sie im Auto saß und ihrer ganzen Wut und Traurigkeit gestattete, nach oben zu spülen, da sie sie nicht mehr vor Barbara verstecken musste, wäre die Antwort einfach gewesen. Sie würde zur Hütte zurückkehren, Leo ihre Enttäuschung ins Gesicht brüllen, die paar Sachen in ihren Rucksack und ihren kleinen Koffer werfen, um dann ... was zu machen? Nach Hause zu ihren Eltern zu fahren und um Asyl zu bitten? Allein die Idee brachte sie zum Lachen. Es klang nicht fröhlich.

Als sie den Blinker setzte und auf der Umgehungs-

straße Richtung Innenstadt fuhr, schien die beruhigend
gerade Straßenführung ihre durcheinanderwirbelnden
Gedanken ebenso wieder in klare Bahnen zu lenken.
Nur die weitere beunruhigende Vermutung, die sich in
ihr festgesetzt hatte, brachte ihre seit gestern mühsam
aufgerichtete Fassade zum Wanken. Vor allen Dingen,
da er an dem Samstag von Vics Tod nicht mit ihr
zusammen gewesen war. Und wo war er, als Sven
getötet wurde? Aber sie wusste nicht, wann Sven genau
gestorben war. Sie wollte auch Anton nicht danach
fragen. Vic hatte Leo in einem Moment der Verzweif-
lung im Stich gelassen. Reichte das, um 14 Jahre später
für seinen Tod zu sorgen?

»Ja«, antwortete sie einsilbig und hängte die
Schlüssel an das mit Gipsröschen verzierte Holzbrett.

Sie wusste, dass Leo aufmerksam war, was ihre
Stimmungen anging, aber zu mehr konnte sie sich nicht
aufraffen. Dennoch siegte ihre Neugier auf das, was
Anton vielleicht zu erzählen hatte.

»Gibt es was Neues?«, fragte sie und holte sich eine
Flasche Mineralwasser aus dem Kühlschrank.

»Und ob«, erwiderte Anton.

Man konnte ihm ansehen, dass er die Situation
genoss. Seine ohnehin hellen Augen glänzten noch
stärker als sonst und gaben ihm fast ein dämonisches
Aussehen.

»Berger hat keine Angehörigen«, sagte er. »Sein
Vater ist unbekannt, seine Mutter gestorben. Totgesof-
fen. Keine Geschwister, Tanten oder Onkel.«

»Das interessiert doch keinen«, erwiderte Sunny

barsch. Leo blickte sie erstaunt von der Seite an. Sie war zwar normalerweise impulsiv, manchmal unüberlegt, aber nicht barsch. »Von denen hat ihn keiner umgebracht.«

»Das kann man nicht wissen«, sagte Anton ruhig, als hätte er ihren Tonfall nicht bemerkt. »Aber er hatte auch keine anderen Freunde. Das interessiert dich sicher mehr. Nur Vic.«

»Vic war nicht sein Freund«, entgegnete Sunny. »Vic hat sich darin gefallen, angebetet zu werden, und ihn ausgenutzt.«

»Ich formuliere es anders«, sagte Anton milde. »So etwas wie ein Freund. Dann hörte Bergers soziales Leben aber auch schon auf.«

Sunny überlegte, ob Sven sein Facebook-Profil wirklich so gut wie möglich geschützt hatte oder ob dort einfach nichts gewesen war. Nichts Privates, keine Freunde.

»Was vermutet die Polizei denn?«, fragte Leo, der seine Tasse in die Spüle stellte und Wasser hineinlaufen ließ. »Raubmord?«

»Das gäbe Sinn, wenn etwas geraubt worden wäre. Erpressung stand im Raum. In seiner Wohnung war jedoch nichts Auffälliges, was das vermuten ließ.«

»Ärger auf der Arbeit?«

»Er hat als Hilfsarbeiter in einer kleinen Firma für Elektrotechnik gearbeitet. Schichtdienst. Keiner hatte näheren Kontakt mit ihm. Kam zur Arbeit und ging wieder. Unterhielt sich mit keinem.«

Sunny hatte sich nie die Frage gestellt, was Sven

machte, wenn er gerade mal nicht Vic zur Verfügung stand. Es fiel ihr schwer, ihn sich in einem normalen Tagesablauf mit einem Job vorzustellen.

»Haben die Polizisten etwas herausgefunden?«, fragte Sunny gespannt. Die Angelegenheit hatte es geschafft, sie von ihren Problemen abzulenken.

»Nichts, was sie weiterbringt. Yvonne ist zwar nicht die Einzige, die durch ihre Vorliebe für Hansen mit der Polizei zu tun bekommen hatte, auch Tim Hofmann hat eine Bewährungsstrafe wegen Gaspistolen-Besitz aus 2016. Das macht ihn aber noch nicht zum Mörder.«

»Hat man sie nach ihren Alibis gefragt?«, wollte Leo wissen. Er war mit seinem Hintern auf die Arbeitsfläche gerutscht und stützte sich mit den Handflächen ab.

»Bis jetzt hat noch keiner mit ihnen gesprochen. Das wird aber auf jeden Fall noch kommen, wenn sie keine Hinweise finden, die sie weiterbringen.«

»Dann sollten wir die als Erstes herausbekommen.«

Sich mit anderen Dingen als mit Leos Geheimnis zu beschäftigen, hatte Sunny gutgetan. Sie betrachtete den Mann, mit dem sie seit sieben Wochen ihr Leben teilte. Leo fing ihren Blick auf und lächelte sie an. Unwillkürlich lächelte sie zurück. Sie würde so tun, als wäre alles in Ordnung und Leo in den nächsten Tagen genau beobachten. Sie überlegte, wie sie am besten noch weitere Dinge aus seiner Vergangenheit herausbekommen könnte.

»Das werden sie euch sicher nicht erzählen«, holte Anton sie wieder in die Gegenwart zurück.

»Unsere Argumente müssen einfach gut genug sein.«

»An welche hattest du da so gedacht?«, fragte Leo.

»Wenn jemand solche Angst hatte, was Sven erzählen könnte, dann sollten wir uns das zunutze machen.«

»Ich hoffe, du meinst jetzt nicht das, was ich vermute.« Anton klang beunruhigt.

»Wer kann schon wissen, was Sven uns so alles erzählt hat«, sagte Sunny.

Es wäre gelacht, wenn sie das Feuer nun nicht ein wenig schüren könnten.

Leo und Albert blickten sie an, als hätte sie den Verstand verloren.

»Das kann nicht dein Ernst sein«, fand Albert als Erster die Sprache wieder. »Hat dir die Morddrohung noch nicht gereicht? Damit begebt ihr euch auf ein ganz gefährliches Pflaster. Das ist dir doch wohl klar?«

Klar war Sunny eigentlich nur, dass sie auf der Stelle traten und dringend etwas brauchten, was den Täter aus der Reserve lockte.

»Ich sehe nicht, was wir anderes machen könnten«, erwiderte sie daher.

Leo setzte zu einer Entgegnung an, schloss den Mund aber wieder, als Sunnys Smartphone klingelte. Sie zog das Telefon aus der Tasche und runzelte die

Stirn. Die Nummer kannte sie nicht. Sie nahm den Anruf an.

»Frau Meyer, sind Sie das?«, fragte eine gehetzte Stimme, bevor sie sich melden konnte.

»Ja«, antwortete sie vorsichtig. Die Stimme kam ihr bekannt vor.

»Ich weiß nicht, was ich machen soll. Daher kam mir der Gedanke, Sie um Rat zu fragen.«

Jetzt hatte sie die Stimme erkannt. Es war Martin Pfeifer. Der kleine Kiekser am Ende des Satzes hatte ihn verraten. Sie hatte ihn vorher bereits einmal bei ihm gehört.

»Ich helfe Ihnen gerne«, sagte sie.

Dabei war es ganz egal, um welchen Rat es hier ging. Sie war sich sicher, es hatte mit den Morden zu tun und würde ihnen weiterhelfen.

»Woher haben Sie meine Nummer?«

»Ich habe bei Ihrer Zeitung angerufen. Dort hat sie mir jemand gegeben.«

Sunny beschloss, diesen Jemand ausfindig zu machen und ihm ein Bier zu spendieren. Ohne den hätte Martin nicht gewusst, welche Nummer er anrufen sollte.

»Was ist passiert?«, fragte sie. Sie winkte Leo und Anton zu sich. Beide traten nah an sie heran, damit sie das Gespräch mitverfolgen konnten. Sie stellte den Lautsprecher des Smartphones an.

»Ich habe einen Erpresserbrief bekommen«, sagte der Autor. Er hörte sich an, als wolle er gleich in Tränen ausbrechen.

»Was steht drin?«, fragte Sunny.

»Damit Sie das verstehen, muss ich Ihnen etwas aus meiner Vergangenheit erzählen.«

Martins Stimme klang verhalten. Sunny stellte sich vor, wie er in seiner Wohnung mit den rosa Nelken auf und ab lief und überlegte, ob und wie viel er ihr zu erzählen bereit war.

»Sie müssen mir versprechen, dass Sie nichts davon in Ihrer Reportage schreiben.«

Das hatte Sunny bereits einmal von Stefan Achen gehört. Sie hoffte nur auf durchschlagendere Informationen als die delikate Beichte des Politikers, Stripklubs zu besuchen, was nicht nur albern, sondern mit Sicherheit auch gelogen war.

»Werde ich nicht«, sagte sie.

»Ich bin homosexuell, das haben Sie ja bereits festgestellt. Auf die Frage, ob ich in Vic verliebt war, habe ich allerdings sehr heftig reagiert.«

»Sie haben uns rausgeschmissen«, erinnerte Sunny ihn.

»Das stimmt. Und es tut mir leid. Fakt ist: Ja, ich war in Vic verliebt. Jedoch nicht aktuell. Es ist schon lange her.«

»Wusste Vic davon?«

Sunny hörte, wie Martin am anderen Ende schnaubte. Das konnte alles oder nichts bedeuten.

»Am liebsten wahrscheinlich nicht. Aber er hat es nicht nur gewusst, wir hatten mal was zusammen.«

Sunny war hart im Nehmen, aber die letzte Aussage ließ sie doch rückwärts auf die Couch sinken. Sie dachte an den Vic mit den frechen Augen und an seine permanenten Frauenbekanntschaften. Sie versuchte, das mit dem in Einklang zu bringen, was sie gerade gehört hatte.

»Wann?«, fragte sie nur.

»Damals, vor zehn Jahren. Er hatte eine Menge getrunken und ich, na ja, ich war halt in ihn verliebt. Mir war natürlich klar, dass er später nichts mehr davon wissen wollte.«

»Und war das so?«

»Nicht nur das. Er hat behauptet, ich würde mir was zusammenreimen. Aber das war in Ordnung für mich.«

»Okay«, sagte Sunny gedehnt. Sie wusste nicht, was er nun von ihr erwartete.

»In dem Brief steht, dass man das an die große Glocke hängen würde, wenn ich mich nicht für den Mord an Sven schuldig bekennen würde.«

»Aber das ist doch vollkommener Blödsinn«, entfuhr es Sunny. »Was soll es Ihnen schaden, wenn man von Ihrer Homosexualität erfahren würde, geschweige denn, dass Sie etwas mit Vic hatten. Im Gegenteil, das würde dem Verkauf Ihres Buches sogar guttun.«

»Ich sehe, Sie haben es noch nicht gelesen. In diesem Roman stelle ich die Homosexualität als Geißel der Zivilisation an den Pranger. Es wäre schon eine Katastrophe, wenn das herauskommt.«

»Eine größere, als wenn Sie wegen Mordes in den Knast wandern?«, fragte Sunny ungläubig. »Das scheint mir als Grund für eine Erpressung etwas willkürlich.«

»Ich verstehe es auch nicht. Aber ich mache mir trotzdem Sorgen. Vielleicht ist der echte Mörder verrückt. Bei Verrückten muss man mit allem rechnen.«

Anton riss ein Blatt Papier aus dem Notizblock auf der Anrichte und zeigte erst auf den Zettel und dann auf sie drei. Sunny brauchte einen Moment, begriff dann aber.

»Ich würde den Brief gerne sehen«, sagte sie. »Fotografieren Sie ihn ab und schicken ihn mir.«

»Mache ich. Was soll ich jetzt tun?«

Sunny überraschte es, dass er automatisch voraussetzte, sie hätte eine Antwort darauf.

»Ruhe bewahren«, erwiderte sie. Sie kam sich sehr professionell vor. »Heute geschieht sicher nichts mehr. Ich werde mit meinem Partner besprechen, wie es weitergeht.«

Anton erwähnte sie vorsichtshalber nicht. Sie befürchtete, damit wäre der maximale Kreis von Mitwissern, den Martin Pfeifer zu akzeptieren gewillt war, gesprengt.

»Aber nur mit ihm, mit keinem sonst. Das müssen Sie versprechen.«

»Versprochen.«

Das war eine Lüge, mit der Sunny durchaus leben konnte.

16

»Du hältst also an deinem Plan fest?«, fragte Leo am nächsten Vormittag, als er den Blinker setzte und nach einem kurzen Blick auf die Hauptstraße abbog.

»Auf jeden Fall. Natürlich ist das jetzt ein wenig komisch, mit einer Erpressung um die Ecke zu kommen, wenn Martin Pfeifer gerade erpresst wird, aber das kann ja nur der Mörder wissen.«

Anton hatte ebenfalls versucht, sie von ihrem Plan abzubringen, war allerdings genauso gescheitert. Wenn Sunny sich etwas in den Kopf gesetzt hatte, war es schwer bis unmöglich, sie vom Gegenteil zu überzeugen.

»Achen lässt uns sowieso nicht mehr rein«, sagte Leo. Es hörte sich an, als wolle er sich selbst damit beruhigen.

»Deswegen werden wir auch warten, bis er herauskommt«, entgegnete Sunny.

Sie hatte morgens mit dessen Sekretärin gesprochen und sich als Parteimitglied ausgegeben, das Achen Unterlagen für eine Sitzung bringen sollte. Dabei hatte sie erfahren, dass der mittags immer in einer kleinen Gaststätte in der Gartenstraße aß. Heute würde er mal Gesellschaft bekommen. Ob ihm diese angenehm war, wagte sie zu bezweifeln.

Zehn Minuten später parkten sie unter einer großen Weide auf einem kopfsteingepflasterten Parkplatz neben einem Brunnen aus dem 16. Jahrhundert. Die Außenfassade des Lokals, das gleichzeitig Wirtschaft und Restaurant war, duckte sich unter der Last der alten Eichenbalken. Es sah gemütlich aus. Sunny nahm sich vor, hier noch einmal mit Leo zum Essen zu kommen, wenn sich ihre finanzielle Situation verbessert hatte. Falls es überhaupt eine Zukunft mit Leo geben konnte. Es fiel ihr schwer, in ihm einen Mörder zu sehen. Wenn es tatsächlich so war, würde sie aufpassen müssen. Aber solange er sich in Sicherheit wiegte und sie andere Spuren verfolgten, brauchte sie nichts zu befürchten. Sie wusste nur nicht, wie sie es vermeiden sollte, mit ihm in einem Bett zu schlafen. Eine Frage, die sie sich heute Abend noch stellen musste. Jetzt brauchte sie ihre Konzentration, um sich auf das Gespräch mit Stefan Achen vorzubereiten.

Sie blieben eine Zeit lang auf der Umrandung des Brunnens sitzen. Das war ein guter Platz. Sie konnten den Eingang des Lokals im Auge behalten, ohne von dort aus gesehen zu werden. Die Zweige der Weide hingen tief herab und berührten immer wieder Leos

Kopf, wenn der Wind durch sie fuhr. Sunny fröstelte und zog die Jacke enger um sich. Der Regen der letzten Tage hatte sich nun endgültig verzogen und war einer trockenen Kälte gewichen. In nicht einmal drei Wochen war Weihnachten. Sie hoffte, dass der Nebel um Leos Vergangenheit sich bis dahin gelichtet hatte.

»Da ist er«, sagte Leo plötzlich.

Sunny reckte ihren Oberkörper gerade früh genug, um Achen in dem Lokal verschwinden zu sehen.

Sie standen auf und gingen über die Straße, nur so schnell, damit ein nahendes Auto nicht bremsen musste und Achen Zeit hatte, sich die Jacke auszuziehen und Platz zu nehmen. Innen hielt das Lokal, was es bereits von außen versprochen hatte. Die Eichenbalken waren geschwärzt vom Rauch des Kamins und der Steinfußboden uneben. Rustikale Holztische standen scheinbar zufällig im Raum, umrahmt von einer Theke mit Holzschnitzereien. Im vorderen Teil saßen vereinzelt Leute. Achen war nicht dabei. Sunny und Leo durchquerten den Raum, von dem ein anderer abzweigte. Stefan Achen saß am Ende in einer Ecke am Fenster. Sonst war der Raum leer. Sunny war froh darüber. Das machte vieles einfacher.

Achen sah sie kommen und verzog das Gesicht.

»Ich dachte, wir hätten alles besprochen«, sagte er. Er legte die Zeitung zusammen, die er sicher gerade lesen wollte.

»Wir haben noch ein paar Fragen«, erwiderte Sunny, zog einen Stuhl zurück und setzte sich. Leo zögerte einen Moment, doch dann tat er es ihr nach. Ein

Kellner näherte sich, aber Achen winkte ab. Der Kellner verschwand.

»Also, wie kann ich Ihnen helfen?«, fragte er, wieder ganz der Politiker, volksnah und jovial.

»Sie könnten uns Ihr Alibi für den Tag von Sven Bergers Tod verraten«, sagte Sunny unumwunden.

»Sind Sie jetzt bei der Polizei? Warum zum Teufel sollte ich das tun?«

Er sah äußerst empört aus, aber Sunny wusste, dass Empörung nur ein mangelhafter Indikator für eine Unschuldsvermutung war. Wahrscheinlich war Charles Manson ebenso empört gewesen, als man ihm die Morde an Sharon Tate und ihren Freunden vorgeworfen hatte.

»Weil ich sonst über Ihre nette kleine Geschichte schreibe«, sagte Sunny. Es fühlte sich lange nicht so gut an, das moralische Gewissen zu hintergehen, wie sie vermutet hatte. Tatsächlich fand sie sich im Augenblick ziemlich abscheulich. Stefan Achen beugte sich vor.

»Das habe ich Ihnen im Vertrauen erzählt«, sagte er gefährlich leise. Sein Gesicht war rot vor Zorn geworden.

»Das werde ich auch nicht missbrauchen«, erwiderte Sunny. »Wenn Sie mir sagen, wo Sie an diesem Samstag waren.«

Achen überlegte eine Weile. Er schien das Risiko abzuwägen, das er einging, wenn er Sunnys Aufforderung nicht nachkam.

»Ich war in Seligenwalde bei einer Wahlveranstaltung. Vor einem Geschäft für Damenmoden. Sie können die Besitzerin fragen. Sie hatte mich die ganze Zeit im Visier.«

Sunny wechselte einen Blick mit Leo. Er nickte. Die Geschichte hörte sich wahr und leicht nachprüfbar an.

»Danke«, sagte Sunny und erhob sich.

»Verraten Sie mir noch, was der ganze Quatsch hier soll. Wieso sollte ich Sven Berger ermordet haben? Ich habe ihn seit Jahren nicht gesehen.«

»Irgendjemand hat es getan«, antwortete Sunny. »Wer, das werden wir herausfinden.«

Tim Hofmann war nicht zu Hause, aber von einem Nachbarn, der an einem Flaschencontainer lehnte, erfuhren sie, dass er sich im Einkaufszentrum von Fastelruh aufhielt, um dort in einer Spielhalle zu spielen.

Das Einkaufszentrum war nicht weit entfernt. Sunny und Leo liefen ein Stück. Normalerweise plauderten sie immer über Gott und die Welt, aber im Moment fiel es ihr nicht leicht, mit Leo zu reden.

»Was ist los mit dir?«, fragte er. »Seit gestern bist du komisch drauf. Genau genommen seit du wieder nach Hause gekommen bist.«

»Das kommt dir nur so vor«, antwortete Sunny einsilbig.

Sie kämpfte mit sich, ob sie Leo sagen sollte, was sie wusste, aber ihr Überlebensinstinkt hielt sie davon ab. Gleichzeitig kam sie sich verrückt vor, in seiner Nähe an so etwas wie Überlebensinstinkt zu denken. Schließlich war er Leo. Der Mann, der in den letzten Wochen zu dem wichtigsten Menschen in ihrem Leben geworden war.

»Sunny, ich kenne dich mittlerweile recht gut. Eins ist sicher, ich bilde mir das nicht ein.«

Das war das Kreuz mit empathischen Menschen. Sie durchschauten einen zu leicht. Deswegen beschloss Sunny, eine Ausweichtaktik zu nutzen.

»Mir schwirrt das mit meinen medialen Fähigkeiten im Kopf herum. Ich finde es schwer, damit umzugehen. Ich weiß, dass ich damit helfen kann, aber das Ganze scheint mir noch so unberechenbar. Ich kann es nicht steuern.«

»Das ist nicht dein Fehler«, sagte Leo. »Du wurdest mit etwas konfrontiert, mit dem du nicht gerechnet hast. Das würde jeden aus der Bahn werfen.«

»Wenn das hier vorbei ist, muss ich mich damit beschäftigen. Es wird mich bestimmt für den Rest meines Lebens begleiten. Dann sollte ich auch damit umgehen können.«

Sie bogen auf die Marktstraße ab. Die Fassaden der Fachwerkhäuser ließen nicht ahnen, dass Spielhallen hinter ihnen verborgen waren.

»Ich verstehe nicht, wie man als erwachsener Mensch damit seinen Tag vergeuden kann«, sagte Leo kopfschüttelnd.

Er schien von Sunny keinen Kommentar zu erwarten, da er unvermittelt danach die Tür öffnete. Das

Gedudel und das Piepsen der Spielautomaten hallte ihnen entgegen. Sunny folgte ihm.

Hier drinnen war es schwerer, Tim Hofmann auszumachen als vorher Stefan Achen in der Gaststätte. Obwohl es erst ein Uhr war, war der Laden voll mit Jugendlichen, aber auch Erwachsenen, die zum Teil verbissener und konzentrierter vor den Geräten saßen oder standen als die jüngeren Leute. Sie fanden ihn schließlich an einem Black-Jack-Automaten. Er erkannte sie wieder und drehte sich auf seinem Hocker um.

»Wie weit seid ihr mit eurer Reportage?«, fragte er. »Oder seid ihr zum Spielen gekommen?«

»Sicher nicht«, erwiderte Leo und blickte sich stirnrunzelnd um. »Verdammt viele junge Leute hier.«

»Joo«, sagte Tim. »Aber angeblich alle 18 und ...«

»Du weißt, dass Sven Berger tot ist?«, unterbrach ihn Sunny.

Sie war sich sicher, dass er es wusste. Immerhin hatte es in der Zeitung gestanden.

»Scheiße, Mann, ja«, erwiderte Tim und stoppte das Spiel. Er schaffte es sogar, betroffen auszusehen.

»Die Bullen waren bei mir. Wollten wissen, wie er so in der Schulzeit war. Konnte ihnen da echt nicht weiterhelfen.«

»Wo warst du, als er ermordet wurde?«

Tims Blick bekam etwas Lauerndes. Er lebte zwar in den Tag hinein und schien sich nicht die meisten Gedanken über sein Leben zu machen, aber das konnte täuschen.

»Wird das ein Verhör? Dann sollte ich mich wohl mit meinem Anwalt besprechen.«

Sunny wollte nicht ausschließen, dass er tatsächlich einen hatte.

»Nein. Wir unterhalten uns bloß«, erwiderte sie freundlich. »Wir hatten mit Sven kurz vor seinem Tod Kontakt. Er hat uns interessante Dinge erzählt.«

»Was soll der schon erzählt haben? Er war immer schon ein Idiot. Wird schon seinen Grund gehabt haben, dass er ein paar über den Schädel bekommen hat.«

»Da gebe ich dir recht«, sagte Sunny. »Deswegen sind wir hier. Nach dem, was wir von Sven erfahren haben, könntest du durchaus derjenige sein, der das getan hat.«

»Was hat der kleine Wichser euch erzählt?«

Tim erschien nun keineswegs mehr so harmlos und unbedarft, wie er bis jetzt den Eindruck vermittelt hatte.

»Tim, das brauche ich dir doch nicht erzählen. Aber ich bin mir sicher, dass das die Polizei schon interessieren könnte. Meinst du nicht auch?«

Wenn sie Glück hatten, würde sich an Tims Reaktion zeigen, ob ein Verdacht begründet war. Aber der DJ überraschte sie. Er ließ sich nicht so schnell ins Bockshorn jagen, wie Sunny gehofft hatte.

»Ihr habt nichts, was die Bullen interessieren könnte. Nichts von dem, was diese Niete Sven hätte erzählen können, kann mir irgendwie gefährlich werden. Daher werde ich den Teufel tun, euch zu sagen, wo ich war, als er den Löffel abgegeben hat.«

Das war eine Wendung, mit der Sunny nicht gerechnet hatte. Von allen drei Verdächtigen hatte sie am meisten Probleme bei Stefan Achen und Yvonne Bosch erwartet. Bei Letzterer konnten die durchaus noch kommen. Keinesfalls hätte sie geglaubt, dass Tim Hofmann ihnen die Stirn bieten würde. Frustrierend war es, ihn dennoch nicht von der Liste der Verdächtigen streichen zu können. Wenn er gepokert hatte, war das ein exzellenter Schachzug gewesen.

»Nicht ganz so gelaufen, wie wir es erwartet haben«, sagte Leo, als sie aus der von Bässen wummernden Spielhölle traten.

»Trotzdem hat er was zu verbergen. Hast du seinen Blick bemerkt?«

Sie gingen zurück zum Auto. Diesmal fragte Leo nicht noch einmal, wie es ihr ging.

Yvonne Bosch machte ein ähnliches Gesicht wie Stefan Achen, ließ sie dennoch problemlos in die Wohnung. Sunny fragte sich, ob diese Frau überhaupt einmal das Haus verließ. Obwohl sie selbstständig war, hatte sie nicht damit gerechnet, erneut das Glück zu haben, sie zu Hause anzutreffen.

»Wollen Sie mir heute auch wieder mit Unverschämtheiten kommen?«, fragte sie und machte damit deutlich, dass sie den letzten Vorfall keineswegs vergessen hatte.

Sie hatten auf dem Weg zu ihr besprochen, wie sie am besten mit ihr umgehen sollten. Sie konnte man garantiert nicht so überrumpeln wie Achen. Der spielte zwar den starken Mann, das allerdings wenig überzeugend. Sunny war sich sicher, dass Yvonne ein anderes Kaliber war. Ihre beherrschte Art, gepaart mit ihrer Arroganz, ließ das vermuten. Bei ihr mussten sie ihre Taktik ändern.

»Wir möchten uns entschuldigen«, sagte Leo.

Diese Aufgabe war ihm zugefallen, da Sunny sich beim besten Willen nicht vorstellen konnte, schuldbewusst zu klingen. Leo war die Art Mensch, dem man das ohne Weiteres abnahm. Das schien auch Yvonne so zu sehen.

»Das ist auch angebracht«, sagte sie, aber ihre Stimme klang nicht mehr ganz so schneidend wie bei ihrer Ankunft. Trotzdem war ihr Blick noch alles andere als freundlich.

»Sie haben bestimmt das von Sven Berger gehört?«, fragte Sunny vorsichtig. Sie hoffte, dass Yvonne darauf nicht sofort heftig reagieren würde, aber die Sorge war unbegründet.

»Ja. Schreckliche Sache. Armer Sven. Das hat er sicher nicht verdient.«

Sie verriet kein Wort davon, ob die Polizei bereits bei ihr gewesen war. Entweder war sie der Meinung, es ginge sie nichts an, oder sie wollte Sunny und Leo keinen Grund für Spekulationen geben.

»Frau Bosch, was ich Ihnen jetzt mitteile, muss unter uns bleiben«, sagte Leo. »Da Sie eine integre Frau sind, sehe ich jedoch kein Problem.«

Auch diese Vorgehensweise hatten sie auf dem Weg hierher beschlossen. Sunny glaubte fest, dass sie mit Schmeichelei bei ihr weiterkommen würden. Auch wenn Yvonne das Leo vielleicht nicht abgenommen hatte, war eindeutig ihre Neugierde geweckt. Einen kurzen Moment las Sunny Interesse in ihren Augen. Dieser Ausdruck verschwand allerdings umgehend wieder, sodass sie beinahe glaubte, sie hätte sich getäuscht.

»Ich wüsste nicht, wem ich es erzählen sollte. Ganz egal was Sie zu sagen haben.«

Leo nickte und lächelte sie an. Sein Blick verriet, dass er nichts anderes von ihr erwartet hatte. Yvonne Bosch zögerte und lächelte dann zurück. Sunny fiel auf, dass sie ihnen noch keinen Platz angeboten hatte. Yvonne hatte offenbar beschlossen, ihnen nicht zu schnell zu verzeihen.

»Die Polizei hat erfahren, dass wir eine Reportage über Vic machen«, fuhr Leo fort. »Da dieser mit Sven befreundet war, haben sie dort schnell eine Verbindung herstellen können.«

»Warum? Das sind komplett unterschiedliche Tatbestände.«

Sunny fiel auf, dass Yvonne von *Tatbeständen* sprach. Das passte nicht zu der allgemeinen Auffassung, Vics Tod wäre ein Unfall gewesen. Da sie bei ihr im Moment allerdings im Kurs nicht weit oben stand, hielt sie besser den Mund.

»Sie wissen doch, die Polizei muss in alle Richtungen ermitteln«, sagte Leo.

Er war um das Sofa herumgegangen und legte Yvonne eine Hand auf den Arm. Diese Geste tat ihre Wirkung. Sie entspannte sich zusehends. Er führte sie zur Couch und beide setzten sich. Sunny blieb hinter dem Sofa stehen. Leo konnte das alleine besser.

»Die Polizisten fragten uns, was wir von Ihnen und Ihren Freunden halten. Wir haben ihnen nichts gesagt, aber ich befürchte, Sie und die anderen sind in das Radar der Ermittlungen geraten.«

Der letzte Satz zeigte endlich die Wirkung, die sich Sunny erhofft hatte. Yvonnes Körper straffte sich und sie schob das Kinn vor. Die Falte, die sich auf ihrer Stirn gebildet hatte, zuckte.

»Das ist vollkommen lächerlich«, stieß sie hervor.

»Leider nicht«, erwiderte Leo. »Jedenfalls nicht für die Polizei. Daher vermute ich, dass sie bald wiederkommen und nach Ihrem Alibi fragen werden.«

Yvonne stand abrupt auf. Sie schlug Leo dabei gegen seinen Arm. Falls das wehgetan hatte, versteckte er es gut.

»Das ist doch lächerlich«, sagte sie, aber ihre Stimme zitterte.

»Deswegen sind wir heute gekommen. Um Sie zu warnen.«

Leo zog vorsichtig an ihrem Arm. Yvonne setzte sich wieder.

»Den Ermittlern wird Ihre Vorgeschichte mit Vic nicht lange verborgen bleiben. Vielleicht wissen sie sogar schon davon.«

»Daraus kann man doch keinen Mord konstruieren«, erwiderte Yvonne empört.

»Das werden sie auch nicht«, versuchte Leo sie zu beruhigen. »Sie sagen ihnen einfach Ihr Alibi und der ganze Fall wird schnell erledigt sein.«

»Das ist es ja. Ich habe keins. Ich war an dem Tag am Waldsee in Seligenwalde. Manchmal brauche ich das. Dort ist es menschenleer. Es hat mich keiner gesehen, da bin ich sicher.«

»Ich kann mir vorstellen, dass das die Beamten trotzdem überzeugen könnte«, sagte Sunny von hinten. »Ist kein Alibi nicht genauso gut wie eins zu haben? Hätten Sie sich nicht erst recht um ein Alibi bemüht, wenn Sie Sven Berger umgebracht hätten?«

»Reden Sie nicht so ein dummes Zeug«, fuhr Yvonne sie an.

Eins war klar: Sunny und die Bosch würden in diesem Leben keine Freunde mehr werden.

Mit Leos Versprechen, dass alles gut gehen würde, verließen sie Yvonne Bosch.

17

»Herr Palm, ich verstehe nicht ganz, was Sie bei mir wollen.«

Das Zimmer, in dem Leo seit ein paar Minuten saß, war durchaus geschmackvoll, aber dennoch etwas altbacken eingerichtet. Sein Kaffee wurde in einer Tasse eines Hahn-und-Henne-Geschirrs serviert und die Lavalampe, die auf einem Beistelltisch stand, rief in Leo die Erinnerung an die 90er-Jahre wach. Er war sich sicher, dies bereits einmal im Wohnzimmer seiner Eltern gesehen zu haben. Das war ungewöhnlich, denn die Frau, die ihm gegenübersaß, wirkte keinen Tag älter als dreißig, sodass Leo sich schon an der Haustür gefragt hatte, ob er an der richtigen Adresse gelandet war. Ein kurzer Blick auf das Klingelschild bestätigte ihm das jedoch.

»Ich möchte Ihre Hilfe in Anspruch nehmen«, erwiderte er.

Seine Hand umklammerte die Kette, die er aus der Tasche gezogen hatte, als er sich hinsetzte.

»Aber Ihre Freundin – sofern Sie denn Ihre Freundin ist – besitzt doch ebenfalls die Fähigkeit, Kontakt aufzunehmen. Jedenfalls haben Sie das in Ihrer Nachricht geschrieben. Warum gehen Sie nicht zu ihr?«

»Würden Sie das wollen? Kontakt mit der verstorbenen Freundin Ihres Freundes aufzunehmen?«

»Wenn ich die aktuelle Freundin wäre, sicher nicht«, antwortete die Frau trocken. »Daher verstehe ich Ihre Motivation in dieser Sache noch nicht so ganz.«

Leo schwieg und fragte sich, ob er nicht zu überstürzt gehandelt hatte, als er beschloss, Silke Neumann aufzusuchen. Neumann war ein Medium, das seine Popularität nicht aus obskuren Fernsehsendern und Zeitungsannoncen zog, sondern in Foren als Geheimtipp weitergegeben wurde. Das bestätigte Leo erst recht in seiner Meinung, sie wäre die Richtige für das, was er brauchte. Aber was brauchte er wirklich?

Er dachte an Sunny, die er küssen wollte, als er die Hütte verließ. Im letzten Moment drehte sie den Kopf ein wenig zur Seite – mehr wie ein Reflex als eine Absicht – und der Kuss landete auf ihrer Wange.

Er hatte das Gefühl, dass Sunny sich von ihm entfernte. Er versuchte, den genauen Zeitpunkt auszumachen, an dem das angefangen hatte, aber er konnte es nicht. Er war zu sehr in ihre Ermittlungen verstrickt gewesen, sodass er alles andere nahezu ausgeblendet hatte. Was war geschehen? Was hatte Sunny sich zurückziehen lassen, fast unmerklich, so, dass es selbst ihr vielleicht nicht aufgefallen war, dennoch da und nicht bestreitbar. Er spürte ein unangenehmes Ziehen in der Magengegend, als hätte er etwas Falsches gegessen. Er schaute auf seinen Unterarm und sah die Gänsehaut, die sich darauf ausbreitete.

»Hoffen Sie, Ihre verstorbene Freundin wird Ihnen etwas mitteilen?«, fragte Silke Neumann sanft.

Wie lange hatte er geschwiegen. Er blickte auf seine Armbanduhr, was ihm allerdings nicht weiterhalf, da er nicht wusste, wann sein Schweigen angefangen hatte.

»Ja und nein«, antwortete er dann. »Vor ein paar Wochen wollte ich nur Kontakt zu ihr haben. Ich vermisste sie furchtbar. Als ich Sunny kennenlernte, war das wie ein Schlüssel zu einem Tor, das ich bislang nicht betreten konnte. Sie war der Ausweg, verstehen Sie.«

»Durchaus«, sagte Silke Neumann. »Wir Menschen nähren uns von der Hoffnung. Wenn das nicht so wäre, könnten wir keinen Tag weiterleben.«

»Sie war aber auch die Zukunft. Das habe ich am ersten Tag gemerkt, als ich sie kennenlernte. Ich hatte mich die ganzen Monate davor fast komplett aus der Welt zurückgezogen. Ende Oktober habe ich an dieser Wanderung teilgenommen, weil ich ein paar paranormalen Phänomenen auf den Grund gehen wollte. Dabei lernte ich Sunny kennen.«

»Hat sie Ihnen von ihrer Begabung erzählt? Haben Sie da schon beschlossen, dass sie die Richtige für diese Aufgabe sein könnte?«

Silke Neumanns Stimme war ruhig, aber Leo hörte durchaus die Spitze, die aus dem Berg von Samt herausstach. Als Frau konnte sie seine Handlungsweise sicher nicht gutheißen.

»Nein, so war es nicht«, stritt er vehementer ab, als er es eigentlich gewollt hatte. Zu starkes Abstreiten vermittelte Schuldgefühl, die Sorge, bei etwas ertappt zu werden, was nicht öffentlich werden sollte. In diesem Fall stimmte es jedoch. Er hatte von Sunnys Fähigkeit anfangs nichts gewusst.

»Nein, so war es nicht«, wiederholte er ruhiger. »Sie hat dort selbst erst von ihrer medialen Begabung erfahren. Ich fühlte mich einfach vom ersten Tag an zu ihr hingezogen.«

»Wäre es dann nicht besser, nicht nur ein Kapitel, sondern das ganze Buch zuzuschlagen und ein neues anzufangen?«

»Sie meinen, ich sollte Maja ruhen lassen und in die Zukunft sehen?«

»Würde Maja das nicht ebenfalls wollen?«, stellte sie die Gegenfrage.

»Das weiß ich eben nicht. Ich träume viel von ihr. Ich will einfach wissen, ob da noch irgendetwas ist, das sie mir mitteilen möchte.«

Der letzte Satz war einfach aus ihm herausgekommen, ohne dass er vorher über ihn nachgedacht hatte. Er schien nicht zu ihm zu gehören. Er wollte nicht nur mit Maja reden, sondern mit ihr zusammen sein, auch über die Grenzen ihres Todes hinaus. Zumindest hatte er das bis jetzt geglaubt.

»Das klang vor ein paar Wochen noch anders«, sagte Silke Neumann.

Es war ihr ebenfalls aufgefallen. Sie blätterte in ihren Aufzeichnungen nach hinten und zog ein Blatt heraus. Es schien ein Ausdruck der Nachricht zu sein, die er über das Kontaktformular ihrer Webseite geschickt hatte.

»Soll ich es Ihnen vorlesen?«, fragte sie.

»Nein, ich weiß, was ich damals geschrieben habe«, erwiderte er.

»Also hat sich etwas verändert«, stellte sie fest.

Leo streifte der Gedanke, dass Silke Neumann eine exzellente Therapeutin abgeben würde. Vielleicht war diese Eigenschaft das wirkliche Geheimnis ihres Erfolgs.

»Ja, hat es«, sagte er. »Ich bin der Meinung, es ist nicht richtig, Sunny zu benutzen, Kontakt zu Maja aufzunehmen.«

»Weil Sie sie mehr mögen, als es geplant war.«

Erst wollte er widersprechen, da er das Gefühl hatte, sie würde ihm damit erneut eine böse Absicht unterstellen. Ein Blick in ihr Gesicht belehrte ihn allerdings eines Besseren.

»Ich habe einfach nicht geglaubt, dass ich mich in sie verlieben würde«, sagte er. »Das schien mir in Erinnerung an Maja unmöglich. Dennoch ist es so gekommen. Ich weiß jedoch nicht, ob es richtig ist.«

»Was kann an der Liebe falsch sein?«

»Maja und ich haben uns bereits vor vielen Jahren ewige Treue geschworen. Das bedurfte nie einer Bestätigung. Solche Versprechen verpuffen nicht einfach, nur weil einer tot ist.«

»Ewig ist immer so eine Sache«, sagte Silke Neumann. »Wir Menschen können noch nicht einmal ansatzweise ermessen, was das bedeutet. Können Sie sich nicht vorstellen, dass Maja froh ist, dass Sie Sunny gefunden haben?«

»Das würde ich gerne herausfinden. Deswegen bin ich bei Ihnen. Bitte nehmen Sie Kontakt mit ihr auf, damit ich weiß, was sie darüber denkt.«

»So etwas geht nicht auf Bestellung«, sagte sie. »Ich bin kein Dschinn, der Ihnen drei Wünsche erfüllt. Haben Sie etwas Persönliches von ihr mitgebracht?«

Leo zögerte, streckte dann jedoch den Arm aus und gab ihr die Kette, die er bis jetzt fest umklammert gehalten hatte. Er trug sie bereits seit Wochen mit sich herum und wollte sich nicht an den Gedanken gewöhnen, dass er sie bald nicht mehr sein Eigen nennen konnte. Majas Eltern sollten sie wiederbekommen. Sie hatten schon deswegen angerufen.

Silke Neumann griff danach, ihre Hand umschloss das Amulett, das an der Kette hing. Beinahe hätte Leo sie zurückgezogen, ließ dann aber los. Das Gefühl des Verlustes überkam ihn erneut. Auch das Kneifen in der Magengegend und die Gänsehaut kamen wieder.

Neumanns Hand glitt an dem Amulett entlang und die Kette klimperte leise. Sie hatte die Augen geschlossen und ließ den Kopf auf die Brust sinken. Sie gab keinen Laut von sich. Leo beobachtete sie, bis er sich auf einmal wie ein Voyeur vorkam, als hätte ihm

Silke Neumann allzu private Einblicke in ihr Leben gewährt. Er holte tief Luft und drehte den Kopf, um sich erneut im Wohnzimmer umzusehen. Auf den zweiten Blick erkannte er viele Dinge, die er beim ersten nicht gesehen hatte. Den Plüschsessel in der Zimmerecke und den lilafarbenen Sitzpouf. Je mehr er entdeckte, desto ungewöhnlicher kam ihm der Ort vor. Er konnte nicht verstehen, dass es ihm vorher nicht aufgefallen war.

»Ich empfange nichts von ihr«, hörte er plötzlich ihre Stimme.

Er schaute nach vorne in ihr Gesicht, das jetzt wieder ihm zugewandt war, und kam sich vor, als hätte er Stunden in einem Traum zugebracht.

»Wirklich gar nichts?«, fragte er, obwohl er wusste, dass es sinnlos war.

Sie würde ihn diesbezüglich sicher nicht belügen, allein schon deswegen nicht, da ihre Sitzung überhaupt nur etwas kostete, wenn sie erfolgreich war. Zuvor hatte er an der Seriosität dieses Vorgehens gezweifelt und es für einen geschickten Werbeslogan gehalten.

»Nein, nichts. Dafür gibt es verschiedene Gründe.«

»Was für Gründe?«

»Vielleicht ist sie nicht bereit dazu, vielleicht ist sie schon auf einer anderen Ebene oder ich bin einfach nicht das richtige Medium für sie. Interpretieren Sie nicht zu viel da hinein.«

Sie gab ihm die Kette zurück. Leo nahm sie an sich und kam sich vor wie ein Bergsteiger, der nach der Rettungsleine griff.

»Was soll ich denn jetzt machen?«, fragte er leise, fast mehr an sich selbst gerichtet. Silke Neumann antwortete ihm dennoch.

»Gehen Sie da raus und leben Sie Ihr Leben weiter. Und wenn es sich gut anfühlt, so, wie es jetzt ist, nehmen Sie das als kosmische Bestätigung, dass es auch gut so ist, wie es jetzt ist. Meinen Sie, Sie können das?«

»Ich werde es versuchen«, sagte Leo.

Der Wind biss ihn in die Ohrläppchen, als er aus dem Hausflur auf die Straße trat. Leo stellte den Kragen seiner Jacke auf und zog die Schultern hoch, um ihnen wenigstens ein bisschen Schutz zu geben. Er ärgerte sich, dass er nicht die Mütze mitgenommen hatte, die Sunny ihm vor zwei Wochen im Einkaufszentrum von Fastelruh gekauft hatte. Sie hatte gesagt, wie gut die Farbe zu seinen Augen und dem kupferfarbenen Haar passte. Leo lächelte unbewusst.

Er trat auf den Bürgersteig und ging ein Stück an den Schaufenstern eines Outlet-Centers entlang – es war das größte Geschäft in Seligenwalde –, bis er an einem *Starbucks* vorbeikam. Vor zehn Jahren war hier ein Bistro gewesen. Er hielt inne, überlegte kurz und trat dann ein. Bei dem Telefonat, das er nun führen würde, wollte er gerne im Warmen sein.

Er bestellte eine Soja-Latte mit koffeinfreiem Kaffee und war froh, dass er direkt darauf warten konnte, ohne erst seinen Namen nennen zu müssen, damit man ihn aufrief. Er rutschte am Ende des Tresens hinter einen Tisch, flankiert von einer Schülerin zu seiner Linken und einem Geschäftsmann mit Laptop zu seiner Rechten, und zog sein Smartphone aus der Tasche. Er wählte und wartete, bis der Angerufene sich meldete.

»Ich bin's, Leo«, sagte er. »Kann ich gleich noch vorbeikommen?«

***

Sunny stand an dem kleinen Fenster neben der Haustür und sah den Toyota in den Wald verschwinden. Sie hatte seit gestern auf die Gelegenheit gewartet, Leos Sachen zu durchsuchen. Das war allerdings nicht möglich, wenn er sich im Haus befand. Es überraschte sie zwar, als er mit der fadenscheinigen Begründung, er müsse sich ein paar T-Shirts kaufen, wegfuhr, aber sie fragte nicht weiter nach, wie es sonst ihre Art gewesen wäre. Allerdings war das Schnüffeln in persönlichen Sachen eines Menschen, den man liebte, ebenfalls nicht ihre Art, wie sie nun feststellen musste. Es fiel ihr sogar erstaunlich schwer. Sie setzte sich auf das Bett und atmete ein, um die aufkommende Panik und das Schuldgefühl in ihrem Magen zu unterdrücken. Es war ihr nicht klar, ob ihr moralisches Gewissen sich meldete oder sie Angst davor hatte, was sie dabei entdecken könnte. Für beides war jedoch keine Zeit. Sie hatte das Recht zu erfahren, ob mit Leo etwas nicht in Ordnung war, und Feigheit war ebenfalls nichts, mit dem Sunny sich identifizieren konnte. Vor der Wahrheit war sie noch nie davongelaufen, so schmerzhaft sie auch sein mochte.

Sie waren beide nur mit einem Rucksack und einem Koffer eingezogen, was die Suche zwar nicht erfreulicher, aber zumindest übersichtlicher machte. Sunnys restliche Sachen befanden sich in einem Container am Rande ihrer Heimatstadt, den ihr Vater angemietet hatte, bevor er ihre Wohnung räumen ließ. Eigentlich war es seine Wohnung gewesen, und der Umstand, dass Sunny trotz ihrer 31 Jahre noch keine Verantwortung für ihr Leben übernahm, hatte ihn wütend gemacht. Er hatte nach der richtigen Bestrafung gesucht und sie auch gefunden. Gregor Meyer machte keine halben Sachen.

Sie erhob sich vom Bett und drehte sich herum, unschlüssig, wo oder wie sie anfangen sollte. Im Schlafzimmer der Hütte stand ein Doppelbett mit einer fröhlichen blau-weiß gestreiften Tagesdecke, auf die Leo morgens beim Bettenmachen besonderen Wert legte, und ein offenes Bücherregal. Rechts an der Wand gab es eine schmale Kommode mit kleinen Schubladen. In diesen hatte Sunny Unterwäsche, Strümpfe und persönliche Kleinigkeiten deponiert, da die Dinge die einzigen waren, die dort reinpassten. Sie wusste, dass Leo das in seiner Hälfte der Kommode ebenso gemacht hatte. Vorsichtig zog sie eine der Schubladen auf, als ob sie erwartete, dass irgendetwas von innen nach ihr schnappte oder sie ansprang wie einer dieser Kastenteufel. Ein Päckchen Papiertaschentücher, eine Handvoll Kleingeld und das Ladekabel seines Handys. Sunny fuhr mit der Hand in die zwar schmale, aber lange Schublade hinein und tastete die Rückwand ab. Sie erwartete nichts mehr, wollte aber gründlich sein. Die nächste Schublade enthielt einen Gameboy und ein paar Spiele, die Sunny einen Moment von ihrer eigentlichen Aufgabe ablenkten. Sie lächelte, als sie Leo vor sich sah, der abends öfter konzentriert auf den kleinen Bildschirm starrte, um auf keinen Fall einen Diamanten oder ein zusätzliches Leben zu verpassen. Dabei fielen ihm seine kupferroten Haare nach vorne in die Stirn, um von ihm mit einem kurzen, aber konsequenten Atemzug nach hinten gepustet zu werden. Sie verspürte eine gewaltige Welle der Zärtlichkeit, die sie auf einmal packte und nicht mehr loslassen wollte. Ganz egal was sie hier finden würde, sie könnte Leo nicht mehr verlassen. Obwohl diese Ahnung bereits vorher durch ihren Kopf gespukt hatte, wusste sie das nun ganz genau. Mehr aus Gründlichkeit als aus Überzeugung durchsuchte sie die restlichen Schubladen und sogar ihre eigenen, falls Leo dort etwas hineingesteckt haben sollte. Nach einem Blick unter die Kommode und ebenfalls dahinter – obwohl sie das schwere Möbelstück kaum von der Wand geschoben bekam – war sie sicher, nichts übersehen zu haben. Auf der linken Seite stand ein Schrank mit Bauernmalerei, ein gewaltiges Monstrum. Er hatte Sunny in den schemenhaften Schatten der Dunkelheit mehr als einmal erschreckt, wenn sie die Augen aufschlug, noch benommen vom Schlaf und ihrem letzten Traum, an den sie sich nur noch vage erinnern konnte. In der Schwärze einer Nacht wirkte er wie der Sensenmann, der aus dem Wald gekommen war, um sie zu holen.

Der Schrank war unterteilt in Fächer und eine Klei-
derstange, darunter zwei Schubladen. An der Stange
hingen auf der linken Seite ein paar Hemden und Jeans,
ordentlich über die Kleiderbügel gelegt, rechts Sunnys
Kleidung, nicht ganz so ordentlich. Die Anziehsachen
interessierten sie nicht. Sie ging in die Hocke und
öffnete den Kasten. Hier hatte Leo sein Equipment für
die Geisterjagd untergebracht, das ihnen vor sieben
Wochen bereits gute Dienste geleistet hatte. Der Rekor-
der, das K2-Meter und die Vollspektrumkamera. Sunny
begrüßte sie wie alte Bekannte. Neben der Kamera
steckte ein flaches Etui, so groß wie ein Briefumschlag.
Sie griff danach und zog es hervor. Es bestand aus nach-
giebigem Leder, wahrscheinlich Nappa, die Oberfläche
fühlte sich weich an und schmeichelte ihrer Handfläche. Sie klappte es auf. Eine Frau blickte ihr entgegen
mit einem Lächeln, das einem warm ums Herz werden
ließ, und strahlend blauen Augen. Die blonden Haare
fielen ihr in sanften Wellen über die Schulter, die Jeans
saß an ihrem Körper wie eine zweite Haut und die
Korsage bedeckte genau so viel, um nicht unanständig
zu wirken.

Sunny dachte an ihre braunen Haare, die nie richtig
liegen wollten, ganz egal wie sehr sie sie mit der Bürste
bearbeitete, und an ihren Bauch, den sie immer
versuchte, unter weit geschnittenen Oberteilen zu
verstecken. Sie drehte das Foto herum und las das, was
sie bereits vermutet, aber nicht gehofft hatte.

»In ewiger Liebe.«

18

Sunny hatte nicht erwartet, dass sie Chris Compten ewig hinhalten konnte, aber dass der Redakteur sich so schnell wieder meldete, überraschte sie dann doch.

»Warum hast du mir nicht erzählt, dass dieser tote DJ aus diesem Fastelruh kommt, wo du dich im Moment herumtreibst?«, blaffte er in den Hörer, ohne seinen Namen zu nennen geschweige denn irgendeine Art der Begrüßung.

»Weil er zu diesem Zeitpunkt noch nicht tot war«, antwortete Sunny logisch.

Sie saß draußen auf der Veranda und hatte ihre Füße auf das Holzgeländer gelegt. Sie drückte die Beine durch und kippelte mit ihrem Stuhl nach hinten. Das hatte ihre Mutter immer wahnsinnig gemacht. Dieses nun unbehelligt tun zu können, verschaffte ihr eine Art überlegener Befriedigung.

»Das spielt überhaupt keine Rolle. Kurz danach war

er es. Was viel interessanter ist: Er ist an Drogen gestorben. Über was sollte deine Reportage gehen?«

Sunny wollte auf eine Erwiderung verzichten, zumal die Frage rhetorisch war, aber irgendein kurioser Gehorsamkeitsreflex ließ das nicht zu.

»Über Drogen«, sagte sie daher.

»Aha«, entgegnete Compten nur. »Es ist ja nicht so, dass das eine verdammt gute Story hätte werden können.«

Wieder seine blöde Ironie. Dafür war er bei seinen Mitarbeitern in der Redaktion gefürchtet, aber die funktionierte auch mit 50 Kilometern dazwischen.

»In der Story steckt mehr«, sagte sie. »Daher recherchiere ich noch.«

»Was gibt es da zu recherchieren? Der Typ ist tot. Wie ist er gestorben? Richtig. Durch Drogen. Sollte das nicht das Thema deiner Reportage sein?«

Schon wieder eine spitze Bemerkung, auf die Sunny nicht sofort eine Antwort einfiel. Sie konnte schließlich schlecht erzählen, dass Vic ihr nachts als Geist erschienen war. Aber sie musste Chris eine Erklärung liefern. Er brächte es fertig, ihr den Auftrag zu entziehen und sie für einen weiteren nicht mehr vorzusehen. Das wäre in ihrer jetzigen Situation eine mittelschwere Katastrophe.

»Was wäre, wenn es gar kein Unfall war?«, fragte sie.

»Dann war es halt Selbstmord«, entgegnete Compten. »Was macht das für einen Unterschied?«

»Weder noch«, sagte Sunny. »Es war Mord.«

Am liebsten hätte sie sich die Hand vor den Mund

geschlagen, um die Worte, die gerade noch an ihren Lippen hingen, zurückzudrängen. Jedoch waren sie gesagt und ließen sich nicht mehr einfangen.

»Mord? Wie kommst du auf so was?«

»War nur so ein Gedanke«, wiegelte sie ab.

Wenn sie Glück hatte, würde er darüber hinweggehen, ihr noch ein wenig den Kopf waschen und das Gespräch mit der Bemerkung beenden, sie solle endlich Ergebnisse liefern. Leider schien er sie doch besser zu kennen, als sie vermutet hatte.

»Du hast nicht einfach nur so Gedanken. Das weiß ich mittlerweile. Du bist zwar eine – größtenteils unzuverlässige – Verrückte, aber du hast ein Gespür für gute Geschichten. Also ist an der Sache was dran.«

Sunny beschlich das Gefühl, einen dummen Fehler gemacht zu haben. Chris führte die Redaktion mit eiserner Hand, schaffte es aber, gute Schlagzeilen am laufenden Band produzieren zu lassen, mit Theorien, auf die die anderen Zeitungen nicht mal im Traum kamen. Sie hatte ihm einen Knochen hinwerfen wollen und aus Versehen den ganzen Braten geworfen.

»Warum hast du nicht schon längst was gesagt?«, fragte Compten. »Natürlich hättest du mehr Zeit bekommen.«

»Ich weiß noch nichts Genaues«, wiegelte Sunny ab. »Es ist nur so ein Gefühl. Etwas stört mich an der Sache, ich kann jedoch nicht konkret sagen, was es ist. Vielleicht verrenne ich mich da auch.«

Das wäre nicht das erste Mal gewesen. Vor sechs Monaten hatte sie den Verdacht, dass der Landrat

Gelder veruntreute. Sie bohrte weiter in dem Fall, um letztlich herauszufinden, dass diese Gelder in ein ambitioniertes Jugendprojekt flossen. Leider hatte der *Seligenwalder Kurier* bereits eine Serie über korrupte Politiker gestartet, die ihm nach Bekanntwerden der tatsächlichen Verwendung des Geldes zwar keine immense Auflagenhöhe, dafür aber einige Lacher der Branchenkollegen einbrachte. Sunny hätte nie vermutet, dass Compten darüber hinweggehen und sie weiterbeschäftigen würde. Doch der Chefredakteur sah anscheinend etwas in ihr, wofür sie keine logische Erklärung hatte und es auch nicht unnütz infrage stellen wollte.

»Du meinst, du wirfst einfach mal so den Verdacht Mord in den Raum, ohne etwas Konkretes zu wissen? Hatten wir etwas Ähnliches nicht schon mal bei dem Landrat?«

Auch wenn er seitdem nicht wieder über den Vorfall gesprochen hatte, hatte er ihn eindeutig noch nicht vergessen. Das Schicksal des endgültigen Verlustes ihrer Freelancer-Stelle schwebte wie ein Damoklesschwert über ihr.

»So ist es nicht«, entgegnete sie bestimmt. »Ich möchte nur nicht darüber sprechen, bevor ich nicht mehr Beweise habe. Victor Hansen hatte eine Stalkerin. Das könnte was sein.«

War es unklug gewesen, das zu behaupten? Aber was ging sie schon für ein Risiko ein? Wenn sie den Mord aufklärten, hatte Sunny eine Story, wenn nicht, dann hatte sie sich halt vertan. Auf jeden Fall verschaffte es ihr mehr Zeit.

»Ich gebe dir Zeit bis Ende der Woche«, ranzte Compten durch den Hörer. »Dann lieferst du mir endlich was, das ich auch veröffentlichen kann.«

Für ihn war das Gespräch offensichtlich beendet. Er legte den Hörer auf.

Sunny steckte ihr Smartphone in die Tasche ihrer Fleecejacke und erschauerte. Ihr wurde bewusst, wie kalt es draußen war. Der Wind schaukelte die oberen Äste der Tannen, die die Brise dutzendfach verstärkten und Sunny kalte Luft ins Gesicht bliesen.

Sie wurde das Gefühl nicht los, einen Fehler gemacht zu haben.

Trotz dieses unguten Gefühls in der Bauchgegend schlief Sunny besser als erwartet. Sie war lange aufgeblieben und zwischen Küche, Flur und Wohnzimmer hin und her gewandert. Dabei hob sie in unregelmäßigen Abständen Deckchen und Kerzenhalter auf und räumte sie an eine andere Stelle, während sie hoffte, dass Leo vor ihr ins Bett gehen würde. Der hatte sich von ihrem Treiben nicht stören lassen, nur ab und zu mit dem Kopf geschüttelt, wenn er über den Rand seines Buches zu ihr herüberblickte. Als sie glaubte, ihren Aufenthalt in der unteren Etage keinen Augenblick länger mehr hinauszögern zu können, stand er auf, küsste sie zärtlich und verschwand ein Stockwerk höher ins Schlafzimmer. Anton schlief bereits seit zwei Stunden im Nebenzimmer. Sunny machte es sich so gut wie möglich auf der Couch bequem. Obwohl sie nicht groß war, hingen ihre Beine ein Stück über die Lehne, was zwar nicht sonderlich gemütlich, aber unvermeidbar war.

Sie erwachte durch ein Motorengeräusch vor der Tür und stellte mit einem Blick auf ihr Smartphone fest, dass es bereits 10 Uhr war. Sie erhob sich vorsichtig und streckte ihre Beine, die sich immer noch taub anfühlten, als sie zum Fenster neben der Haustür schlurfte und Anton aus dem Auto steigen sah. Er hatte eine Brötchentüte und eine Zeitung in der Hand. Er sah nicht besonders glücklich aus. Sie wunderte sich, dass sie ihn nicht wegfahren gehört hatte. Sie musste wirklich erschöpft gewesen sein. Offensichtlich war Leo das auch, denn in der Küche brodelte noch kein heißes Wasser im Topf. Auch sonst wirkte die untere Etage verlassen. Sie trat einen Schritt vom Fenster zurück, um Anton Platz zu machen, der die Haustür – ganz gegen seine Art – überraschend heftig aufstieß. Mit ihm kam ein Schwall kalter Luft herein, der sie an ihren nackten Unterarmen frösteln ließ.

»Hast du vollkommen den Verstand verloren?«, zischte er.

Sehr leise, gerade laut genug, dass Sunny ihn auf zwei Meter verstehen konnte. Erst dachte sie, es wäre aus Rücksicht auf den schlafenden Leo, aber an seinen silberfarbenen Augen erkannte sie, dass er wütend war.

»Was meinst du?«, fragte sie.

Ihre Gedanken zogen Kreise, die sich immer weiter vergrößerten, um die nahe und fernere Vergangenheit abzusuchen, wie ein Stein, der über einen See hüpfte und das Wasser auftrieb.

Anton blieb ihr die Antwort schuldig. Das brauchte er allerdings auch nicht, denn obwohl er heftig mit der Zeitung wedelte, konnte Sunny erkennen, dass es der *Seligenwalder Kurier* war. Er hörte auf herumzufuchteln, aber die Schlagzeile konnte sie trotzdem noch nicht entdecken. Anscheinend hatte Chris keine Zeit verschwendet.

Anton schlug die Zeitung mit einer heftigen Bewegung auseinander, wobei der Lokalteil, der sich immer auf den letzten Seiten befand, auf den Boden fiel. Sunny bückte sich automatisch danach.

»Ungeklärter Tod eines DJs – war es Mord?«, zitierte Anton die Schlagzeile auf der ersten Seite. »Das kann doch nicht dein Ernst sein.«

»Ich habe das nicht geschrieben«, entgegnete Sunny.

»Nein, das hast du nicht. Es ist von deinem Chefredakteur, diesem Compten. Zumindest nach den Initialen. Wenn ich jetzt aber vermute, dass er heute Nacht keinen Besuch von diesem DJ hatte, frage ich mich, wie er an diese Information gekommen ist.«

»Vielleicht ist mir etwas herausgerutscht«, sagte Sunny kleinlaut.

»Vielleicht? Guter Witz. Weißt du, was das für mich bedeuten kann?«

Das brauchte er ihr nicht explizit darzulegen. Sie

konnte sich das vorstellen. Die Polizei war mit Sicherheit wenig begeistert von einem ehemaligen Hauptkommissar, der interne Informationen an Außenstehende verteilte wie Bonbons bei einem Karnevalszug.

»Es weiß doch keiner«, erwiderte sie. Selbst in ihren Ohren klang das Argument kläglich.

»Es kann natürlich auch keiner herausfinden«, sagte Anton spöttisch. »Ebenso kann keiner eine Verbindung zwischen diesem Käseblatt und deiner Person herstellen. Wenn sie mal bei dir sind, dann auch ganz schnell bei mir. Mittlerweile weiß fast jeder, dass ihr hier wohnt.«

Sunny griff nach der Zeitung, die Anton ihr tatsächlich gab. Sie strich das Papier glatt und knickte es in der Mitte nach hinten, um den Artikel besser lesen zu können. Anton beobachtete sie einen Augenblick, ließ dann aber von ihr ab, ging in die Küche und füllte Wasser in den Kessel.

Man konnte Chris nicht einmal eine schlechte Berichterstattung vorwerfen. Er hatte nichts behauptet, was nicht stimmte. Aber bei solchen Artikeln, die mit so wenig wirklicher Information auskommen mussten, war die große Kunst, alles Weitere zwischen den Zeilen ahnen zu lassen. Das beherrschte Chris fast bis zur Vollkommenheit. Sunny ließ die Zeitung sinken.

»Er nennt nicht Yvonnes Namen«, sagte sie. »Ich hatte ihren Namen auch nicht erwähnt.«

»Wenn du dafür jetzt einen Orden erwartest, kannst du das vergessen. Es ist nicht wichtig, ob die Leute den wissen. Es ist wichtig, dass es sich hierbei um interne Dinge handelt, die sonst keiner wissen kann. Oder glaubst du, die Bosch erzählt das überall herum? Sicher nicht.«

Sunny war sein bohrender Blick unangenehm. Anton hatte sie noch nie so angesehen. Einen Moment überfiel sie die Angst, die Hütte verlassen zu müssen. Sie wollte sich das nicht vorstellen.

»Sunny, du musst einfach lernen, dich ein bisschen zusammenzureißen«, sagte Anton deutlich milder. »Auf jeden Fall ist hier jetzt erst einmal Schluss. Es werden keine Verdächtigen mehr befragt oder Tatorte inspiziert. Ihr haltet die Füße still. Ist das klar?«

Bevor Sunny eine Antwort geben konnte, war Leo an der obersten Stufe der Treppe erschienen.

19

Ein paar Stunden später hatte sich Stille in der Hütte ausgebreitet, die Sunny allerdings weder wohltuend noch entspannend fand. Antons Predigt war zwar von Leos Auftauchen dankenswerterweise unterbrochen worden, aber der Ex-Kommissar war immer noch sauer, das sah man ihm deutlich an. Eine Stunde später hatte er sich auf den Weg zu einem Waldspaziergang aufgemacht, wahrscheinlich um seinen Zorn abzukühlen. Sunny hegte die Hoffnung, er würde den Beschützerposten aufgeben und wieder zurück in seine Wohnung in Fastelruh fahren, aber Anton hatte offenbar nichts dergleichen vor. Er blieb und setzte sich ins Wohnzimmer, um von der Tageszeitung noch mehr als nur die erste Seite des Lokalteils zu lesen. Eine ungemütliche Stimmung breitete sich aus.

»Wie konntest du nur so gedankenlos sein?«,

wisperte Leo in der Küche, als sie zusammen die Möhren schälten.

»Ich habe bereits gesagt, dass es mir leidtut. Mehrfach. Frag mich das nicht immer wieder.«

Sunny knallte wütend das Messer in die Spüle. In dem sonst so totenstillen Haus wirkte das wie ein Pistolenschuss, bewegte Anton jedoch nicht dazu, von seiner Zeitung aufzublicken. Sie beschloss, in Ermangelung anderer Ausweichmöglichkeiten ins Schlafzimmer zu gehen. Kurz überlegte sie wegzufahren, um über Leo zu recherchieren, da sie das nicht hier am Computer machen wollte, aber ihr fehlte nach der Sache mit dem Zeitungsartikel der richtige Ansporn. Anton würde sicher misstrauisch, wenn sie das Haus verließe, und für eine erneute Diskussion hatte sie keine Energie. Gerade als sie sich Richtung Treppe drehte, fuhr ein Auto bis dicht an die Stufen der Veranda. Sunny reckte sich, konnte jedoch nichts erkennen, weil Leo ihr den Blick versperrte, der ebenso neugierig aus der Küche gekommen war. Selbst Anton blickte von der Zeitung auf. Es handelte sich um einen BMW mit getönten Scheiben und Düsseldorfer Kennzeichen.

»Das LKA«, sagte Anton, der sich erhoben hatte und neben Leo getreten war. »Die kommen, wenn sie vermuten, dass ein Fall eine überregionale Bedeutung haben könnte.«

»Ist es wegen dem, was Sunny getan hat?«, fragte Leo.

Er klang ruhig, aber Sunny konnte sehen, wie ein Nerv an seiner rechten Schulter zuckte, wie ein nervöser Tic. Vielleicht aus Sorge um sie, aber vielleicht auch wegen etwas, das auf seine Kappe ging.

»Ich habe nichts getan«, sah sie sich trotz ihrer eigenen Unruhe bemüßigt zu erwähnen. »Schließlich habe ICH den Artikel ja nicht geschrieben.«

Die beiden ignorierten sie. Es klopfte, nicht hektisch, trotzdem nachdrücklich. Es war das Klopfen eines Menschen, der wusste, dass er auf der richtigen Seite im Leben stand. Leo ging an die Tür und öffnete sie. Herein traten zwei Männer, der eine größer als Leo mit verknautschten Gesichtszügen, der andere nur unwesentlich kleiner mit einem Durchschnittsgesicht. Sie sahen so normal aus, dass Sunny fast enttäuscht war.

»Sunny Meyer?«, fragte der Größere mit dem Teddy-bären-Gesicht und blickte an Leo vorbei, hinter dem sie sich einen Moment lang am liebsten versteckt hätte. Aber das brachte sie auch nicht weiter. Der Beamte hielt ihr einen Ausweis vor die Nase, den sie nicht richtig registrierte. Hatten sie ihre Namen gesagt? Sunny wusste es nicht.

»Wir ermitteln in dem Fall Victor Hansen, Ihnen wohl besser bekannt als DJ Vic. Wir haben Grund zu der Annahme, dass die Umstände seines Todes anders waren als bis jetzt angenommen. Sie wüssten mehr darüber. Das hat man uns zumindest gesagt.«

Sunny überlegte eine Sekunde, ob sie die Befragung hinauszögern könnte, indem sie fragte, woher sie das wüssten, sah aber ein, dass das ein lächerlicher Versuch war, das Unvermeidliche hinauszuschieben.

»Ich habe mit meinem Redakteur darüber gesprochen«, erwiderte sie, als würde das alles erklären.

»Das wissen wir«, sagte der Hüne freundlich. »Er informierte uns, wer Sie sind, und herauszufinden, wo Sie sich aufhalten, war dann nur noch eine kleine Hürde.« Er nickte Albert über Sunnys Kopf hinweg zu. Der nickte kurz zurück.

»Wir fragen uns nun, ob Sie Erkenntnisse haben, von denen wir wissen müssten«, sagte sein Kollege. »Die Polizei ist nämlich bis jetzt nicht von einem Mord ausgegangen.«

In Sunnys Kopf wirbelten verschiedene Antworten herum, die allesamt zu schnell waren, um sie greifen zu können. Sie brauchte eine logische Erklärung, warum sie der Meinung war, Vic wäre ermordet worden. Sie beschloss, dass es das Beste war, so nahe wie möglich an der Wahrheit zu bleiben.

»Ich bin Reporterin, das wissen Sie nach Ihrem Gespräch mit meinem Chefredakteur sicher«, begann sie vorsichtig. Sie hoffte, dass die Beamten vom LKA die Motivation hinter ihrer Dämlichkeit anstandslos schlucken würden. »Ich soll eine Reportage über Vic schreiben und wollte wissen, was für ein Mensch er war. Dafür habe ich Interviews mit Leuten geführt, die ihn kannten.«

»Hm«, sagte der mit dem Knautschgesicht, was Sunny nicht deuten konnte. »Und von denen hat einer behauptet, er wäre ermordet worden?«

»Nicht mit diesen Worten«, antwortete sie. »Aber die

Person hat angedeutet, dass sie sich nicht vorstellen kann, er hätte Drogen genommen.«

»Da haben sich schon viele getäuscht. Die Polizei kann das im Allgemeinen besser beurteilen«, sagte der Hüne. Er klang selbstgefällig.

»Es hat mich trotzdem stutzig gemacht. Immerhin besteht die Möglichkeit, dass es so ist. Nichts anderes habe ich Herrn Compten erzählt. Dass er daraus so eine Schlagzeile macht, damit konnte ich nicht rechnen.«

»Ich dachte, bei Reportern muss man mit allem rechnen?«, erwiderte der Beamte.

Sunny überlegte, ob sie das kommentieren sollte, entschied sich aber dagegen. Es hätte keinen Unterschied gemacht und ihre Lage wahrscheinlich nicht unbedingt verbessert.

»Außerdem haben Sie ihm auch erzählt, woher diese Vermutung kommt. Sie waren bei Yvonne Bosch, richtig?«

Sunny nickte.

»Dann muss ich Ihnen ja auch nicht sagen, wie ihre Aussage zu bewerten ist. Sie wissen offensichtlich Bescheid über ihre Vergangenheit. Ich will lieber gar nicht wissen, woher.«

Wieder blickte er zu Anton.

»Sie hat mir davon erzählt«, entgegnete Sunny trotzig.

»Das nehmen wir jetzt einfach mal so hin. Auch wenn wir Frau Bosch für nicht besonders glaubwürdig halten, können wir nicht übersehen, dass es im näheren

Umfeld von Victor Hansen mit ihm insgesamt drei Tote gegeben hat. Ich weiß nicht, ob es für so etwas Statistiken gibt, aber wir halten es zumindest für ungewöhnlich.«

»Drei Tote?«, fragte Leo dazwischen.

Das war Sunny noch gar nicht aufgefallen. Die Befragung schlug anscheinend auf ihr Gehör.

»Ja«, antwortete der Beamte mit dem Allerweltsgesicht. »Aber darüber werden Sie von uns nichts Näheres erfahren. Wir möchten nur von Frau Meyer wissen, ob sie noch andere Erkenntnisse hat, die sie gerne mit uns teilen würde.«

»Keine Erkenntnisse«, antwortete Sunny bestimmt. »Außer das, was Yvonne Bosch mir erzählt hat. Ich habe es meinem Chefredakteur erzählt und damit einen Fehler gemacht. Das tut mir leid und veranlasst mich zu überdenken, wem ich in Zukunft etwas im Vertrauen erzähle.«

Sie wusste nicht, ob die Beamten sie verließen, weil sie überzeugt waren oder keine weitere Handhabe gegen sie sahen.

»Drei Tote«, sagte sie zu Leo und Anton, als sie die Tür wieder geschlossen und sich zu ihnen umgedreht hatte.

»Drei Tote«, wiederholte Sunny.

»Weißt du, wer der dritte Tote ist?«, wandte sich Leo an Anton.

Der war zurück ins Wohnzimmer gegangen und hatte in dem Ohrensessel Platz genommen. Er wirkte irgendwie zusammengefallen, wie er da so saß. Offenbar war er angespannter gewesen, als es beim

Besuch der Beamten den Anschein hatte. Jetzt, wo sie weg waren und er wahrscheinlich keine Folgen befürchten musste, weil er Sunny und Leo interne Dinge verraten hatte, war es, als hätte man ihm die Luft herausgelassen.

»Keinen Dunst«, antwortete er nur.

»Ein weiterer Toter und wir haben absolut keine Ahnung, wer der Täter sein könnte.«

Sunny war ebenfalls rüber ins Wohnzimmer gegangen. Sie ließ sich auf die Couch fallen und hieb zornig auf ihr Kissen ein.

»Wenn du meinst, dass uns das vorwärtsbringt, mach ruhig weiter«, sagte Leo, als er sie, an einen rauchgeschwärzten Balken gelehnt, amüsiert betrachtete.

»Es ist vollkommen gleichgültig, ob es euch weiterbringt«, sagte Anton grimmig. »Ich habe euch gesagt, dass damit jetzt Schluss ist. Sollten wir etwas Relevantes herausfinden, werden wir das direkt dem LKA melden.«

Sunny tauschte mit Leo einen Blick, konnte ihn aber nicht deuten. Würde Leo die Ermittlungen boykottieren? Bis jetzt hatte er das noch nicht getan. Wenn er ein Mörder wäre, hätte sie damit als Erstes gerechnet. Wenn nur nicht die Sache mit dem verdammten Geld wäre.

»Wo hast du den Zettel?«, fragte Leo und brachte sie zurück von ihrem Gedankenausflug. »Vielleicht sollten wir uns den noch mal ansehen.«

Sunny ging hinüber zur Vitrine und öffnete eine Schublade. Einen kurzen Moment befürchtete sie, der

Zettel könnte verschwunden sein. Dann aber ertasteten ihn ihre Fingerspitzen. Er war bis ans Ende der Schublade gerutscht. Sie kniff Zeige- und Mittelfinger zusammen und zog ihn an einer Ecke vorsichtig heraus. Mittlerweile war das Papier schon etwas mitgenommen. Sie strich es wieder einmal glatt, aber diesmal verschwanden die Falten nicht mehr so einfach.

»Nachbar, Dia, Sorte«, las sie vor.

»Was stand vorher noch mal drauf?«, fragte Leo, während er konzentriert die Stirn runzelte.

»Das war noch zusammenhangloser«, antwortete Sunny. »ADAC, binaer, Stroh.«

»Das wirkt eher so, als hätte man als Geist nicht mehr alle Tassen im Schrank«, bemerkte Anton aus den Tiefen des Sessels. Die Federn waren ausgeleiert und ließen einen stellenweise einsinken, sodass man sich vorkam wie auf einem Sitzsack.

»Er versucht, uns etwas mitzuteilen, und findet die Worte nicht mehr dafür«, entgegnete Sunny. »Das kommt durch den Mord. Die Erinnerungen verschwinden schnell, wahrscheinlich ist das bei Wörtern genau dasselbe.«

»Oder sonst alle Skalen der Verrücktheiten«, sagte Anton. Er erhob sich. »Davon habe ich die letzten Tage genug gehabt. Dann gehe ich lieber noch mal eine Runde durch den Wald.«

Sie beobachteten, wie er sich die Stiefel, eine Wollweste unter seinem Ledermantel sowie den Lederhut anzog und durch die Tür verschwand.

»Er ist ziemlich sauer«, sagte Sunny dann.

»Das legt sich schon wieder. Natürlich war das nicht das Schlaueste, bei deinem Chef gewisse Dinge auszuplappern, aber das weißt du selbst. Anton wird dir bestimmt verzeihen.«

Sunny hoffte das, wusste aber auch, dass ihre Chancen darauf sanken, wenn sie sich weiter mit Vics Tod beschäftigte. Neue Erkenntnisse sollten sie der Polizei mitteilen? Streng genommen war der Zettel mit seinen merkwürdigen Botschaften keine neue Erkenntnis. Den hatte sie schließlich bereits seit ihrem Besuch im Sägewerk. Es war nicht ihre beste Argumentation, aber sie konnte damit leben.

»Wenn wir mal davon ausgehen, dass die erste Botschaft Mist ist, hat Vic sich bei der zweiten sicher mehr Mühe gegeben. Warum sollte er uns sonst noch eine schicken?«

»Weil er vergesslich wird und diese Vergesslichkeit zunimmt«, antwortete Leo. »Wie kann dann die zweite Botschaft mehr Sinn ergeben als die erste? Das ist unlogisch.«

»Also glaubst du, die erste Botschaft war der Wahrheit näher als diese hier?«

»Ich glaube gar nichts. Vielleicht hat Anton recht. Wir sollten es der Polizei überlassen. Wenn sich schon das LKA eingemischt hat, werden die sicher jetzt genau ermitteln. Denk an den dritten Toten. Warum müssen wir uns noch Gedanken über diesen Zettel machen?«

»Weil wir sonst nichts haben«, erwiderte Sunny und schlug wieder mit der Faust in das karierte Kissen. »Weil nichts unwichtig ist. Auch nicht dieser Zettel.«

»Warum wartest du nicht darauf, dass Vic noch mal erscheint und fragst ihn danach? Vielleicht hast du Glück und er kann sich wieder erinnern.«

»Und wenn er nicht mehr kommt?«, fragte Sunny.

»Dann weiß ich im Moment auch nicht weiter.« Er beugte sich zu ihr nach unten und gab ihr einen Kuss. »Aber dir fällt garantiert noch etwas ein.«

Sunny hatte sich mehr Engagement erhofft, aber Leo schien dem Zettel ebenso wenig Bedeutung zuzumessen wie Anton. Sie jedoch glaubte nach wie vor, dass er wichtig war.

Nachbar, Dia, Sorte. Nachbar war das einzige Wort, mit dem sie einen Zusammenhang mit Vic herstellen konnte. Was für Nachbarn hatte Vic? Sie beschloss, das so schnell wie möglich zu überprüfen.

Nachdem ihre Diskussion im Sande verlaufen war, setzte Sunny sich an den Schreibtisch und klickte mit der Maus auf das Browsersymbol. Sie drehte den Zettel in ihrer Hand und hoffte einen Moment, die Buchstaben würden nochmals durcheinandergewirbelt und ihr eine Antwort auf ihre Fragen geben. Das geschah natürlich nicht, und selbst wenn, hätte sie das wahrscheinlich nicht weitergebracht. Entweder versuchte Vic, sie auf den Arm zu nehmen, oder sein diesseitiges Bewusstsein war wirklich schon zu stark geschädigt, um eine sinnvolle Wortfolge aufs Papier zu bekommen.

Sie dachte an das Foto in Leos Schublade und

schluckte. Das Fenster des Browsers öffnete sich
endlich. Meistens war die Satellitenverbindung hier
sehr gut, aber sie schwankte oft stark, was Sunny auch
den Spaß verleidet hatte, Filme über den Rechner zu
streamen.

Ihre Finger schwebten über der Tastatur, drückten
aber keine Taste, zu überwältigend war der Gedanke,
was sie herausfinden könnte. Dann gab sie sich einen
Ruck und tippte *Leo Palm* in das Feld der Suchmaschine
ein. Sie stellte fest, dass es offenbar nur einen
Menschen mit dieser Namenskonstellation gab. Sie
klickte auf eine Seite der Universität und fand dort
einen Artikel über die Nutzbarmachung der Natur. Leo
hatte Geowissenschaften studiert. War es in Köln? Sie
wusste es nicht, war sich aber dennoch sicher, dass
dieser Artikel von ihm stammte. Die anderen Such-
ergebnisse waren aufschlussreicher. Ein Leo Palm hatte
sich öfter in einem Forum für Geisterbegegnungen zu
Wort gemeldet, wo der Einsatz und die Wirksamkeit
von Lasern diskutiert wurden. Auf einer anderen Seite,
die sich mit Begegnungen nach dem Tod beschäftigte,
fand sie einen Eintrag über Seelenwanderung, den Leo
mit den Worten *Wenn es nur so einfach wäre* kommen-
tiert hatte. Sonst gab das World Wide Web nichts über
Leo Palm her. Sunny war froh darüber. Sie merkte, wie
angespannt sie gewesen war in der Erwartung, seiten-
weise Einträge von Leo zu finden, die ihn in Zusammenhang mit der unbekannten Frau brachten. Oder
mit noch schlimmeren Dingen.

Sie drückte die Seite weg, suchte nach Vic und

lehnte sich erschlagen von der Fülle der Suchergeb-
nisse zurück. Es würde Stunden dauern, die alle zu
überprüfen. War das überhaupt der richtige Ansatz? Sie
suchten nach einem Mörder. War es dann nicht sinnvol-
ler, nach noch nicht entdeckten Verbindungen ihrer
Verdächtigen zu Vic zu suchen?

Sie tippte *Stefan Achen* in das Suchfeld. Hier waren
die Ergebnisse ähnlich ergiebig. Sie klickte vereinzelte
Artikel an und las sie quer. Sie würde bei der Menge
ihre Suchtaktik ändern müssen. Daher überflog sie nur
die Anfänge der Einträge und versuchte, darunter einen
zu finden, der nicht so hochoffiziell klang wie die anderen. Sie fand keinen. Stefan Achen schien kein Privat-
leben zu haben. Wenn doch, dann verbarg er es perfekt
vor der Außenwelt. Sunny überlegte, von wem sie etwas
über seine Familienverhältnisse erfahren könnte. Wahrscheinlich von seinen Eltern. Ob das bei denen allerdings genauso gut klappen würde wie bei Vics Eltern,
wagte sie zu bezweifeln.

Martin Pfeifers Ergebnisse waren noch zahlreicher.
Das mochte jedoch daran liegen, dass er keinen so
ungewöhnlichen Namen hatte. Sie klickte auf ein paar
Seiten, um diese dann direkt wieder zu verlassen, bis sie
auf die Idee kam, die Suchanfrage präziser zu formulie-
ren. Als sie nach *Martin Pfeifer Autor* suchte, zeigte ihr
die Suchmaschine eine um neun Millionen Ergebnisse
bereinigte Liste. Die meisten Artikel beschäftigten sich
mit seinem Buch *Die Liebe in der Zelle*, in denen dieses
wahlweise als visionäre Abhandlung der heutigen
Moral oder himmelschreiender Schwachsinn

bezeichnet wurde. Ein kontrovers diskutiertes Buch, aber Sunny hatte schon oft erlebt, dass gerade die zu Bestsellern aufstiegen. Man musste anscheinend nur öffentlich genug darüber diskutieren und die Brandherde beider Meinungen anheizen.

Je weiter sie kam, umso weniger spektakulär wurden die Ergebnisse, aber nicht aufschlussreicher. Nachdem sich die Suchmaschine an den Global Playern der Presse abgearbeitet hatte, fand sie einige Artikel von Lokalzeitungen. Ihr Blick fiel auf die Schlagzeile *Berühmter Autor unter Schock*. Sie klickte sie an.

20

»Ich kann mich an den Fall noch gut erinnern«, sagte der Reporter des *Frackhausener Tagblatts*.

Uwe Bechermann sah mit seiner Stirntolle und den Doc-Martens-Stiefeln aus wie ein Rockabilly aus den 50er-Jahren, aber das Headset an seinem Ohr störte das Bild ein wenig. Er hatte den Artikel in der Lokalzeitung geschrieben.

»Drogen. Mittlerweile wieder ein scheißunangenehmes Thema geworden, selbst in kleinen Gemeinden. Eine Zeit lang hat man gedacht, Heroin wäre out, zumindest seit Koks so populär ist. Kommt aber in letzter Zeit wieder vermehrt vor.«

Bechermann beugte sich vor, öffnete den Dateimanager auf seinem Desktop und klickte einen Ordner an.

»Das ist ein Bild von Sabrina Pfeifer. Ich habe es ein paar Monate vor ihrem Tod geschossen, bei einer

Lesung ihres Bruders. War leider eine stinklangweilige Veranstaltung. Wollte an den Glanz seiner vergangenen Tage anknüpfen. Sie ist auch gekommen, wahrscheinlich um ihn zu unterstützen, und ist dabei mit aufs Bild geraten.«

Sunny dachte an das Bild in der Zeitung und versuchte, die Frau mit dem fröhlichen Lachen darauf in Einklang zu bringen. Es gelang ihr nicht. Dennoch kam ihr Sabrina Pfeifer bekannt vor. Darüber grübelte sie bereits, seitdem sie die Hütte verlassen hatte.

»Eigentlich hätte das Bild in den Artikel über ihren Tod gehört«, redete Bechermann weiter. »Aber ich hatte vollkommen vergessen, dass ich es habe. Ein Vorher-Nachher-Bild. Die Leser lieben so was. Dann fühlen sie sich in ihrem eigenen Leben wahrscheinlich nicht ganz so beschissen.«

Sunny hatte sich mit Sensationsjournalismus noch nie anfreunden können, obwohl sie wusste, dass sie damit wesentlich mehr Geld verdienen könnte.

»Warum hat sie Drogen genommen?«, fragte sie.

»Wollte keiner drüber sprechen. Keiner war in dem Fall nur ihr Bruder. Ihre Eltern leben irgendwo im Ausland. Habe mehrmals versucht, über ihn was herauszubekommen, aber bei dem beißt man auf Granit.«

Sunny blickte wieder an Bechermann vorbei zu dem Bild auf seinem Desktop, das vergrößert dank einer exzellenten Kamera sehr real und beunruhigend plastisch wirkte. Wo hatte sie diese Frau schon mal gesehen?

»Wollte eigentlich noch zu ihren Eltern fliegen, aber mein Chefredakteur hat mir den Vogel gezeigt. Dafür war sie einfach nicht interessant genug. Wäre ihr Bruder noch so populär wie früher, hätte das klappen können.«

Bechermann seufzte. Wahrscheinlich trauerte er noch den verpassten Ferien nach.

»Hat die Polizei damals ermittelt?«

»Was sollten sie denn da ermitteln? Schwester eines Schriftstellers setzt sich einen goldenen Schuss. Wenigstens geht man von Vorsatz aus. Ein Versehen kann das bei der Menge nicht gewesen sein.«

Sunny rief sich den Artikel im Online-Magazin der Zeitung in Erinnerung. Er war kurz gewesen, sie schätzte, nur 500 Wörter. Es waren auf jeden Fall 500 Wörter zu wenig, um sich intensiver mit dem Thema beschäftigen zu können.

»Und Martin Pfeifer hat nichts weiter zu den Gründen der Drogensucht seiner Schwester erzählt?«

»Wie schon gesagt, er war nicht besonders kooperativ. Wollte mir am liebsten die Tür vor der Nase zuschlagen, konnte man ihm deutlich ansehen. Dann hat er sich wohl darauf besonnen, dass es mit seiner Popularität nicht mehr so weit her ist, und hat das dann gelassen. Mediennutten sind sie halt alle.«

Ein junger Mann in einer Boyfriend-Jeans kam an Bechermanns Tisch vorbei und legte ihm ein Bündel Papiere auf den Schreibtisch. Er betrachtete kurz das Foto von Sabrina Pfeifer auf dem Bildschirm und zog die Augenbrauen hoch. Er sagte jedoch nichts und ging weiter.

»Haben damals nicht verstanden, warum ich so scharf auf die Story war«, fuhr Bechermann fort. »So spannend sind Drogentote wirklich nicht, solange sie nicht Curt Cobain oder Amy Winehouse heißen. Fand trotzdem, das Thema hätte was hergeben können. Wenn dieser Autor gesprächiger gewesen wäre.«

»Aber irgendetwas muss er doch erzählt haben?«

»Hat er. War eine Menge überflüssiges Zeug. Wie toll seine Schwester war, was sie alles noch hätte erreichen können. Das übliche Blabla. Kam mir vor, als wäre ich bei ihrer Grabrede gelandet. So was will doch niemand lesen.«

Sunny dachte an Martin Pfeifer, den Mann mit den kurz geschorenen Haaren und den fülligen Wangen. Sie konnte sich gut vorstellen, dass er nichts über seine Schwester ausplauderte. Durch ihren Tod wieder mehr ins Licht der Öffentlichkeit zu rücken, lag ihm nicht. Nicht anders hätte sie ihn auch eingeschätzt.

»Sie arbeiten für den *Seligenwalder Kurier*?«, fragte Bechermann.

Der Reporter hörte sich offensichtlich gerne reden. Sunny war froh darüber. Sie wollte nicht, dass er Fragen stellte, warum sie sich so sehr für diesen Fall interessierte. Das Gespür für interessante Storys war bei Journalisten eigentlich gut ausgeprägt. Sie hatte das Pech, nicht auf so ein Exemplar gestoßen zu sein. Trotzdem wollte Sunny nicht seinen Argwohn wecken.

»Habt ihr über den Tod von diesem DJ Vic berichtet?«, fragte sie.

»Ja. Waren aber einen, zwei Tage zu spät. Die Information darüber kam nur spärlich. Normalerweise wissen wir schneller Bescheid, wenn die Polizei einen Todesfall untersucht. Auch hier wieder dieses beschissene Heroin. Ich sagte ja, dass es wieder auf dem Vormarsch ist.«

Zwei Menschen in Martin Pfeifers Umgebung starben an einer Überdosis. Wie groß war die Chance für so etwas? Das passierte sicher nicht jeden Tag. Darüber sollte sie sich Gedanken machen. Sie schaute durch das Fenster der Redaktion und ihr Blick fiel auf einen Kastanienbaum. So einen wie in der Straße von Vics Wohnung.

Auf einmal wusste Sunny, wo sie Sabrina Pfeifer bereits gesehen hatte.

Eigentlich hatte Sunny schon die ganze Zeit auf etwas gewartet, das ihr auf einmal schlüssig erschien. Sie war ziemlich nahe dran gewesen, aber trotzdem nicht drangekommen, wie ein Hund in einem Zwinger, der nicht an ein Stück Fleisch kommt, das vor dem Zwinger liegt.

Sie hatte das Haus verlassen, ohne Leo oder Anton Bescheid zu geben, war sich aber sicher, das Geräusch des Motors würde bis in die obere Etage der Hütte zu hören sein. Vielleicht sogar noch im Wald, in dem Anton spazieren ging. Sie hasste es, sich ohne Leo auf

den Weg zu machen, aber sie wollte so schnell wie
möglich das überprüfen, was ihr unter den Nägeln
brannte, ohne erst lange etwas erklären zu müssen.

Sie dachte wieder an das fehlende Geld, was sie Leo
auf jeden Fall verzeihen würde, sollte sich herausstel-
len, dass er es genommen hatte. Könnte sie ihm ebenfalls einen Mord verzeihen? Sie rief sich ihre Gefühle
ins Gedächtnis, die sie gehabt hatte, als die Schulsekre-
tärin Barbara Michels seine Geschichte erzählte, aber
das Vergeben wollte sich nicht einstellen. Sie glaubte
zwar nicht, dass Leo ihr etwas tun würde, aber das
bedeutete dennoch nicht, über das hinwegzusehen, was
er eventuell getan hatte.

Die Fahrt von der Zeitungsredaktion des *Frackhausener Tagblatts* zu Vics Wohnung dauerte fast 30 Minuten. Sie war zwar nur etwa 20 Kilometer entfernt, aber
allein die Verbindungsstraße zwischen Frackhausen
und Fastelruh gestaltete sich abenteuerlich. Die Straße
war in einem schlechten Zustand und die Pfützen der
Bodenlöcher stellenweise so stark gefroren, dass Sunny
Angst hatte, mit dem Auto über den Rand des am Weg
entlangführenden Abhangs zu stürzen. Sie fuhr nicht
genug Auto, um ein Himmelfahrtskommando zu
starten.

Sobald sie auf die Bundesstraße abbog, wurden die
Straßenverhältnisse schlagartig besser. Der Asphalt war
trocken und griffig, die Kälte hielt an und erlaubte
weder Schnee noch Regen, ihre Aufwartung zu
machen.

Sie fuhr auf den gebührenfreien Parkplatz an dem

Mietshaus, in dem Vic gewohnt hatte, und stellte den Toyota neben einen knallroten BMW. Sie ignorierte das Schild *Parken nur für Mieter der Hausnummer 34.* Wenn sie Vics Wohnung betreten wollte, war das in ihren Augen Berechtigung genug.

Seinen Haustürschlüssel und den zur Wohnungstür hatte sie aus Leos Jackentasche genommen, wo sie sich seit ihrem Besuch hier befunden hatten. Mit dem ersten verschaffte sie sich Zutritt in den nach Wirsing stinkenden Flur. Sie ging die Stufen hinauf in die dritte Etage. Zwischen dem Rahmen und dem Türblatt erkannte sie bereits das amtliche Siegel der Polizei, als sie die letzten Stufen hinaufstieg. Damit hätte sie rechnen müssen. Sie stand einen Moment unschlüssig im Flur und war sich nicht sicher, inwieweit sie sich weiter vorwagen sollte und welche Konsequenzen das haben könnte. Sie hörte eine Etage über sich etwas poltern. In dem Moment war ihre Entscheidung gefallen. Sie suchte in ihrer Tasche nach einer Nagelschere. Sie hatte immer eine dabei, weil ihre Nagelhaut leicht einriss und es sie wahnsinnig machte, wenn sie dann am Stoff ihrer Anziehsachen hängen blieb. Damit durchtrennte sie das Siegel so vorsichtig wie möglich. Sie wollte unbedingt vermeiden, dass es den Nachbarn auffiel. Der Schnitt war präzise, man sah ihn kaum. Sunny drückte das Siegel auf beiden Seiten wieder fest und hoffe, dass es sich sauber verschließen würde, sobald sie die Tür hinter sich zuzog. Der Schlüssel passte immerhin noch. Ihr fiel ein, dass sie beim letzten Mal Handschuhe getragen hatten und sie nun ohne zu überlegen Fingerabdrücke am Siegel hinterlassen hatte. Sie kramte ein unbenutztes Papiertaschentuch aus ihrer Hosentasche und wischte überall dort sorgfältig ab, wo sie drangekommen sein konnte. Sie nahm sich vor, ab jetzt alles nur noch mit diesem Taschentuch anzufassen. Würde ihr das helfen, wenn Vics Eltern der Polizei sagten, dass sie Leo einen Wohnungsschlüssel gegeben hatten? Sunny beschloss, sich später darüber Gedanken zu machen.

Sie durchquerte den dunklen schmalen Flur. Die Klebestreifen der traurig herabhängenden Poster schienen sich noch weiter gelöst zu haben, eines war komplett umgeschlagen und hing am letzten Zipfel kopfüber an der Wand.

Ohne das Siegel an der Wohnungstür wäre ihr nicht aufgefallen, dass jemand nach ihrem Besuch hier drin war. Selbst Tim, der noch eine Weile nach Vics Tod Zugang zu dessen Wohnung hatte, hatte keine einzige Spur der Veränderung hinterlassen.

Sie kam an der Pinnwand vorbei, an der Vic außer Eintrittskarten und offiziell aussehenden Briefumschlägen auch ein paar Fotos angebracht hatte, einige mit bemerkenswert schönen Frauen, aber hier fand sie nicht das, was sie suchte. Es musste in den Umschlägen gewesen sein, die er hinter die Lehne zwischen dem Sofa und der Wand geklemmt hatte. So lieblos, als würde ihm nichts aus seinem Leben – weder in der Gegenwart noch in der Vergangenheit – interessieren.

Sie zerrte an dem Sofa, das überraschend schwer war. Die Umschläge rutschten tiefer dahinter. Dennoch

schaffte sie es, mit nur einer Hand den Stapel herauszu-
ziehen, ohne dass sich der Inhalt auf dem Boden
verteilte. Nur mit einem Taschentuch bewaffnet keine
Fingerabdrücke zu hinterlassen, war wirklich mühsam.
So konnte sie die Fotos nicht durchsuchen. Sie ging
zurück in den Flur, wobei sie einer Umhängetasche
auswich, über die sie beinahe gestolpert wäre, und
öffnete den Garderobenschrank, der aus ebenso
dunklem Holz war wie der Schuhschrank. Sie durchsuchte eilig die Fächer und fand ein Paar dünne Leder-
handschuhe, die aussahen, als würden sie sich eher für
eine SM-Party eignen, als vor Kälte zu schützen. Für Vic
waren sie sicher ein modisches Accessoire gewesen, für
Sunny bedeuteten sie eine enorme Erleichterung. Sie
zog sie hervor und stopfte ihr Taschentuch in die
Hosentasche.

Sie ging zurück ins Wohnzimmer, setzte sich mit
den Umschlägen auf die Couch und begann, die Fotos
durchzusehen.

In einem Umschlag mit der Aufschrift *Ex und Hopp*
wurde sie fündig.

»Du schaust meine Fotos an?«

Sunny hörte die Stimme und war sich sicher, dass
sie zu Vic gehörte. Sie schaute auf und drehte den Kopf
in alle Richtungen, aber sehen konnte sie den DJ nicht.

»Wo bist du?«, fragte sie. Sie merkte selbst, dass sie
sich gereizt anhörte. Anscheinend war es bei dem

Kontakt mit Geistern nur ein kleiner Schritt von der Verwunderung zur Verärgerung.

»Hier, auf dem Stuhl neben dir«, antwortete Vic.

Sunny kniff die Augen zusammen, als ob sie so besser sehen könnte. Sie erkannte den Stuhl nur schemenhaft, was ein Zeichen dafür war, dass Vic die Wahrheit sagte, aber mehr nicht. Es war zu hell im Zimmer. Die Kälte hatte den grauen Wolken den Garaus gemacht und die Welt mit strahlend blauem Himmel und Sonne belohnt, die zwar in zwei Stunden bereits wieder untergehen würde, aber sich dafür umso mehr Mühe gab. Sie stand auf und ließ den Rollladen des großen Fensters herunter. Als sie sich umdrehte, konnte sie Vic erkennen, zwar immer noch nicht gut, weil der eigentlich dunkle Flur dennoch zu viel Licht hereinscheinen ließ, aber es ging. Sunny setzte sich wieder.

»Ich wusste, dass ich diese Frau schon mal gesehen habe«, sagte sie dann. Sie hob das Foto von Sabrina Pfeifer hoch, auf dem sie sich lachend am Hals von Vic festhielt und so tat, als wolle sie ihn erwürgen.

»Wer ist das?«, fragte der DJ.

Sunny überlegte, ob er sich über sie lustig machte oder sich wirklich nicht mehr erinnern konnte.

»Die Schwester von Martin«, antwortete sie. »Sabrina. Ihr wart mal zusammen. Noch gar nicht so lange her.«

Die Aufnahme war in einem Fotolabor entwickelt worden, was Sunny überraschte. Die meisten druckten sich ihre Erinnerungsfotos entweder selbst oder gar nicht mehr aus. Fotolabore druckten das Datum der Entwicklung normalerweise auf die Rückseite.

»Kann mich nicht mehr richtig daran erinnern. Ich hatte viele Freundinnen.«

»Zweifellos«, erwiderte Sunny und seufzte.

Warum ging ihr ein Geist auf die Nerven, wenn er ihr sowieso nicht helfen konnte?

»Du bist eine ziemliche Zicke, was?«

Sunny hatte wieder vergessen, dass Vics Geist ihre Gedanken lesen konnte.

»Überrascht?«, fragte sie trotzig. »Hast du dich bis jetzt wirklich einmal als nützlich erwiesen? Wenn ich nur an diesen vermaledeiten Zettel hier denke.«

Sie zerrte ihn aus der Hosentasche.

»ADAC, binaer, Stroh? Echt jetzt? Nachbar, Dia, Sorte? Genauso verrückt. Du hast hier auf dieser Etage gar keinen Nachbarn.«

Das Stockwerk, in dem Vics Wohnung lag, war eine Art Zwischengeschoss, auf dem sich außer seiner Wohnung der Zugang zu einem Kabelschacht befand.

»Die Worte sind wirklich von mir?«, fragte Vic.

»Von mir jedenfalls nicht. Vielleicht hat sie mir einer mit Zaubertinte geschrieben. Was weiß ich. Fest steht, wir haben bis jetzt nichts herausgefunden, was uns wirklich weiterbringt.«

Sunny hätte Vic am liebsten mit dem Zettel beworfen, dass das aber sinnlos war, wusste sie bereits von einer vorherigen Begegnung.

»Oh Mann, ihr Weiber seid wirklich nicht beson-

ders logisch, was? Kein Wunder, dass die besten Erfin-
dungen nur von Männern kommen.«

»Weiter«, erwiderte Sunny erzwungen mühsam. Ein
Streit mit einem Geist mochte zwar ein einmaliges
Erlebnis sein, aber damit würde sie sich vielleicht noch
mal beschäftigen, wenn dieser Fall hier geklärt war.

»Wörter. Immer drei. Immer andere. An was erinnert dich das?«

Dreifaltigkeit, Dreirad, Dreieck. Mehr fiel Sunny
dazu nicht ein. Nur stets wieder die Zahl drei.

»Es gibt gewisse Buchstaben, die oft vorkommen.
Andere weniger oft. Das nennt man Buchstabenhäufig-
keit. Darüber musste ich im Deutschkurs mal ein
Referat halten.«

»Aha«, sagte Sunny nur. »Was bringt uns das?«

Sie wunderte sich, dass Vic sich nicht mehr daran
erinnerte, mit welcher Frau er zusammen gewesen war,
geschweige denn, wer ihn umgebracht hatte, aber
genau sagen konnte, worüber er vor zig Jahren ein
Referat gehalten hatte.

»Wusstest du, dass die Wahrscheinlichkeit, dass der
Buchstabe O vorkommt, nur 2,5 Prozent beträgt? Der
Buchstabe B ist noch seltener.«

Sunnys Interesse war nun doch geweckt. Sie
betrachtete den Zettel in ihrer Hand. ADAC, binaer,
Stroh. Ein B und ein O. Nachbar, Dia, Sorte. Ebenfalls
ein B und ein O. Das Wort binär war mit *ae* geschrieben.
Sie war sich sicher, dass es sonst mit *ä* geschrieben
wurde. Die Buchstaben wirbelten wie Lottokugeln in
ihrem Kopf herum und etwas an diesem Bild kam ihr

bekannt vor. Buchstaben, die sich verteilten und neue Positionen einnahmen.

»Es ist ein Anagramm«, flüsterte sie.

Sie zerrte ihr Smartphone aus der Innentasche ihrer Jacke und tippte etwas in den Browser.

21

Martin Pfeifer öffnete beinahe zeitgleich mit Sunnys Klingeln die Tür, fast so, als hätte er sie erwartet.

»Frau Meyer, endlich. Kommen Sie herein«, sagte er. Er gab den Weg ins Innere der Wohnung frei. »Ich habe bereits vor zwei Tagen mit Ihnen gerechnet.«

Pfeifers Erscheinungsbild hatte sich seit ihrem letzten Treffen verändert. Die Wangen hingen noch tiefer herab als sonst und in seinen Mundwinkeln zuckte es nervös. Der Erpresserbrief schien ihm sehr zuzusetzen. Sie gingen in das Arbeitszimmer, in dem sie bereits bei ihrem ersten Besuch gesessen hatten.

»War die Polizei schon bei Ihnen?«, fragte Sunny.

»Warum? Wegen dieses Zeitungsartikels? Ich hoffe, die haben Besseres zu tun, als jedem Spinner nachzugehen, der auf dem Niveau eines Sensationsreporters agiert. Es sei denn, Sie haben ihnen von dem Brief erzählt.«

Sunny setzte sich auf den Leopardenfell-Sessel wie beim letzten Mal und überlegte, wie viel sie über ihre Beteiligung an dieser Sache zugeben sollte. Sie beschloss, gar nichts darüber zu erwähnen. Zumindest jetzt noch nicht. Also beschränkte sich das LKA im Moment noch auf Vermutungen, ohne konkrete Befragungen durchzuführen. Das mochte ein Vorteil sein, den sie nutzen musste.

»Nein. Ich habe denen nichts von dem Brief erzählt«, erwiderte sie. Das konnte sie ohne Bedenken behaupten. Nach dem Artikel hatte er sie schließlich nicht gefragt.

»Gut.« Martin Pfeifer entspannte sich.

»Eine Sache ist mir an dem Brief aufgefallen: Man droht Ihnen zwar Konsequenzen an, wenn Sie sich nicht als Mörder von Sven schuldig bekennen, aber nirgendwo steht, bis wann das geschehen sein muss.«

Sunny hatte keine Erfahrung mit Erpresserbriefen, außer im Film, aber selbst dort wurde in diesen Briefen irgendeine Art Ultimatum gestellt.

»Ja, komisch, nicht?« Martin nickte zustimmend. »Es scheint, als habe der Erpresser keine große Übung in solchen Dingen. Aber es beruhigt mich trotzdem nicht.«

Sunny grübelte, fand aber nicht den richtigen Bogen, um das Gespräch auf das Thema zu bringen, wegen dem sie wirklich gekommen war. Wahrscheinlich gab es keine einfache Überleitung.

»Ich habe etwas über Ihre Schwester gelesen«, sagte sie.

Martin Pfeifers Gesichtsausdruck veränderte sich beeindruckend schnell von besorgt zu wachsam. Sie hatte seinen Nerv getroffen.

»Sabrina«, sagte er nur. »Dann wissen Sie ja, was passiert ist.«

»Ja«, erwiderte Sunny schlicht und wartete. Wenn man den Menschen Gelegenheit zu reden gab, taten sie es normalerweise ganz von selbst.

»Ich habe alles versucht, um sie von den Drogen wegzubringen. Aber sie wollte nicht auf mich hören.«

Seine Stimme klang auch nach einem Jahr noch verzweifelt. Sunny dachte an das Bild von Sabrina Pfeifer, auf dem sie fröhlich mit einem Lachen dem Leben trotzte. Sie versuchte, es in Einklang mit einer Person zu bringen, die sich ein halbes Jahr später den goldenen Schuss setzte, weil ihr das Leben wahrscheinlich zu sinnlos geworden war.

»Sie war mit Vic zusammen?«, fragte sie.

Martin lachte, aber es klang nicht fröhlich.

»Mit welcher Frau war er nicht zusammen? Ich habe nicht mehr geglaubt, dass es so weit kommen würde. Sie kannte ihn, seit ich mit ihm befreundet war, und war gegen seinen Charme immun. Wenigstens damals. Sie fand ihn aufgeblasen und oberflächlich.«

»Das hat sich offenbar später geändert«, sagte Sunny.

»Ihre Haltung? Ja. Aufgeblasen und oberflächlich war er nämlich noch immer. Aber anscheinend machte es ihr nicht mehr so viel aus.«

»Ich habe ein Foto von ihnen gesehen. Sie schienen glücklich.«

»Das waren sie auch. Selbst bei Vic hatte ich das Gefühl, dass er es war. Er schien angekommen zu sein. Ein fürchterlich klischeehafter Ausdruck, aber er passt. Ich hatte das Gefühl, es könnte alles gut werden.«

»Aber das ist es nicht?«, fragte Sunny, obwohl sie die Antwort mittlerweile kannte.

»Es dauerte fast genau vier Monate. Dann fiel Vic wieder in sein gewohntes Verhalten. Verschwand von der Bildfläche, ohne Bescheid zu sagen, ignorierte ihre Anrufe, belog sie. Fast von einem Tag auf den anderen. Sabrina hat die Welt nicht mehr verstanden.«

»Hat sie deswegen angefangen, Drogen zu nehmen?«

»Zu dem Zeitpunkt noch nicht. Sie hatte gehofft, Vic würde sich wieder beruhigen. Sie wusste, wie freiheitsliebend er war. Deswegen versuchte sie erst gar nicht, sein Verhalten zu unterbinden. Sie war der Meinung, er würde sich enger an sie binden, wenn sie seine Marotten tolerierte.«

»Wenn du es liebst, gib es frei«, murmelte Sunny.

Dem Konzept hatte sie noch nie etwas abgewinnen können, weil es ihr komplett sinnfrei erschien. Sabrina wahrscheinlich auch, aber sie hatte es sicher als letzte Möglichkeit angesehen, Vic wieder zu sich zurückzuholen.

»Sie kennen diesen Spruch auch? Er ist in meinen Augen zu plattitüdenhaft, aber Sabrina baute damals stark darauf.«

»Was anderes konnte sie wohl nicht tun«, sagte Sunny. Man musste kein Beziehungsexperte sein, um das Ende dieser Geschichte absehen zu können. Martin Pfeifer überdachte ihren letzten Satz einen Moment und nickte dann.

»Nein, es war für sie nahezu dramatisch konsequent, so zu handeln. Das hat nichts mehr mit gesundem Menschenverstand zu tun, aber bei Liebe ist das eher selten so.«

»Das mit den Drogen kam dann?«

»Ja, das passierte parallel. Sie hatte einen Sniff von einem Roadie von Vic bekommen. Die treiben sich beständig bei den Veranstaltungen rum und kümmern sich um die Ausrüstung. Sabrina war immer gegen Drogen gewesen, aber an dem Tag hatte sie Vic beim Knutschen mit einer Kellnerin erwischt. Es kam einfach alles zusammen.«

Sunny glaubte, Tränen in seinen Augen glitzern zu sehen. Sie widerstand dem Reflex aufzustehen und ihm den Arm um die Schulter zu legen. Wenn das zutraf, was sie vermutete, hatte er das sicher nicht verdient.

»Musste Vic deshalb sterben?«, fragte sie leise.

Fast glaubte sie, er hätte ihren letzten Satz nicht gehört, aber dann hob er den Kopf und blickte sie durch tränengefüllte Augen an.

»Natürlich«, sagte er nur, als wäre es das Selbstverständlichste der Welt. »Sie war so lebensfroh gewesen, hat in allem das Gute gesehen. Leider auch in Vic. Und anstatt dankbar dafür zu sein, dass sie ihn trotz seiner

Fehler liebte, hat er sie weggeworfen wie eine kaputte Socke.«

»Sabrina, Rache, Tod«, sagte Sunny zu sich selbst.

Das war die Auflösung des Anagramms. Aufgelöst durch einen Anagramm-Generator im Netz. Drei Worte. Richtig zusammengesetzte Buchstaben, die auf einmal alles in klarem Licht erscheinen ließen.

»Er musste sterben, verstehen Sie? Und er musste auf die gleiche Art sterben. Das ist was Symbolisches. Anders wäre es vielleicht einfacher gewesen.«

»So wie Sven mit einem Wagenheber zu erschlagen?«

»Ja. Vielleicht. Das erforderte auf jeden Fall nicht so viel Vorbereitungszeit wie die Sache im Sägewerk. Hier ging es um Effektivität.«

Das Wort in seiner Bedeutung mit dem Mord an Sven Berger in Verbindung zu bringen, hatte etwas Perverses an sich. Merkwürdigerweise konnte Sunny Martins Argumentation nachvollziehen.

»Was wusste Sven, was Ihnen hätte gefährlich werden können?«, fragte sie.

»Er wusste noch nicht einmal, dass er was wusste. Er war nicht besonders hell, das haben Sie sicher bemerkt. Das Problem war, es hätte ihm jederzeit auffallen können.«

»Die Beziehung zwischen Sabrina und Vic«, stellte Sunny mehr für sich selbst fest.

»Ja. Natürlich wusste er davon. Das war mir egal, er hätte nie eine Verbindung zu Vics Tod gezogen. Dafür war er zu beschränkt. Aber er hätte es einem erzählen können, der das hätte kombinieren können. Das musste ich unbedingt vermeiden.«

»Genauso, wie Sie vermeiden wollten, dass Leo und ich weiter nachforschen? Deswegen also der Drohbrief hinter dem Scheibenwischer?«

»Das war in der Tat eine ziemlich dumme Aktion.«

Martin lachte herzlich auf. Einen Moment wirkte die ganze Situation, als säßen sie für einen gemütlichen Plausch beisammen und unterhielten sich über nichts Gefährlicheres als über das Wetter.

»Darüber habe ich nicht richtig nachgedacht«, fuhr er fort. »Ich hätte mir denken können, dass das Ihr Interesse an der Sache noch zusätzlich befeuern würde. Das war ziemlich unüberlegt, gebe ich zu.«

Unüberlegt war es von Sunny sicher auch gewesen, den Autor nicht nur allein aufzusuchen, sondern auch keinem zu sagen, wo sie sich befand. Leo hatte recht. Sie preschte manchmal einfach ohne zu überlegen vor. Sie ließ ihren Blick so unauffällig wie möglich zur Zimmertür schweifen und überdachte ihre Optionen. Sie musste einen Weg finden, die Wohnung zu verlassen. Trotz ihrer misslichen Lage wurde ihr klar, dass Leo kein Mörder war. Obwohl sie nie wirklich daran geglaubt hatte, überkam sie das Gefühl, ein Geschenk erhalten zu haben, das sie nicht verdiente. Wenn er tatsächlich das Geld genommen hatte, konnte sie damit nun definitiv leben. Dafür musste sie allerdings erst lebend hier herauskommen.

Sie überlegte, ob sie unauffällig eine Nachricht über ihr Smartphone abschicken könnte, aber Martin Pfeifer saß nun gerade mal zwei Meter von ihr weg. Wenn sie sich mit ihrem Telefon beschäftigte, würde er das auf jeden Fall bemerken. Sie musste den Autor von ihrer Person ablenken.

»Ich verstehe, warum Sie es getan haben«, begann sie. Sie durfte nicht zu offensichtlich einlenken. Martin war nicht dumm. Das würde ihm sofort auffallen. »Ich kann es nicht gutheißen, aber ich verstehe es.«

»Trotzdem meinen Sie, ich sollte dafür bestraft werden.«

Das war keine Frage, das fiel Sunny auf, und es beunruhigte sie.

»Das glaube ich. Aber manchmal sind die Dinge nicht so einfach, wie sie erscheinen«, sagte sie dann.

»Eine moralische Grauzone, meinen Sie? Ja, das kann einem die Entscheidung schwermachen.«

»Was Vic getan hat, war abscheulich. Er hat Ihnen Ihre Schwester genommen. Er hat verdient, was ihm geschehen ist. Es tut mir nur leid um Sven. Er hat nichts falsch gemacht.«

»Ein Kollateralschaden«, sagte Martin. »Aber ich konnte das Risiko nicht eingehen. Das verstehen Sie doch?«

»Ich bemühe mich«, antwortete Sunny. »Ich versuche es wirklich. Ich schlage vor, Sie holen uns was zu trinken und wir reden darüber.«

Sie hoffte, dass dieser Trick funktionierte. Das tat er. Martin erhob sich und ging an dem Plüschsessel vorbei, auf dem sie saß. Sie hörte, wie sich eine Tür öffnete und wieder schloss. Wahrscheinlich die der Küche.

Sie fingerte nervös nach ihrem Handy und ließ es beinahe fallen, als sie es aus der Tasche holte. Sie hatte es auf lautlos gestellt, bevor sie sich mit dem Reporter getroffen hatte. Nun sah sie, dass Anton ein Dutzend Mal versucht hatte, sie zu erreichen. Ihn zurückzurufen war zwar ihr dringlichster Wunsch, jedoch wollte sie nicht riskieren, dass Martin ihre Stimme hörte. Sie öffnete gerade den Messenger, als Pfeifer sie mit einer Hand um ihre Kehle packte und mit der anderen einen Strick um ihren Körper schlang.

Im selben Moment hörte Sunny die Haustür bersten.

22

»Ich bin froh, dass ich auf mein Gefühl vertraut habe«, sagte Anton.

Sunny beobachtete die zwei Polizisten, die an ihrem Streifenwagen standen. Sie hatten Martin Pfeifer in den Fond des Wagens gesetzt und unterhielten sich über das Dach hinweg miteinander. Der eine mit den schwarzen Locken hatte die Arme obenauf verschränkt und den Kopf auf die Hände gestützt. Anscheinend warteten sie auf Instruktionen, über die Sunny nur spekulieren konnte.

Sie kam sich vor, als gehöre ihr Körper nicht zu ihrem Bewusstsein. Es war ein merkwürdig schwereloser Zustand, der ihr ein Gefühl gab, als wäre sie in einem Traum, aus dem sie zwar erwacht, aber immer noch darin gefangen war wie in einer Parallelwelt. Es fühlte sich nicht schlecht an, gab ihr aber den Eindruck der Handlungsunfähigkeit, den sie nicht mochte.

»Ich wusste, dass du die Finger nicht von der Sache lassen kannst«, fuhr Anton fort. »Normalerweise schnüffle ich nicht im Browserverlauf von den Menschen, die ich zu meinen Freunden zähle.«

»Ich bin froh, dass du das getan hast«, sagte Leo an der Stelle von Sunny.

Er saß neben ihr auf der Mauer vor dem Mietshaus und hatte beide Arme um sie geschlungen. Sie musste ihren Körper weiter zu ihm drehen, weil sie Angst hatte, einen Krampf im Nacken zu bekommen. So saßen sie bereits, seit Sunny die Wohnung von Pfeifer verlassen hatte, als der von einem Beamten niedergerungen worden war, während der andere hektische Handbewegungen machte, damit sie die Wohnung sofort verließ. An der Haustür traf sie erst auf Anton, im Treppenhaus auf Leo, der die Anweisung der Beamten missachtet hatte, vor dem Haus zu warten und die Verbrecher den Profis zu überlassen. Ab dem Moment hatte er sie bereits an sich gezogen und sie bis jetzt nicht wieder losgelassen.

»Ich auch«, erwiderte Sunny. Ihre Stimme klang so weit weg, als wäre Watte in ihren Ohren.

»Ich hätte bei dir sein sollen«, sagte Leo. »Ich weiß doch mittlerweile, wie impulsiv du bist. Dich darf man nicht aus den Augen lassen.«

Unter normalen Umständen hätte Sunny dazu nicht geschwiegen, aber was sollte sie ihm sagen? Dass er ebenfalls unter Generalverdacht gestanden hatte, Vic und damit wahrscheinlich auch Sven getötet zu haben?

Sie hielt nicht viel von Geheimnissen in Beziehungen, aber davon würde sie ihm nie erzählen.

»Ungefähr dasselbe habe ich auch gedacht«, stimmte Anton ihm zu. »Als ich den Artikel gelesen habe, dass Pfeifers Schwester sich umgebracht hatte, war mir klar, dass du zu ihm fahren würdest.«

»Die Tatsache machte ihn aber doch nicht automatisch zum Mörder?«, fragte Sunny und räusperte sich.

Ihre Stimme klang ungewohnt kratzig als hätte sie sie wochenlang nicht benutzt, aber das Gefühl von Watte in ihren Ohren war verschwunden.

»Das nicht. Aber du warst auf dem Handy nicht mehr zu erreichen, obwohl es klingelte. Das kam mir komisch vor. Auf jeden Fall komisch genug, um der Sache auf den Grund zu gehen. Den Ausschlag dafür, dass wir nicht nur geklingelt, sondern direkt gestürmt haben, gab jedoch eine andere Sache.«

Was diese Sache auch gewesen sein mochte, Sunny war froh, dass es sie gegeben hatte. Wenn Martin Pfeifer sie geknebelt hätte, wäre sie nicht in der Lage gewesen, um Hilfe zu rufen, wenn es an der Tür geklingelt hätte. Eigentlich wollte sie nach dieser Sache fragen, was aber nicht möglich war, weil ein Mann auf sie zukam. Es war einer der Kriminalbeamten des LKA, der sie bereits gestern in der Hütte befragt hatte.

»Sind Sie verletzt? Sollen wir einen Krankenwagen rufen?«

Sunny schüttelte mit dem Kopf. Seinen Gesichtsausdruck konnte sie nicht deuten. Wahrscheinlich fragte er sich, wie sie auf die Lösung des Falls gekommen war und welche Hinweise sie verschwiegen haben mochte. Sunny hatte bislang nichts Nennenswertes mit der Polizei im Allgemeinen, geschweige denn mit der Kripo im Speziellen zu tun gehabt, konnte sich aber vorstellen, dass sie von so etwas nicht begeistert waren. Wie viel sollte sie preisgeben, ohne für verrückt gehalten zu werden? Wie viel musste sie preisgeben, um die Geschehnisse logisch erklären zu können?

»Wir müssen uns noch unterhalten«, sagte der Beamte des LKA.

Söderberg hieß er. Komischerweise fiel ihr das gerade jetzt ein. Er hatte ihr gestern seinen Ausweis gezeigt, auf den sie nur einen flüchtigen Blick geworfen hatte. Sie hätte nicht vermutet, sich den Namen zu merken. Seltsam, wozu das Unterbewusstsein fähig war.

»Muss das jetzt sein, Andreas?«, fragte Anton. »Für heute ist es genug für sie.«

Er zog einen Flachmann aus der Innentasche seines Ledermantels, drehte den Verschluss auf und reichte ihn Sunny. Die griff zu und nahm dankbar einen Schluck. Söderberg betrachtete die Szene mit Stirnrunzeln.

»Pfeifer hat oben in seiner Wohnung schon gestanden«, sagte er dann, ohne darauf einzugehen. »Wir haben es noch nicht mal geschafft, ihn vorher über seine Rechte aufzuklären. Lebenswichtige Erkenntnisse wird uns Frau Meyer heute wohl nicht mehr liefern, oder?«

Er drehte sich ein Stück nach links und fixierte

Sunny, die den Flachmann gerade zum zweiten Mal ansetzte. Sie ließ ihn schuldbewusst wieder sinken.

»Nein«, antwortete sie nur. Mehr wurde von ihr offenbar auch nicht erwartet. Söderberg fischte eine Visitenkarte aus einer Hülle und gab sie ihr.

»Melden Sie sich morgen Vormittag auf der Wache«, sagte er. »Die Kollegen nehmen dann Ihre Aussage auf.«

Sie blickten Söderberg hinterher, als dieser zu seinem BMW ging.

———

»Dafür, dass er so einen Zirkus veranstaltet hat, um nicht aufzufliegen, ist er ziemlich schnell zusammengebrochen«, sagte Anton.

Sie waren in die Hütte zurückgekehrt. Sunny saß in ihrem Lieblingssessel mit den Karos und nippte an einer Tasse mit Himbeertee. Der Tee schmeckte ungewohnt stark. Sie schaute zu Leo hinüber, der ihren Blick erwiderte und ihr zuzwinkerte. Sie vermutete, dass der Geschmack in ihrem Mund von einem Schluck Cognac kam, der unter der Spüle hinter den Reinigungsmitteln stand. Seit sie Leo kannte, hatte sie ihren zum Schluss auffällig unbedachten Alkoholkonsum eingestellt. Wenn Leo jetzt der Meinung war, sie hätte einen Schluck nötig, dann musste er mehr Angst um sie gehabt haben, als er nach außen hin ausstrahlte. Wie immer war er eine Oase der Ruhe und Kraft. Anton lehnte neben der Küchentheke am Ofen und hatte die Arme vor seiner Brust verschränkt. Er sah aus wie

Petrus vor dem Himmelstor. Sunny spürte eine gewaltige Zuneigung für ihn.

»Was für einen Zirkus meinst du?«, fragte Leo, der neben ihn trat und ihm ein Glas reichte.

»Den armen Jungen mit dem Wagenheber vor den Kopf zu schlagen. Das war eine Verzweiflungstat, während der Mord an diesem DJ genau geplant und durchdacht war. Wäre er ja auch fast mit durchgekommen.«

»Wir haben ihn aufgeschreckt. Leider hat Sven Berger deswegen sein Leben verloren. Daran werde ich noch lange knabbern.«

Leo klang gefasster als noch vor ein paar Tagen. Wahrscheinlich hatten die jüngsten Ereignisse ihn abgelenkt.

»Du bist nicht schuld an seinem Tod«, sagte Sunny mechanisch.

»Ja, das habe ich mittlerweile eingesehen. Aber es macht das Ergebnis nicht besser. Zumal sein Tod so sinnlos war. Wären wir auf die Lösung gekommen, wenn er uns etwas von der Beziehung zwischen Vic und Sabrina erzählt hätte? Wahrscheinlich nicht. Wir hätten es uns angehört, uns vielleicht einmal mit Martin darüber unterhalten und wenn der sich dabei unauffällig benommen hätte, nicht mehr weiterverfolgt.«

»Hat kein besonders gutes Nervenkostüm, der Herr Autor«, sagte Anton. »Die sind nicht geboren für kaltblütige Verbrecher. Die haben zwar den Intellekt, aber nicht das Durchhaltevermögen.«

Sunny glaubte nicht an diese These. Sie versuchte,

sich an einen Fall zu erinnern, der als Gegenbeweis herhalten könnte, aber das Denken fiel ihr schwer. Immer wieder schob sich die Erinnerung dazwischen, als Martin sie am Hals packte und zu fesseln versuchte.

»Wie lange warst du in Pfeifers Wohnung?«, frage Anton.

Sunny zwang sich, wieder zuzuhören.

»Ich weiß nicht. Ich schätze eine halbe Stunde vielleicht.«

»Auf dem Handy warst du viel länger nicht zu erreichen.«

»Ich hatte es auf lautlos gestellt, als ich mich mit dem Reporter des Artikels unterhalten habe, den du auch auf dem Rechner gelesen hast. Danach habe ich vergessen, den Ton wieder anzuschalten.«

»Das war dein Glück. Sonst wären wir vielleicht nicht so schnell misstrauisch geworden.«

Sunny hatte ihr Handy nie lange aus und wunderte sich, dass sie nicht daran gedacht hatte. Normalerweise hätte sie es auf ihre Schusseligkeit geschoben, aber da ihr Kontakt zur Geisterwelt intensiver wurde, kamen ihr noch andere Möglichkeiten in den Sinn. Vielleicht hatte irgendeine Macht das verhindert. Ein Schutzengel? Sie drehte unwillkürlich den Kopf, als erwartete sie, genau so einen in diesem Augenblick neben sich stehen zu sehen. Aber sie sah nur auf die Tonschale auf der Anrichte.

»Ich glaube nicht, dass Martin mich töten wollte«, sagte Sunny. »Warum hat er mich dann ebenfalls nicht direkt erschlagen?«

»Sicher hat er Angst gehabt, du könntest zu viel Krach machen«, antwortete Leo.

»Mehr, als ich das beim Fesseln und Knebeln tun könnte?«

»Als wir reinkamen, warst du auf jeden Fall ziemlich still«, konstatierte Anton. »Wann wolltest du denn mit dem Alarmschlagen anfangen?«

»Ich weiß es nicht«, erwiderte Sunny. »Die ganze Situation hat mich überrumpelt. Früher oder später wäre ich sicher wieder zu mir gekommen.«

»Bestimmt. Mit einem Knebel im Mund und einem Seil um den Körper.«

Sunny dachte darüber nach und befand, dass Anton recht hatte. Sie hätte sich nicht mehr wehren können. Wann wäre sie dann von ihm umgebracht worden? Freilassen konnte er sie mit ihrem Wissen schlecht. Sank die Hemmschwelle nach dem ersten Mord wirklich und war es dann einfacher, den nächsten zu begehen? Sie wusste es nicht und hoffte, es nie herausfinden zu müssen.

»Werden Sie Vic exhumieren?«, fragte sie.

»Ich denke nicht«, antwortete Anton. »Pfeifer leugnet weder die Tat noch die Ausführung. Seine Aussage, wie Vic zu Tode gekommen ist, deckt sich mit dem, was die Obduktion sowieso schon ergeben hat.«

Sunny hatte ihn vorhin auf der Veranda telefonieren sehen. Wahrscheinlich hatten ihn die ehemaligen Kollegen mit den neuesten Informationen versorgt.

»Dass Hansen gestolpert und die Treppe hinunter-gefallen ist, war übrigens nicht geplant gewesen, aber es erleichterte Pfeifer seine Sache ungemein. Eigentlich hatte er vorgehabt, ihm ein Betäubungsmittel in einem Getränk zu geben. Hansen hätte sich zwar gewundert, warum Pfeifer plötzlich im Sägewerk auftaucht, ihn aber sicher nicht als Gefahr angesehen.«

»Also ist nur Sunnys mediale Begabung dafür verantwortlich, dass der Täter überhaupt gefasst wurde«, stellte Leo fest.

»Ich weiß nicht, ob ich darüber so glücklich sein soll«, sagte diese. »Wenn Vic mir nicht erschienen wäre, dann wäre nur er zu Tode gekommen und nicht auch noch Sven. Und er hat es verdient. Er war zu Lebzeiten ein ziemlicher Arsch.«

»Das kannst du nicht wissen«, sagte Anton. »Wer bestätigt dir, dass Pfeifer sich später nicht noch einmal einen unliebsamen Gegner vom Hals geschafft hätte, nur weil es beim ersten Mal so gut geklappt hat?«

Sunny wollte den Gedanken nicht mehr weiterverfolgen, zumal sich ein anderer immer stärker in den Vordergrund drängte. Wo waren die verdammten 10.000 Euro?

Diesmal musste Sunny nicht extra aufstehen, um auf der unteren Etage Vic zu begegnen.

Sie hatte die Augen aufgeschlagen und sich einen Moment gefragt, wo sie sich befand. Obwohl sie bereits seit Wochen in der Hütte wohnten, passierte ihr das manchmal noch. Sie hörte Leos ruhige, tiefe Atemzüge

neben sich. Sie richtete sich im Bett auf, um zu überprüfen, ob die Helligkeit im Raum vom Vollmond an
einem wolkenlosen Himmel kam. Dabei entdeckte sie
Vic, der an der Ecke der Zimmertür lehnte und sie
betrachtete. Sein Licht war ungleich stärker als das
letzte Mal. Insgesamt schien der DJ plastischer und
greifbarer zu wirken.

»Wie lange bist du schon da?«, flüsterte sie, aber Vic
hatte keine Probleme damit, sie zu verstehen.

»Gerade erst gekommen. Was meinst du, warum du
aufgewacht bist?«

Er dagegen sprach mit einer klaren, lauten Stimme,
anders als die bei ihren vorherigen Begegnungen.
Sunny widerstand dem Reflex, ihren Zeigefinger an die
Lippen zu halten und *Pst* zu sagen. Was passierte, wenn
Leo aufwachte? Würde er Vic sehen können?

»Nein, kann er nicht«, erwiderte Vic, der wieder in
ihren Gedanken gestöbert hatte. »Er wird auch nicht
aufwachen. Er nimmt unsere Unterhaltung gar nicht
wahr. Es besteht also kein Grund zum Flüstern.«

Sunny drückte sich mit den Händen hoch und richtete sich ganz im Bett auf. Das Licht, das Vic ausstrahlte,
hüllte sie wie in einen Kokon, durch den sie Leo und
den Rest des Zimmers nicht mehr richtig sehen konnte.
Beide schienen weit weg zu sein.

»Du hast es also geschafft«, sagte Vic. »Na endlich.
Ich habe nicht mehr daran geglaubt.«

»Ein *Danke* hätte auch genügt«, entgegnete Sunny
patzig. »Es wäre schneller gegangen, wenn du eine
größere Hilfe gewesen wärst.«

»Dass ich mich nicht mehr richtig erinnern konnte, ist nicht meine Schuld.«

»Kannst du es jetzt wieder?«

Vics Licht schwankte, diesmal jedoch nicht in seiner Intensität, sondern in seiner Farbe. Sie wechselte von Orange zu Blau. Sunny hatte mal etwas über die Aura eines Menschen gelesen und fragte sich, ob das damit zu tun haben könnte.

»Ja. Nur nicht, dass Martin mich umgebracht hat.«

»Das wundert mich nicht. Du warst wahrscheinlich bewusstlos, als du die Treppe hinuntergefallen bist. Was weißt du sonst noch?«

»Du meinst über Sabrina?«, fragte Vic. Das Blau wurde dunkler. »Das werde ich mit ihr selbst klären. Ich habe nicht gewollt, dass so etwas passiert.«

Sunny wusste nicht, ob sie ihm glauben sollte. Victor Hansen war ein leichtlebiger, selbstbezogener Mensch gewesen, der trotz seiner 30 Jahre nicht lernen wollte, dass Handlungen Konsequenzen hatten. Was hätte es jetzt noch für einen Sinn, darüber mit ihm zu diskutieren?

»Ich will etwas anderes wissen«, sagte sie daher. »Von wem waren die 10.000 Euro in dem Umschlag oder wer sollte dafür eines dieser merkwürdigen Päckchen bekommen? Dass die im Zusammenhang stehen, wissen wir von Sven.«

»Das Geld war für eines dieser Päckchen. In den Päckchen war Kokain. Das hat Sven schon vermutet, als er zu euch gekommen ist.«

Sunny fragte sich ein wenig beunruhigt, wann und

wie oft er sie belauscht hatte. Dass jederzeit ein Geist neben ihr stehen konnte, der Zeuge ihrer geheimsten Gespräche oder – noch schlimmer – delikaterer Angelegenheiten wurde, war eine Vorstellung, die ihr nicht sonderlich behagte.

»WER hat dir das Geld gebracht?«

»Da ich jetzt von der Bildfläche verschwunden bin, brauche ich das nicht mehr geheim zu halten. Das Geld ist von Stefan. Wollte unbedingt was haben, hatte aber nicht die Kontakte. Dazu eine panische Angst aufzufliegen. Ist für einen Politiker ja auch nicht die beste Publicity.«

»Gingt ihr schon mal zusammen in einen Stripklub?«

»Was sollte ich in einem Stripklub?« Vics Farbe wechselte wieder zu Orange. »Ich hatte genug Frauen. Auf ein bisschen mit den Titten wackeln bin ich nicht angewiesen gewesen.«

Also hatten Leo und sie richtig vermutet. Stefan Achen hatte gelogen. Sie beschloss, ihm noch einmal einen Besuch abzustatten.

»Wie geht es jetzt weiter für dich?«, fragte sie.

»Ich werde mich auf in dieses Licht machen, von dem sie alle reden. Wenn man alles auf der Welt erledigt hat, kommt es von alleine.«

Sunny sah sich um, als erwarte sie jeden Moment, einen gleißend hellen Wirbel vom Himmel strahlen zu sehen. Aber jenseits der orangefarbenen Nebelblase, in der Vic und sie sich befanden, blieb alles dunkel.

»Offensichtlich hast du noch nicht alles erledigt«, sagte sie nicht ohne Schadenfreude.

»Ich bin auch noch nicht fertig«, erwiderte er. »Du musst was für mich tun.«

»Ich habe deinen Mörder gefunden. Reicht das nicht?«

»Geh zu Yvonne und sag ihr, dass ich ihr nicht mehr böse bin. Das letzte Mal habe ich sie ziemlich angeschrien, sie ging mir auch so was von auf den Zeiger. Ich will aber nicht, dass sie sich schlecht fühlt. Ich verzeihe ihr. Sag ihr das bitte.«

»Mach ich«, versprach Sunny. »Noch was?«

»Geh zum Klub in der Montanusstraße. Dort habe ich jeden Freitag aufgelegt. Im Spind der Kellnerin Tabea liegt ein Demotape. Das ist ein … wie soll ich dir das erklären, davon verstehst du sowieso nichts. Wollte ich nächsten Monat mit rauskommen. Wäre ein Knaller geworden. Bring das Tim vorbei. Er kann einen Knaller brauchen. Er hatte schon mal einen, aber den habe ich ihm vor der Nase weggeschnappt.«

Das war nett ausgedrückt, aber Sunny mochte nicht streiten. Bei ihrer letzten Begegnung hatte sie es noch unbedingt gewollt, nun jedoch war sie damit versöhnt.

Das Blau von Vic und der Blase änderte sich stückchenweise in ein helles, klares Weiß, was Sunny ihre Augen schließen ließ.

»Und sag meinen Eltern, dass ich sie liebe«, hörte sie seine Stimme schon entfernter, bevor sie ganz verhallte.

23

»Was wollen Sie nun schon wieder?«, herrschte Stefan Achen Sunny an.

Die hatte vor seinem Büro gewartet, bis er herauskam. Ein Versuch, offiziell zu ihm vorgelassen zu werden, war an seiner Sekretärin gescheitert. Die hatte mittlerweile wahrscheinlich ein Foto von ihr und Leo in der Schreibtischschublade aufbewahrt, um sie jederzeit erst identifizieren und dann abweisen zu können.

»Ich muss mit Ihnen sprechen«, sagte Sunny und rutschte von dem Begrenzungsstein aus Granit, auf dem sie gesessen hatte. Es hatte immer noch nicht geregnet, aber die Temperatur betrug nur zwei Grad. Sie merkte, wie ihre Gesäßmuskeln auf dem Stein taub geworden waren.

»Ich aber nicht mit Ihnen«, sagte Achen. »Erst belästigen Sie mich, dann werfen Sie mir Eifersucht vor und schließlich verdächtigen Sie mich auch noch des

Mordes. Ich wüsste nicht, warum und worüber ich mit Ihnen sprechen sollte.«

»Vielleicht über das, was Sie immer von Vic bekommen haben«, rief Sunny hinter ihm her.

Sie war stehen geblieben, weil sie mit den langen Schritten des Kommunalpolitikers nicht mithalten konnte. Keuchend neben ihm herzurennen, kam ihr lächerlich vor. Ihr letzter Satz jedoch wirkte. Achen hielt an und drehte sich zu ihr um.

»Wie war das?«

»Ihr Arrangement mit Vic. Sie brachten ihm 10.000 Euro und bekamen dafür ein Päckchen von ihm. Muss ich noch darüber reden, was in diesem Päckchen drin war?«

»Auf jeden Fall nicht so laut«, fauchte Achen.

Er fauchte wirklich. Dabei spuckte er winzige Tröpfchen. Sunny trat einen Schritt zurück und schaffte es, nicht von ihnen getroffen zu werden. Sie hoffte, dass er sich bei seinen Wählern besser im Griff hatte.

»Kommen Sie«, sagte Achen.

Er ging zurück in Richtung Rathaus, ohne auf Sunny zu warten. Sie folgte ihm, sicher, dass er spätestens am Aufzug stehen bleiben würde. So war es auch. Schweigsam fuhren sie in den dritten Stock. Achens Sekretärin blickte irritiert erst ihren Chef, dann Sunny an, bevor sie sich wieder ihrer Arbeit zuwandte, nicht ohne vorher verständnislos mit dem Kopf zu schütteln. Wahrscheinlich um ihr klarzumachen, was sie davon hielt, wenn man ihrem Chef nachstellte.

»Ich habe nicht viel Zeit«, sagte Achen. »Daher

fassen Sie sich kurz. Wenn Sie mich erpressen wollen, sagen Sie gefälligst schnell, was Sie verlangen.«

Sunny fiel auf, dass Menschen, die selbst das Gesetz nach ihren Maßstäben beugten, immer voraussetzten, andere würden es ihnen gleichtun. Vielleicht hätte sie hier die Lösung ihrer finanziellen Probleme. Eine Sekunde schien ihr diese Idee ungemein verlockend, bevor sie zu sich kam und sich wieder auf ihre ethischen Werte besann.

»Ich habe kein Interesse daran, Sie zu erpressen«, erwiderte sie. Im selben Moment entspannte sich Achen sichtlich.

»Was möchten Sie dann?«

Seine Stimme klang freundlicher und sein Ausdruck hellte sich auf. Er schlüpfte wieder in die Rolle des jovialen Jungpolitikers, auf dem die Hoffnung seiner Partei und die der Bürger lag.

»Die Sache für mich abschließen«, sagte sie. »Die losen Enden der Geschichte verknüpfen. Martin Pfeifer sitzt in Haft, aber ein paar Fragen sind geblieben.«

Achen war an das lange Ende des Zimmers gegangen. Er holte einen Whisky und ein Glas aus einem Schrank. Es wirkte wie eine Szene aus einer amerikanischen Dauerserie, in der sich die Menschen automatisch Alkohol einschenkten, wenn die Dinge entweder schwierig wurden oder sich entspannten. Da Achen in vielen Dingen selbst wie ein Klischee wirkte, überraschte sie das nicht.

»Das mit dem Kokain hat voriges Jahr angefangen«, begann er, nachdem er einen großen Schluck aus dem

Glas genommen hatte. Sunny bot er nichts an. »Eine Party von einem Verein für Menschenrechte. Ich habe das Zeug auf der Toilette angeboten bekommen. Wenn es nicht von einem Soldaten gewesen wäre, der am nächsten Morgen wieder in den Sudan geflogen ist, hätte ich mich nie darauf eingelassen.«

»Ich nehme an, danach ging es weiter?«

»Sporadisch«, sagte er. »Ich wusste, dass es gefährlich war, hauptsächlich für meine Karriere, aber der Kick war gut.«

»Wie kamen Sie auf Vic?«

»Er hat mich in einem Klub auf der Toilette dabei erwischt. Seitdem bin ich vorsichtiger geworden. Er hat mir angeboten, das Zeug zu besorgen. Für mich war es immer schwierig und mit Risiko verbunden. Man hätte mich dabei sehen können.«

Sunny betrachtete ihn, die gerötete Nase, die blutunterlaufenen Augen, die zitternden Hände, die ihr nur auffielen, weil der Whisky sich flirrend am Glasrand bewegte. Achen war ein Wrack. Er würde sich selbst den politischen Todesstoß versetzen, wenn er nicht schnellstens zur Vernunft kam.

»Was ist mit dem Geld passiert?«, fragte sie, ohne vorher überhaupt gewusst zu haben, dass sie diese Frage stellen würde. Aber es schien ihr die einzig richtige Frage zu sein.

»Das haben Sie gemerkt?«, sagte Achen. »Ich meine, es hat Vic doch nichts mehr genutzt. Wenn einer das Geld in der Wohnung gefunden hätte, wären Fragen gestellt worden. Wahrscheinlich waren sogar noch meine Fingerabdrücke drauf.«

»Sie haben es wieder geholt?«, fragte Sunny und schluckte. Ihr Mund war ganz trocken geworden.

»Ja. Ich hatte einen Schlüssel zu seiner Wohnung. Er war mit so was ziemlich freizügig, wie er sagen würde. Ich nenne es unüberlegt. Was ist jetzt? Wollen Sie das Geld haben? Für Ihr Schweigen?«

»Spenden Sie es für einen guten Zweck«, sagte Sunny. »Schweigen werde ich sowieso.«

Sunny betrat den Bahnhof und schaute an den Bruchsteinpfeilern hoch bis zur Glaskuppel. Der Bahnhof war in der Zeit vor dem Ersten Weltkrieg entstanden, das hatte sie an der Tafel am Eingang gelesen. Er wirkte wie eine Mischung aus moderner Architektur und Gotik, die nicht immer gelungen war.

Yvonne Bosch hatte diesen Treffpunkt gewählt, da sie zu einem Meeting nach Frankfurt musste – offenbar verließ sie tatsächlich gelegentlich ihre Wohnung –, aber trotzdem hören wollte, was Sunny zu sagen hatte. Sie hatte ihren unterschwelligen Verdacht von ihr als Täterin nicht vergessen, das hörte Sunny ganz deutlich in ihrer Stimme. Aber so beherrscht und distanziert Yvonne auch war, in ihr steckte genug Frau und damit eine angeborene Neugier, um Sunny diesen Treffpunkt vorzuschlagen.

Tim Hofmann brauchte nicht lange überredet zu

werden. Tatsächlich klang so viel Begeisterung mit, dass Sunny sich fragte, ob er vielleicht nur an so vielen Details wie möglich interessiert war und hoffte, die von ihr zu hören. Sie bestellte ihn ebenfalls zum Bahnhof. Das war eine Blitzentscheidung. Erst hatte sie nicht vorgehabt, beide gleichzeitig zu treffen, hielt es dann jedoch für eine gute Idee. So brauchte sie die Geschichte von Vic nicht zweimal erzählen.

Sunny sah Yvonne bereits vor der Informationstheke stehen. Sie schaute auf ihr Smartphone, um sich zu vergewissern, dass sie nicht zu spät war, aber sie hatte noch zehn Minuten. Sie blickte an Yvonne vorbei in einen Verbindungsgang und sah auch Tim bereits auf den Infoschalter zusteuern. Die Neugier schien sie stärker zu treiben, als sie wahrscheinlich sich selbst gegenüber zugeben würden. Sunny wartete, bis Tim neben Yvonne getreten war und ein paar Worte mit ihr gewechselt hatte, bevor sie zu ihnen ging.

»Herzlichen Glückwunsch. Den Mörder haben Sie ja jetzt«, sagte Yvonne.

Das war die einzig freundliche Geste. Sie gab Sunny nicht die Hand und schenkte ihr auch kein Lächeln. Wahrscheinlich hatte sie gehofft, Leo hier wiederzusehen. In Anbetracht ihrer Vorgeschichte mit Vic beglückwünschte Sunny sich zu ihrem Entschluss, das hier alleine zu erledigen. Sie hatte keine Lust, Yvonne zukünftig um die Hütte stalken zu sehen. Tim hegte solchen Groll offensichtlich nicht. Er lächelte sie zwar etwas verkniffen an, was sicher an seinen schlechten Zähnen lag, die er nicht gerne zeigte, wirkte jedoch entspannt und gut gelaunt. Die Mitteilung, dass Vics Mörder gefasst worden war, hatte sein Weltbild offenbar wieder an den richtigen Platz gerückt.

»Was wollen Sie?«, fragte Yvonne, der deutlich anzumerken war, dass sie nicht vorhatte, das Treffen länger als nötig auszudehnen.

»Was ich Ihnen jetzt sagen werde, klingt verrückt, aber ich verspreche Ihnen, es ist wahr«, begann Sunny.

»Sie haben schon einiges vom Stapel gelassen, das sich verrückt anhörte«, erwiderte Yvonne trocken.

Eigentlich hatte Sunny vorgehabt, zuerst mit ihr zu reden, entschied aber jetzt, dass Tim die bessere Wahl war, damit sie von Yvonne ernst genommen wurde. Sie nestelte das Demotape aus ihrer Umhängetasche und reichte es Tim.

»Was ist das?«, fragte der, während er danach griff.

»Ein Knaller«, sagte Sunny. »So hat Vic es wenigstens genannt. Er wollte, dass du es bekommst.«

»Knaller?«

Tim blickte sie fragend an.

»Ja. So hat Vic das bezeichnet. Es sollte nächsten Monat rauskommen. Er fand, du hättest es verdient, nach dem, was er dir damals angetan hat.«

»Hören Sie, in der Rolle als Vics Wohltäterin mögen Sie sich toll vorkommen, aber was hat das hier alles zu bedeuten?«, fragte Yvonne.

In diesem Leben wurden sie keine Freundinnen mehr, da war sich Sunny sicher.

»Vic war der Meinung, er hätte noch etwas gutzumachen«, antwortete sie.

»Woher wollen Sie das wissen?«

»Weil ich mit ihm gesprochen habe.«

Es gab keinen einfachen Weg, das Thema anzufangen.

»Wann?«

Sunny holte tief Luft.

»Letzte Nacht.«

»Sind Sie noch bei Trost?«

Das war eine gute Frage. Sunny hatte sie sich tatsächlich in der Vergangenheit bereits gestellt, als es mit den ersten Geisterbegegnungen anfing. »Ob Sie mir glauben werden, weiß ich nicht«, sagte sie. »Ob ich Ihre Meinung ändern kann, auch nicht. Dennoch werde ich nachher hier hinausgehen und mein Leben zufrieden weiterleben. Sie haben jetzt die Chance, das ebenfalls zu können. Das liegt an Ihnen. Hören Sie sich nur an, was ich zu sagen habe.«

Yvonne zog die Augenbrauen hoch, schaute auf die Uhr und tippte mit der Schuhspitze ihres rechten Fußes auf die grau gesprenkelten Fliesen der Bahnhofshalle. Dann traf sie eine Entscheidung.

»Reden Sie«, sagte sie knapp.

»Vic möchte, dass Sie wissen, das er Ihnen das nicht nachträgt, worüber wir letztens gesprochen haben.«

Sunny erinnerte sich rechtzeitig, dass Tim neben ihnen stand, obwohl er das Gespräch nicht zu verfolgen schien. Er studierte das Inlay des Demotapes.

»Wie meinen Sie das?«, fragte Yvonne und klang vorsichtig. Sie hatte sich offenbar ebenfalls an Tims Anwesenheit erinnert.

»Er verzeiht Ihnen«, sagte Sunny leise. »Er will nicht, dass Sie sich schlecht fühlen. Er ist Ihnen nicht mehr böse. Sie sollen sich aber Hilfe suchen.«

Das Letzte war gelogen, Sunny hielt es jedoch für eine gute Idee. Sie war sich sicher, dass Yvonne von einer Psychotherapie nur profitieren könnte.

Yvonne schwieg eine Weile. Sunny hörte das Rattern eines einfahrenden Zuges über ihnen. Die Gleise lagen auf einer anderen Etage.

»Ich muss jetzt los«, sagte Yvonne dann und packte den Griff ihrer Aktentasche fester. Sie wandte sich Richtung Rolltreppe und ging davon.

Sunny und Tim blickten ihr hinterher.

24

Sunny war sich nicht sicher gewesen, ob sie Leo gegenüber ihren Verdacht überhaupt erwähnen sollte. Auch seine Vergangenheit hätte sie am liebsten totgeschwiegen. Aber Angst gehörte nicht zu ihrem Naturell, und wenn es etwas über ihre Beziehung zu wissen gab, war es besser, wenn sie es so schnell wie möglich erfuhr.

Sie ging hoch ins Schlafzimmer, wo Leo auf dem Bett saß. Er sortierte die Wäsche im Korb. Als sie eintrat, hob er den Kopf und lächelte sie an.

»Wie fühlst du dich?«, fragte er und streckte die Hand aus, damit sie diese ergreifen konnte. Sie nahm sie und drückte sie leicht.

»Zufrieden, erschöpft, hoffnungsvoll. Aber hauptsächlich zufrieden.«

»Mir geht es auch so«, erwiderte er. »Das ist wie beim letzten Mal. Die Fäden haben sich aufgelöst und man ist mit sich und der Welt im Reinen.«

Sunny war die Welt egal, aber mit Leo wollte sie unbedingt im Reinen sein. Sie warf den Rest der Wäsche auf das Bett, drehte den Bastkorb um und setzte sich drauf. Die Worte kamen jedoch nicht so, wie sie sich das gewünscht hätte. Sie schwieg.

»Was ist los?«, fragte Leo sie. »Ich kenne dich mittlerweile ziemlich gut und merke, wenn dich der Schuh drückt.«

»Ich habe ein Telefonat von dir belauscht. Am Schuppen. Ich war draußen, Holz holen. Bist du in Schwierigkeiten?«

Eigentlich hatte sie ihn nach dem Foto in seiner Schublade fragen wollen, sich aber im letzten Augenblick dagegen entschieden. Andernfalls hätte sie zugeben müssen, dass sie in seinen Sachen geschnüffelt hatte. Sie schwor sich, dass er das niemals erfahren sollte. Erst dachte sie, er würde ihr nicht antworten, da er so lange schwieg.

»Ich habe dir nicht alles erzählt über mich«, sagte er dann. »Aber ich denke, es ist richtig und wichtig, dass du es erfährst.«

Da Sunny bereits wusste, wovon er sprach, erwiderte sie nichts, was eigentlich ganz gegen ihr Naturell war. Was er ihr auch zu sagen hatte, musste von ihm selbst kommen.

»Ich war viele Jahre mit einer Frau zusammen. Maja. Wir haben uns in der Oberstufe kennengelernt und waren seitdem unzertrennlich.«

Er stockte, stand auf und ging zum Fenster an der Giebelseite. Mit dem Rücken zu ihr sprach er weiter.

»Für unser Studium gingen wir beide nach Köln. Sie studierte Sonderpädagogik und ich Geowissenschaften. Das weißt du ja schon. Alles lief wunderbar und wir waren glücklich. Dann bekam sie Bauchspeicheldrüsenkrebs und ab dem Tag löste sich alles auf.«

Sunny wusste nicht, ob er darauf wartete, dass sie etwas sagte, daher schwieg sie.

»Maja ist vor zwei Jahren gestorben und meine Welt brach zusammen«, fuhr er fort. »Ich war unfähig weiterzumachen. Hast du dich nie gefragt, warum ich schon 26 Jahre war, als ich das Studium abgebrochen habe?«

Sunny gehörte nicht zu den Menschen, die sich über solche Dinge zu viele Gedanken machten. Sie schüttelte mit dem Kopf.

»Ich habe ein halbes Jahr pausiert. Ich konnte einfach nicht weitermachen. Dann habe ich es probiert und gemerkt, dass ich es nicht mehr machen wollte. Es erschien mir sinnlos. Ich habe abgebrochen, mich mit dem Paranormalen beschäftigt und mich zu dieser Wanderung angemeldet. Den Rest kennst du.«

Sunnys Gedanken wanderten zu dem Bild der hübschen Frau in Leos Schublade und sie dachte, dass der Rest, den sie kannte, ihr eigentlich genügt hätte. Sie war noch nie näher dran, Leo zu verlieren.

»Was war mit dem Telefonat?«, fragte sie und räusperte sich, damit sich der Kloß in ihrem Hals auflöste.

»Ich hatte Majas Amulett. Ihre Eltern wollten es schon seit längerer Zeit wiederhaben. Ich konnte mich nicht davon trennen. Außerdem hoffte ich, damit eine Verbindung zu ihr aufnehmen zu können. Verdammt, ich habe gehofft, dass du es sein würdest, die diese Verbindung schaffen könnte.«

»Dann hast du mich nur benutzt«, sagte Sunny tonlos.

Sie hätte nicht so viel fragen dürfen. Es war nicht das erste Mal, dass ihre Neugier ihr Schwierigkeiten machte, aber erst heute ging es um etwas, das ihr wirklich wichtig war.

»Sunny, nein. Denk das bitte nicht.«

Leo kam zu ihr, ging vor ihr in die Hocke und umarmte sie heftig. Sie schmiegte ihr Gesicht in seine Halsbeuge und hoffte, sie könnte alles vergessen, was sie in den letzten Minuten gehört hatte.

»Ja, am Anfang habe ich das gedacht. Aber ich habe mich seit dem ersten Tag, an dem ich dich kennengelernt habe, in dich verliebt. Nur ist es mir erst so richtig bewusst geworden, als ich solche Angst um dich hatte. Ich will nicht schon wieder einen Menschen verlieren, den ich liebe.«

Sunny schloss die Augen, obwohl sie sowieso nichts sah als eine Strähne von seinem Haar, und umfasste ihn. »Ich werde Maja immer lieben, aber nun ist es Zeit, mich wieder mit den Lebenden zu beschäftigen. Seit ich dich kenne, weiß ich, dass es möglich ist.«

»Ich habe dich verdächtigt, das Geld gestohlen zu haben«, sagte Sunny. »Wegen des Telefonats.«

»Ich wusste doch, dass du dich komisch verhalten hast«, erwiderte Leo. Er packte sie an den Oberarmen und schob sie sanft zurück, damit er ihr in die Augen sehen konnte. Er lächelte.

»Siehst du, wohin das führt, wenn du mir nicht alles direkt erzählst«, sagte Sunny und schniefte. Sie hasste Weinen, aber die Anspannung der letzten Tage und diese ungeheure Erleichterung, die sie auf einmal verspürte, bahnten sich den Weg an die Oberfläche.

Leo strich ihr die widerspenstige Locke, die ihr immer wieder vom Kopf abstand, hinter das Ohr und nahm sie erneut in den Arm.

Sie wollte ihn nach seiner Schulzeit fragen, seinen Eltern und seiner Qual. Aber sie beschloss, dass es nicht der richtige Weg war, seine Verletzlichkeit mit Gewalt ans Tageslicht zu zerren. Wenn der Zeitpunkt gekommen war, würde er ihr von selbst davon erzählen.

»Keine Geheimnisse mehr, versprochen«, sagte er.

Sie schloss wieder die Augen und wusste, dass sie endlich wirklich angekommen war.

»Also hat er deinen Artikel doch gedruckt?«, fragte Anton. Er klang angemessen beeindruckt.

»Ich bin sogar bezahlt worden«, sagte Sunny.

Sie saßen auf der Veranda, obwohl die Temperatur auf minus acht Grad gesunken war, hielten dampfende Kaffeebecher in ihren Händen und betrachteten die Weihnachtsdekoration, die sie nach dem Mittagessen angebracht hatten. Es war eine Überraschung von Anton gewesen, der morgens einen Karton voller Girlanden, Lichterketten und Baumkugeln auslud, den er fast nicht aus dem Fond des Wagens gezogen bekam.

»Hat er sich nicht nach der anderen Story erkundigt?«, fragte Anton und zog einen Handschuh hervor, auf dem er gesessen hatte.

»Ich glaube, er traut sich nicht. In der Zeitung kam eine Schlagzeile, dass Martin Pfeifer verhaftet worden ist, aber die war eher dünn. Die Hintergrundinformationen fehlen.«

»Die du natürlich keinem auf die Nase bindest«, sagte Leo und zog sie von hinten zu sich herunter, um sie auf den Nacken zu küssen.

»Ich bin absolut käuflich.« Sunny kicherte, weil seine Haare sie kitzelten. »Natürlich möchte Compten die Story haben. Ich glaube, er überlegt noch, wie viel die Konkurrenzblätter mir geboten haben. Habe ich euch erzählt, dass er ziemlich geizig ist?«

Sie lachte wieder, wenn auch aus anderen Gründen als zuvor.

»Ich finde die Drogenstory schon ziemlich gut«, sagte Anton. »Ich habe gar nicht gewusst, dass so viel hier in Fastelruh los ist.«

»Traurig für einen Hauptkommissar, auch wenn er außer Dienst ist«, sagte Leo belustigt.

»Hey, ich war bei der Mordkommission, nicht bei den Drogen. Auf jeden Fall kann unser Mädchen hier verdammt gut schreiben. Sauber recherchiert, fundierte Ergebnisse und der richtige Biss. Was will man mehr?«

»Es hat auf jeden Fall gereicht, die Bank so weit ruhigzustellen, dass sie nicht zur Pfändung anrückt oder die Kohle von meinem Vater einfordert. Leider ist dann auch nicht mehr allzu viel übrig geblieben.«

Sunny beugte sich nach vorne, um die Thermoskanne vom Boden aufzuheben und sich die Tasse noch einmal vollzugießen.

»Wenn ihr was braucht, sagt es mir einfach.«

Es war nicht das erste Mal, dass Anton ihnen Geld anbot, aber er tat schon so viel für sie, dass dieses Angebot nicht zur Diskussion stand. Außerdem brauchten sie es nicht. Nicht mehr, nicht im Moment. Sunny blickte zu Leo und nickte ihm zu. Eine Geste, dass er es erzählen sollte.

»Vics Eltern haben uns einen Scheck geschickt. Einen der Art, bei dem einem der Atem stehen bleibt.«

»Tatsächlich so viel?«, fragte Anton, ohne nach der Summe zu fragen. Entweder kannte er sich aus mit Schecks, bei dem einem der Atem stockte, oder er war wie immer geduldig und diskret. Sunny vermutete Letzteres.

»Ja. Sunny und ich haben lange überlegt, ob wir ihn überhaupt annehmen können.«

»Ihr habt euch dafür entschieden?«, fragte Anton ohne den geringsten Vorwurf in seiner Stimme.

»Es war nicht leicht. War es wirklich nicht«, erwiderte Sunny. »Wir haben nicht geholfen, weil wir auf Geld spekuliert haben. Dafür wollte ich meine Fähigkeit eigentlich nicht einsetzen. Aber wir brauchten es echt dringend.«

»Hansens Eltern haben euch das Geld freiwillig gegeben. Ihr habt ihnen nicht irgendeine halbseidene Hoffnung verkauft. Sie waren der Meinung, ihr habt es verdient. Sie wissen jetzt, was wirklich mit ihrem Sohn geschehen ist. Das halte ich für wichtig.«

»Ob sie das glücklicher gemacht hat, weiß ich allerdings nicht«, gab Leo zu bedenken. »Vielleicht wäre es besser gewesen zu denken, Vic wäre an einer Überdosis gestorben. Nun wissen sie, dass ihr Sohn ein ziemlicher Arsch war. Zumindest zu Lebzeiten.«

»Es ist nie verkehrt, wenn man Bescheid weiß«, sagte Anton unbestimmt.

Alle drei schwiegen. Leo und Anton rührten in ihren Tassen. Sunny blickte auf die Tanne mit den Ketten und den bunten Lichtern. Die hatte sie sich gewünscht, Anton offenbar zugehört und Leo erwidert, es wäre ihm egal, solange sie nicht blinkten. Das taten sie zwar nicht, aber sie wechselten kaum merklich ihre Farbe, sodass Sunny hoffte, Leo würde es erst auffallen, wenn er die Tanne länger betrachtete.

»Also könnt ihr Weihnachten sorgenfrei entgegenblicken?«

»Fürs Erste. Trotzdem müssen wir überlegen, wie es weitergeht. Aber das können wir uns für das neue Jahr aufheben. Oder was meinst du?«

Er zauste Sunny durch die braunen Locken.

»Compten hat angedeutet, dass er wieder an einer regelmäßigen Zusammenarbeit interessiert ist. Das wäre ein Anfang.«

»Ich habe vor, als Barkeeper in einer Bar in Seligenwalde zu arbeiten. Das habe ich schon damals gemacht. Kein Traumjob, aber er bringt Geld.«

»Oder ihr bleibt bei eurem ersten Plan und

versucht, Sunnys neu erworbene Fähigkeit zu Geld zu machen«, sagte Anton. Er streckte die langen Beine aus und zündete sich eine Zigarette an. Da er das nur äußerst selten tat, überraschte es Sunny immer wieder von Neuem.

»Das Medium und der Detektiv?«, fragte Leo belustigt.

»Ich glaube, die Serie heißt *Das Medium und der Cop*«, entgegnete Anton. »Aber wenn Vics Eltern bereit waren, euch Geld zu bezahlen, gibt es da draußen sicher noch mehr Menschen, die das ebenfalls tun würden.«

Sunny hielt ihre vom Kaffee heißen Wangen in die kalte Nachtluft und freute sich auf Weihnachten, auf das neue Jahr und auf die Zukunft.

Das Café hatte seit ihrem letzten Besuch nicht an Flair gewonnen, aber Stefan hatte erneut diesen Treffpunkt vorgeschlagen, sodass es Yvonne wie ein Déjà-vu vorkam, als sie die Tische mit den bestickten Lampenschirmen passierte. Sie sah Stefan und Tim sogar an demselben Tisch sitzen wie das letzte Mal. Nur dass diesmal Martin nicht dabei war.

»Kaffee mit Milch und Zucker«, sagte Stefan. »Ich habe es mir gemerkt.«

Er wirkte weniger verkniffen als das letzte Mal. Auch sah er irgendwie gesünder aus. »Danke«, erwiderte sie nur und setzte sich.

Sie saßen an dem Tisch mit der schmuddelig wirkenden Resopalplatte und vermieden es, sich in die Augen zu blicken. Yvonne fragte sich, warum das so war, fand aber keine Antwort. Das Wiedersehen hatte sich schon beim letzten Mal nicht gut angefühlt. Diesmal fühlte es sich nur noch erzwungen an. »Martin hat Vic auf dem Gewissen. Ich konnte es gar nicht glauben«, sagte Stefan. »Hat einer von euch gewusst, dass Vic etwas mit Martins Schwester hatte?«

Yvonne schüttelte den Kopf und Tim tat es ihr gleich. Sie hielt es nicht für den geeigneten Zeitpunkt zu verraten, dass sie das sehr wohl wusste. Sie hatte Vics Leben lange so intensiv verfolgt, dass es gar nicht möglich gewesen wäre, es nicht zu wissen. Sie war mittlerweile ehrlich genug zuzugeben, dass *intensiv verfolgt* eine nette Beschreibung für das war, was sie getan hatte. Ihre Psychotherapie zeigte bereits Wirkung.

»Das war Vic, wie wir ihn kannten. Frauen, Frauen und nochmals Frauen.«

Stefan lachte auf, es klang in seiner plötzlichen Intensität gekünstelt und Yvonne verspürte auf einmal eine tiefe Abneigung gegen ihn.

»Dann hoffen wir mal, dass nicht jede wegen ihm drogensüchtig wird«, sagte sie pikiert.

»Du bist es nicht geworden«, erwiderte Stefan. »Du konntest schon immer gut mit Zurückweisung umgehen.«

Yvonne warf ihm einen scharfen Blick zu. Sie war sich nicht sicher, ob es ironisch geklungen hatte. Konnte Stefan etwas von ihrer Vergangenheit wissen?

Die Antwort war: Ja, leider durchaus. Er saß auf einem Posten, der es ihm leicht machte, an die Informationen zu kommen, die ihn am meisten interessierten. Sie hätte ihn gerne zur Rede gestellt, beschloss dann aber, dass es besser war, diese Spitze zu übergehen, sofern sie überhaupt eine war.

»Was hast du jetzt vor?«, wandte sie sich an Tim.

»Ich gehe ab nächsten Monat auf Tournee«, antwortete der. »Das Tape, was Vic mir hat geben lassen, ist ungeheuer eingeschlagen. Ich habe einen Vertrag, und so was bekommt nicht jeder, das kannst du mir glauben.«

»Dann wirst du nicht da sein, wenn Martins Verhandlung beginnt?«, fragte sie.

Tim zuckte erst die Schultern, schüttelte dann aber mit dem Kopf.

»Ich wusste bis jetzt nicht einmal, dass sie zu der Zeit stattfindet«, sagte Stefan. »Werden wir denn dabei gebraucht?«

»Ich denke nicht«, antwortete Yvonne. »Wir haben Martins Schwester seit über zehn Jahren nicht mehr gesehen und Martin nicht viel öfter. Woher sollten wir etwas wissen?«

»Hoffentlich sehen das die Bullen auch so«, sagte Tim. »Ich habe keine Lust, extra zurückzukommen, nur weil ich ein paar Sätze darüber sagen soll, dass ich beide nicht gesehen habe.«

Die Unterhaltung verstummte und Yvonne nippte an ihrem Kaffee, der genauso scheußlich schmeckte, wie die Inneneinrichtung im Café aussah. In ihrer

Jugend hatten sie nie Probleme gehabt, über irgendetwas zu reden. Aber da war auch Vic, der immer dafür sorgte, dass sie ihren Spaß hatten. Wenn sie genau überlegte, konnten sie ohne ihn nie wirklich etwas miteinander anfangen. Vic war der Mittelpunkt, der ihre Clique zu dem machte, was sie gewesen war.

»Was hast du jetzt vor?«, wandte sie sich an Stefan. Eigentlich interessierte es sie nicht, aber das Schweigen wurde ihr allmählich unangenehm.

»Wahlkampf«, sagte der knapp. »Bald ist Wahl. Das weißt du sicher.«

»Ja«, erwiderte Yvonne, obwohl sie keine Ahnung hatte. Politik interessierte sie nicht.

»Diesmal sollte es klappen mit der Wahl in den Landtag. Die anderen Kandidaten sind null Konkurrenz. Dann hat es eine Amtszeit länger gedauert, als ich es eigentlich vorhatte. Und danach ...«

Er hob den Arm und bewegte ihn von sich weg, um ein durchstartendes Flugzeug zu imitieren. Yvonnes Abneigung äußerte sich nun in Übelkeit. Aber wahrscheinlich lag es am Kaffee.

»Vielleicht schreibt Martin jetzt seinen nächsten Bestseller. Für irgendwas muss die ganze Sache ja gut sein.«

Wieder dieses unangenehme Lachen. Hatte Stefan das damals schon gehabt? Yvonne versuchte, sich daran zu erinnern, aber es wollte ihr nicht einfallen.

»Ich bin sicher, dafür ist er unheimlich dankbar. Das wäre genau Vics Art von Humor gewesen.«

Sie stellte sich vor, dass Vic, von wo auch immer, zu

ihnen herunterblickte und sich über sie amüsierte. Fast hätte sie gelächelt, aber sie wollte Stefan nicht das Gefühl geben, sie würde über seine letzte Bemerkung lachen.

»Sollen wir ihn besuchen?«, fragte Tim. »Martin, meine ich.«

Yvonne fiel auf, dass er damals immer am meisten darauf bedacht gewesen war, die Clique zusammenzuhalten. Das hatte sich erst geändert, als Vic ihm die Idee für ein Musikvideo gestohlen hatte.

»Ja, vielleicht«, antwortete sie unbestimmt und blickte zu Stefan hinüber.

»Wenn Gras über die Sache gewachsen ist«, sagte der. »Im Moment könnte das meinem Wahlkampf schaden.«

Sie tranken schweigend ihren Kaffee aus, verabschiedeten sich zehn Minuten später an der Eingangstür und wussten alle, dass sie sich nicht wiedersehen würden.

Vielen Dank

Vielen Dank, dass Sie mein Buch gekauft haben.

In einer Welt, in der jeden Tag so viele Bücher publiziert werden, ist es für mich etwas Besonderes, wenn Leser mein Buch kaufen.

Über ein paar nette Worte in einer Rezension, den sozialen Medien oder einfach im Gespräch mit einem Freund, würde ich mich sehr freuen.